마고성의 비밀

The Secret of Mago Castle

마고성의 비밀

레베카 팅클 지음 · 신성현 옮김

한문화

등장인물 소개

엔젤린 지구 어머니 '마고'의 현현으로, 맑고 투명한 푸른 물빛을 지닌 '아쿠아마린'의 신물을 지니고 있다. 현실에서의 그녀는 순수하고, 착하고, 예쁘지만 자신 안에 있는 힐링 에너지를 조절하지 못해 일상생활에 곤란을 겪는다. 좋아하던 연극 무대를 잃고, 실의에 빠져 있던 그녀가 머리를 식히기 위해 찾아간 낯선 도시, 세도나. 통장의 잔고가 바닥날 무렵, 세 장의 복권에 연이어 당첨되는 행운을 얻으면서 예정보다 더 오래 그곳에 머물게 된다. 그후 노아와 선아와의 만남은 그녀에게 거부할 수 없는 거대한 운명의 풍랑을 예고한다.

노아 고대의 이름은 황궁. 장자다운 리더로 '차크라 펜던트'의 신물을 지니고 있다. 현대에서는 상당한 재력가이자 세계 최고의 심장전문의. 위험감지 능력이 있어 고난도 수술에서도 한 치의 실수가 없는 명의지만 자신에게 닥친 중증 심근증 앞에서 무력해진다. 뉴욕 거리를 배회하다 포스터에 걸린 선아의 모습에 이끌려 그녀의 천부경 강의에 참석한다. 그 뒤 운명의 초침이 바뀐다. 전 재산을 처분해 세도나에 보스BOS리조트와 힐링센터를 설립하고, 그곳에서 삼 년 넘게 뜻을 같이할 동지들의 영혼을 기다린다.

토비 고대의 이름은 청궁. 할머니에게 받은 '청동 거울'의 신물을 지니고 있다. 어머니를 일찍 여의고, 할머니 손에서 자란다. 유일하게 정을 나누었던 할머니마저 일찍 돌아가시면서 외톨이가 된다. 그런 그를 위해 할머니의 정령이 늘 꿈속에 나타나 그를 돕는다. 덕분에 불행했던 과거를 딛고 월스트리트의 증권 중개인이 되어 성공가도를 달린다. 조각 같은 외모에 명철한 두뇌를 가진 그는 돈도, 여자도, 부족할 것이 없지만 마음은 늘 공허하고, 어딘지 모르게 삐딱하다. 엔젤린을 만나 처음으로 순수한 사랑에 빠지면서 조금씩 자신을 열어간다.

선아 고대의 이름은 백소. 지구시민학교 1기로, 카타테의 첫 번째 제자이다. 신비로우면서도 부드럽고 따뜻하며 자애로운 어머니의 모습이다. '황동 방울'의 신물을 지니고 있으며, 음성과 노래로 만물을 치유하는 능력이 있다. 그녀는 세계적인 영성 지도자로, 카타테에게 배운 천부경의 원리를 강의하며 전 세계를 누빈다. 그녀의 역할은 지구를 구할 사명자들을 모으는 것. 카타테의 예언대로 천이백 번째 천부경 강연장에서 처음으로 동지의 영혼, 노아를 만난다.

루터스 고대의 이름은 흑소. '청동검'의 신물을 지니고 있다. 부모를 일찍 여읜 고아지만, 부유한 양아버지를 만나 좋은 가정에서 자란다. 사제 서품을 받고 신부가 되려다 의사로 전향. 정의를 위해 살며 인류의 질병 치료를 위해 평생을 바친다. 아프리카 구호활동 중에, MFS(Mineral Fantastic Soulution)의 놀라운 효능을 발견, 이를 전파하려다 제약회사의 로비로 허위사실유포죄에 걸려 감옥에 간다. 어릴 때 헤어진 동생, 까를로스의 복수로 한쪽 다리를 잃는 불운한 사고를 겪지만, 그 폭발사고로 양아버지가 물려준 청동검과 합체가 되면서 사람의 마음을 읽는 초능력이 생긴다.

카타테 구전으로 전해온 인디언 종족의 마지막 추장으로, 지구시민학교의 교장이자 지구촌 촌장이다. 세상에 모습을 드러내지 않은 채 깊은 숲속에 이상적인 공동체를 만들어 은둔하며 지낸다. 다섯 명의 사명자들이 위기에 처했을 때 자신의 역할을 자각할 수 있도록 일깨워주고, 예언과 가르침을 통해 지구와 인류가 나아가야 할 길을 제시한다.

저는 한국 문화를 바깥에서 바라보는 이방인으로서, 수대의 역경
을 겪으면서도 대단한 정신을 보여준 한국의 전통에 반했습니다.
위대한 정신을 길러낸 역사와 그 이면의 서사문화가 궁금해져서
영감을 얻기 위해 최대한 멀리 되짚다보니 한국의 창세설화까지
거슬러 올라가게 되었습니다.

그곳에서 너무나도 생생하고, 원숙한 우주적인 지혜가 담긴 이
야기를 만났습니다. 그 이야기를 알게 된 것만으로도 제게 큰 변
화가 일어났습니다. 한국의 창세설화를 통해 저의 진정한 자아를
비춰볼 수 있었고, 제가 오랫동안 마음 속 깊이 갈망하던 삶의 문
제에 대한 해답을 만날 수 있었습니다. 스스로와 세상을 바라보는
제 자신의 시각도 크게 도약했습니다.

저는 이 창세설화에 푹 빠져서 만나는 모든 이들에게 이야기했
습니다. 제 주변의 대부분의 서양인 친구들은 너무나 익숙해서 우
리 자신의 일부처럼 느껴지는 성경의 창세기와 언뜻 비슷한 듯하
면서도, 근본적으로는 매우 다른 세계관과 가치관을 담고 있는 이
이야기에 매료되었습니다.

그런데 충격적이었던 것은 제가 만난 많은 한국인들이 이 이야
기를 모른다는 사실이었습니다. 놀랍도록 웅장하고 상징적이며,

인간의 가장 고귀한 감정과 신성한 가치 그리고 원대한 꿈을 일깨워주는 자신들의 그 최초의 이야기를 모르다니……. 많은 역사적 사료와 서사문화들이 일제강점기에 소실되었거나 다시 쓰여졌기 때문이라고만 하기에는 너무나 안타깝고 이상하기까지 한 일입니다.

저는 이러한 아름다운 한국의 이야기들이 과거의 메아리가 되어버렸다는 데 크게 상심했습니다. 저는 이 이야기가 알려져야 한다고 믿습니다. 이것은 단지 한국인뿐만 아니라 모든 사람들이 알아야 할 만큼 매력적이고 의미심장한 이야기입니다. 그 모든 인간적인 약점과 삶의 희로애락과 역사의 흥망성쇠를 거듭하면서 여기까지 온 인류가 얼마나 더 위대해질 수 있는지를, 우리가 진정으로 누구인지를 보여주는 이 이야기를 세상에 알리고 싶은 열망으로 제 가슴은 뜨거워졌습니다. 이것이 제가 펜을 들고 이 글을 쓰기 시작한 이유입니다.

저의 전작 소설 《이브》에서 유대－기독교의 창세기를 과거와 현실을 넘나들며 썼듯이, 《마고성의 비밀》 또한 과거와 현실이 공존하는 소설입니다. 제가 가장 바라는 것은 이 이야기를 발견했을 때 제가 만났던 것과 같은 지혜의 샘물을 여러분들이 만나는 것입니다. 인류의 시원과 신성神性으로의 회귀－복본復本에 대한 이 이야기가 여러분들의 마음에 울림을 줄 수 있기를 바랍니다.

－레베카 팅클

CHAPTER 1

"마틴, 마법을 믿나?"

토비는 목구멍으로 위스키를 한 잔 더 들이붓고 술잔을 탁자에 내리꽂으며 말했다.

"야, 웃기는 소리 하지 말고, 어서 네 영업 비밀이나 알려줘."

마틴은 시끄러운 클럽 음악 너머로 소리쳤다.

"마법이라니까."

토비는 위스키 잔을 손가락 사이로 돌리며, 어두운 목소리로 말했다.

"하지만 전 세계의 모든 마법을 동원한다고 해도, 이 세상은 뭔가 글렀어."

"이 자식이! 도대체 뭐가 글렀냐? 넌 부족한 것 없이 다 갖고 있잖아."

마틴은 팔을 쫙 펼쳐서 맨해튼에서 가장 인기 있는 나이트클럽의 VIP 라운지를 둘러보며 말했다.

토비는 병에서 한 샷을 더 따라 마시며 나이트클럽을 둘러보았다. 바에 있는 빨간 머리 아가씨가 토비에게 눈짓하며, 유혹적으로 빨대를 깨물고 있었다. 한쪽 엉덩이로 무게중심을 옮기며 다리를 꼬는 모습이 마치 먼저 집어가는 사람이 임자인 선물처럼 부였다.

"선물을 열어볼 때가 되었군."

토비는 마틴의 어깨를 찰싹 때리고 지정석에서 일어났다. 넥타이를 바로 매며 곧장 빨간 머리 여자를 데리러 갔다. 토비는 누가 봐도 잘나가는 월스트리트 증권맨의 정석 같은 차림이었다. 짧게 친 물 빠진 금발은 완벽하게 스타일링 되어 있었고, 완벽하게 몸에 딱 맞게 재단된 정장은 매일 몇 시간씩 공들여서 만든 몸매를 부각시켰다. 토비의 파란 눈은 지적으로 빛났다. 토비는 간결하고도 명확했다. 겉으로 볼 때 그는 부족한 것이 없었다. 하지만 그의 마음속은 수십 년째 가뭄이 든 듯 황량했다.

"난, 토비요." 그는 빨간 입술, 빨간 머리의 여자에게 말했다.

"저는 질리안이에요." 그녀가 그의 귓가에 소곤거렸다.

"여기서 나가고 싶어요?" 토비가 물었다.

"두고 봐야죠. 어디로 데리고 갈 건데요?" 질리안이 물었다.

"더 좋은 질문은 어디로 데려갈지가 아니라, 뭘 타고 갈 건지겠죠?"

토비는 페라리의 차 키를 들어올렸다.

"당신 집? 아님 내 집?" 질리안이 눈을 반짝이며 물었다.

"내 집." 토비는 그녀의 손을 잡아당기며 대답했다.

CHAPTER 2

"할머니!" 토비는 침대에서 벌떡 일어났다. 꿈이었다.

토비는 옆의 베개를 슬쩍 바라보며, 자신이 벌인 소란 때문에 빨간 머리가 깨지 않았다는 사실에 안도했다. 여자의 이름은 기억나지 않았다. 그는 침대에서 미끄러져 나와 침실 문을 살짝 닫고 나왔다. 술을 한 잔 따르고, 바닥에 던져놓은 양복을 집어 안쪽 주머니 안에서 할머니가 물려주신 작은 청동 거울을 꺼냈다.

그가 여덟 살 때 어머니가 돌아가셨다. 그 후, 할머니께서 토비를 길러주셨다. 어머니의 죽음으로 충격을 이겨내지 못한 아버지는 결국 술독에 빠져 죽었다. 주 정부가 개입해서 토비를 할머니 품에 맡길 때까지는 삼 년이 걸렸고, 그동안 토비는 아버지의 방임과 술주정으로 이어지는 폭력 사이에서 위태롭게 널뛰기를 했다. 마침내 할머니와 살게 되었을 때에도 할머니를 완전히 믿기까지는 꽤 시간이 걸렸다.

할머니는 너무나 다정다감했다. 토비가 숙제를 할 때면 늘 옆에 계셨고, 어려운 수학 문제도 함께 풀어주셨다. 도시락도 정성껏 싸주셨고, 방과 후에는 매일 귀퉁이를 잘라낸 작은 샌드위치도 만들어주셨다. 또 할머니는 토비가 슈퍼마켓 가는 건 부끄러워해도 함께 끌고 다녔고, 낡은 고물차로 매일 등교를 시키며 토비를 지각대장으로 만들기도 했다. 심지어 학교 졸업파티에서 제일 예쁜 여자아이에게 데이트 신청하는 걸 연습하도록 도와준 사람도 할머니였다. 토비와 할머니는 누가 봐도 환상의 짝꿍이었다. 그러나 할머니는 토비가 고등학교 3학년이 되던 해, 갑작스럽게 돌아가셨다. 삶이 상냥할 수도 있다는 것을 발견하기가 무섭게 운명은 또 한 번 토비의 삶을 거꾸로 뒤엎었다. 다시 그는 혼자가 되었다.

할머니께서 돌아가신 후, 토비는 계속 할머니 꿈을 꾸었다. 처음에는 할머니와 함께한 추억을 마음속으로 되새기는 아름다운 꿈들이었다. 할머니는 꿈에서 그의 손을 잡고 해질녘의 공원을 함께 거닐며 이런저런 조언을 해주셨다. 토비가 하버드에 입학했을 때, 꿈속에 나온 할머니는 늘 앉던 낡은 흔들의자에 앉아 눈물을 훔치며 그가 너무 자랑스럽다고 얘기했다. 또 어느 날에는 이웃의 모든 예쁜 여자아이들을 짚어보며, 할머니 마음에 든 친구한테 영화를 보여 주며 데이트 신청을 하라고 제안하기도 했다. 이토록 다정한 할머니지만 토비가 자기 능력을 사용해서 월 스트리트에서 거래를 하기 시작하자 할머니는 꿈속에서도 눈을 부라리며 토비를 혼냈다. 말도 안 되는 소리인 줄 알지만, 토비는 자신의 다정한 할머니가 저 세상에서도 자신을 굽어보며 자신이 하는 모든 행동들을 지켜보고 계신 착한 마녀일지도 모른다고 믿었다.

그는 낡고 동그란 청동 거울을 내려다보았다. 그것은 거의 손에 끼우는 골무처럼 작았다. 골동품점 뒤에 숨어 있는 선반에나 놓을 법한 초라한 잡동사니였다. 게다가 얼마나 작고 거뭇거뭇한

지 만약 길에서 주웠다면 바로 쓰레기통으로 직행했을 것이다. 하지만 이것은 쓰레기가 아닌, 그의 성공과 권력의 원천이었다. 또한 이 유품은, 할머니가 정말 마녀일지도 모른다고 생각하는 또 다른 이유였다.

"잠이 안 와?" 빨간 머리가 토비의 셔츠를 걸친 채 침실에서 나왔다.

"응." 토비는 위스키를 한 모금 마셨다.

그녀는 토비의 허벅지에 앉아 그의 손에서 컵을 뺏어들고, 한 모금 쭉 들이켰다.

"이건 뭐야?" 그녀는 조그마한 거울을 손가락 끝으로 만졌다.

"만지지 마!" 토비는 몹시 불쾌한 목소리로 명령했다.

"뭔데?" 그녀는 더 호기심이 동했다.

"아무것도 아니야." 토비가 대답했다.

토비는 거울을 들면 사람들의 가장 내밀한 생각들을 읽을 수 있었다. 마치 뉴스 하단에 지나가는 속보 자막처럼 사람들의 이마 위로 그들이 생각하고 있는 크고 작은 비밀들이 스쳐 지나갔고, 토비는 쉽게 그 생각을 읽을 수 있었다. 평소에는 사람들의 시커먼 속을 굳이 읽지 않았지만, 그가 돈을 벌기 위해 필요한 순간에는 이 능력을 사용했다. 이 작은 거울이야말로 토비의 성공 열쇠였다.

"그리고 이거, 마약 아니야." 토비는 어느새 그녀의 생각에 답하고 있었다.

"그럼 뭐야?" 그녀는 유혹적으로 그에게로 몸을 기울였다.

"네가 상관할 바 아니야." 토비는 그녀를 품속으로 잡아당겨서 안아들어올린 후, 침실로 향했다.

CHAPTER 3

루터스는 세 평 남짓의 콘크리트 방을 유심히 둘러보곤, 강철 테이블 위에 개어둔 회색 추리닝을 바라보았다. 그는 옷을 집어 들고 코에 갖다 댔다. 이런 섬유유연제의 향긋한 냄새를 못 맡은 지도 벌써 육 개월이나 되었다. 멕시코의 연방교도소에 배인 퀴퀴한 냄새는 빨랫감의 섬세한 향기보다 훨씬 강렬했다. 루터스는 최근 몇 달간 발 냄새와 여러 사람의 땀과 땟국물의 악취 속에서 살았다. 부드러운 운동복을 입은 후, 루터스는 색바랜 주황색 죄수복을 개어 상에 올려두었다. 루터스는 오늘부터 자유였다.

교도소 방 문이 열렸다.
　"가르시아 박사님, 준비됐습니까?" 교도관이 물으며 방으로 들어왔다.
　"준비됐소." 루터스는 고개를 끄덕이며, 수갑을 채울 수 있도록 양손을 앞으로 내밀었다.
　멕시코 연방교도소는 상상한 것－굳이 상상해본 적도 없었지만－보다도 끔찍했다. 감옥에 대한 소감을 한 문장으로 줄이면, '짐승들이 지옥에 산다면 그렇게 살 기'리는 것이었다. 하지만 이제 루터스에겐 이 모든 것이 다 지나갔다. 감옥의 경계 밖으로 한 발짝 나서는 순간, 루터스는 진심으로 안도했다.

제자이자 가장 친한 친구인 까를로스가 마중 나와 인사를 했다.

"아미고(Amigo, 친구)!" 까를로스는 모국어인 스페인어로 말하면서 루터스를 얼싸안았다.

"이제 자유의 몸이군."

"그라시아스(Gracias, 고맙네), 까를로스!" 루터스는 친구의 모습을 보며 눈물을 참았다.

"곰같이 돼버렸네." 그는 루터스의 수염을 당기며 말했다.

루터스는 크게 웃었다. 감옥에 있는 동안에 외모가 바뀌었다. 곱슬곱슬한 검은 수염이 턱을 덮었고, 193센티미터 키의 체격은 몇 배로 더 커졌다. 감옥에 있는 동안 루터스는 면도는 생략한 채 아령을 들었다.

"씻을 수 있게 자네 집으로 가지." 까를로스는 등을 두들기며 차로 안내했다.

"하지만 루터스, 마음의 준비를 하게. 식품의약청이 몽땅 다 갖고 갔어."

루터스는 고개를 끄덕거리고 창밖을 보았다.

"그 걱정은 다음에 하지. 이 순간은 자유를 즐겨야겠어." 창문을 내리고 얼굴에 스치는 바람을 느꼈다.

　　　　＊ ＊ ＊

　루터스는 멕시코의 아름다운 해변도시, 칸쿤에 있는 작은 집의 거실에 서 있었다. 비어 있는 공간은 더 이상 집 같지가 않았다. 그는 습격 당시의 모습을 상상해보았다. 자신의 소중한 집으로 쳐들어온 SSA(연방 사회보장국) 요원들이 라텍스 장갑을 낀 후 벽에 걸린 미술품들을 포장해서 상자에 넣고, 책상의 종이들도 상자 안에 쓸어 넣었을 것이다. 그리고 비커와 화학물품들이 담긴 상자에는 빨간 글씨로 '증거'라는 도장을 찍었으리라. 까를로스가 맞았다. 모두 압수당했다. 소파 하나만 덩그러니 거실 중앙에 남아 있었다. 추억으로서, 혹은 재화 가치가 있는 것들은 모조리 가져가버렸다.

　멕시코 정부는 이 참사를 '시민의 안전을 위해서'라고 포장했다. 루터스는 욕심과 지배욕으로 찌든 보이지 않는 권력 시스템으로부터 사람들을 해방시킬 수 있는 정보를 발견했는데, 바로 이것이 루터스를 '미치광이 과학자'로 몰며 공중위생에 위험한 인물로 낙인 찍는 빌미가 되었다. 루터스는 음모론은 믿어본 적이 없다. 사제 서품을 받은 신부로서, 인간은 본능적으로 선하다고 믿었다. 하지만 이제 그 믿음을 다시 생각하게 되었다. 감옥에 가기 전날, 바로 이 방에서 루터스는 상대방이 산업스파이인지도 모른 채, 미련하게 희망을 품고 순수한 마음으로 지구상에 질병을 없애기 위한 계획을 펼쳤다. 루터스는 자신의 순수함이 파괴되기 전, 마지막 날의 기억이 머릿속에 떠올랐다.

초인종이 울렸다. "무엇을 도와드릴까요?" 루터스는 현관에 서있는 사십 대 남자를 위해서 문을 열었다. 그는 비싼 양복을 입고 깔끔한 검정색 가죽 서류가방을 들고 있었다.

"네, 루터스 선생님!" 살짝 열린 문틈으로 명함을 건네며 말했다.

"저는 아스트라 제약회사에서 온 미겔입니다. 혹시 저희 회사에 대해 들어보셨는지요?"

"네. 물론, 들어봤지요." 루터스는 문을 열고 명함에 있는 로고를 살펴보았다. 미겔은 멕시코에서 가장 크기로 손꼽히는 제약회사의 대리인이었다.

"MFS라는 용액에 대해서 문의하러 왔습니다." 미겔은 미소를 지었다.

"네, 들어오십시오." 루터스는 목소리에서 설렌 마음이 들키지 않도록 애를 썼다. 루터스가 계속 기도하며 기다린 기회가 온 것이었다.

"커피 한잔 하시겠습니까?"

"네, 커피 좋죠." 미겔은 소파에 앉았다.

루터스는 가정부를 불러 에스프레소 두 잔을 요청했다.

"당신의 MFS 용액이 기적적인 일들을 일으킨다는 소식을 듣고 관심을 갖게 되었습니다." 그는 말을 하면서 녹음기를 꺼내어 테이블에 올려놨다.

"대화를 녹음해도 괜찮겠습니까?" 미겔이 물었다.

"물론이죠." 루터스는 이 한마디가 어떤 결과를 부를지 전혀 상상도 못한 채 동의했다.

"어떻게 발견하셨습니까?" 미겔은 녹음 버튼을 눌렀다.

"저는 사제 서품을 받은 신부입니다." 루터스는 설명했다.

"2년 전, 아프리카의 작은 마을에 의료 구호 일을 할 사명을 받았습니다. 구호 활동 3개월 만에 말라리아에 걸렸지요. 열이 너무 높아서 몸이 뒤틀릴 정도였고, 헛것이 보이는 상태였습니다. 온 힘을 다해서 마을의 어린 아이에게 도움을 청했습니다. 그 아이는 옆 동네 주술사에게 도움을 받기 위해 이틀을 뛰었습니다."

"며칠 후 아이가 텐트로 돌아왔을 때 저는 죽기 일보 직전이었습니다. 아이는 약을 구해왔지만 어려서 정확한 비율을 기억하지 못했습니다. 다시 확인할 시간이 없어서 나름대로 최선을 다해 재료와 성분을 섞어서 그 액체를 입에 부어넣고 좋은 결과를 빌었어요. 다음 날, 저는 언제 아팠냐는 듯 깨끗하게 회복됐습니다. 사실 살면서 그렇게 좋은 상태였던 적이 없을 정도였어요. 그것이 제 MFS에 대한 첫 경험이었습니다." 그는 자신도 모르게 기뻐서 손뼉을 쳤다.

"그 첫 경험 이후 어떻게 MFS를 생산하기로 하셨는지요?"

"그야 쉬운 결정이었습니다. 저는 조금도 망설임 없이 교회를 나와 MFS 개발에만 집중했습니다. 영적인 건강도 중요하지만, 영적인 성장의 기회를 마련해주는 것은 육체의 건강이지요. 건강하시 않으면 아무것도 없습니다."

"그리고 당신의 의학연구는요?" 미겔은 노트에 글을 적었다.

"그 MFS 용액을 스스로에게 적용하여 실험을 했습니다. 두드러기에서 치아 염증, 알러지 그리고 감기에까지 효과적이었습니다."루터스는 설명했다.

"다른 사람들의 실험도 수량화되었습니까? 실험 결과가 객관성을 갖췄는지 궁금하군요."

미겔은 펜을 노트에 내려놓고 커피잔을 들었다.

"불치병에 걸린 부족의 일원들 몇 명이 용해를 자발적으로 시음해보겠다고 했습니다. 이 솔루션을 사용했을 때 암이나 에이즈(HIV) 증상도 현저하게 완화시킬 수 있다는 것을 알았습니다. 그렇기 때문에 이 솔루션의 연구에 더 매진했습니다. 자금이 충분히 지원되면, 현재 지구상에 있는 모든 질병 문제는 완전히 바꿀 수가 있습니다. 무엇보다 좋은 것은, 용해의 성분이 워낙 흔한 것이어서 저렴한 비용으로 지구상 어디든, 누구에게나 배급할 수 있다는 것입니다."

"엄청난 주장이네요."미겔은 미소 지었다.

"장담하죠, 주장만이 아니라는 것을. 직접 한번 드셔보시겠어요?"루터스는 제의했다.

"고맙습니다만 저는 그저 조사를 위해서 왔습니다."미겔은 정중히 사양했다.

"아스트라 제약회사에서 이 용해를 개발하는 데에 관심이 있나요? 그래서 구입하시려는 건가요?"루터스는 기대감에 몸을 앞으로 기울였다.

"고려중이지만, 아직은 조사 단계라고 말씀드려야겠군요."

미겔은 헛기침을 하고 일어섰다.

"이 정도면 충분한 것 같습니다. 다시 연락드리겠습니다."

미겔은 속을 알 수 없는 미소를 지으며 루터스와 악수했다. 그 다음날 루터스에게 구속영장이 발급되었고 바로 체포되었다. 같은 날 재판에서 6개월 징역형을 받았다. 어찌된 일인지 단 한 사람의 배심원도 없었다. 그 후로 몇 달 안에 루터스는 의학 허가증도 빼앗기고, 조작된 반쪽짜리 진실을 내보내는 언론을 통해 악마로 알려지고 있었다.

감옥 안에서 루터스는 그 운명적인 만남을 머릿속으로 수천 번은 되뇌었다. 돌아보면 미팅을 할 때부터 미묘하게 위험을 알려주는 신호가 있었다. 하지만 의학계의 혁명과도 같은 이 발견 앞에서 그는 과도한 열정과 자신감에 휩싸여 그만 직관의 속삭임을 무시했다. 그는 앞으로 살아가는 동안 이러한 실수를 다시는 반복하지 말자고 스스로에게 맹세했다.

"다시 처음부터 시작해야지?" 까를로스는 소파에 같이 앉으면서 옆에 있는 오랜 친구에게 말했다.

"시작할 것이 없군." 루터스는 좌절한 채 비어 있는 방을 둘러보았다.

"하지만 연구의 끝을 봐야지." 까를로스가 항의했다.

"이제 MFS를 불법으로 제조하는 것은 길거리에서 마약을 피는 것보다 심한 벌을 받게 돼. 끝난 거지." 루터스는 결론을 내렸다.

"루터스, 밖에는 너만 믿고 기다리는 사람들이 많잖아." 까를로스는 그의 어깨에 손을 얹었다.

"나도 이런 말 하긴 힘들지만, 이제 그만 접어야 해." 루터스는 조용하게 말했다.

"자넨 감옥 안이 어땠는지 몰라."

"하지만 세상에는 MFS가 필요해." 카를로스가 항의했다.

"정부는 우리의 노력이 처벌 대상이라고 확실히 규정했어. 우리에겐 강력한 적들이 너무 많아." 루터스는 한숨 쉬었다.

문을 두들기는 소리에 이어 초인종을 여러 번 누르는 소리가 리드미컬하게 울렸다. 루터스가 문을 열자, 풍선과 케이크를 들고 있는 이웃들이 마리아치(멕시코 전통 유랑 밴드 음악)밴드의 신나는 음악소리와 함께 그를 반겼다. 남자아이 둘은 "우리의 영웅, 집에 돌아오신 것을 환영합니다"라는 팻말을 들고 있었다.

루터스는 눈물을 글썽거렸다. 까를로스는 그의 어깨에 손을 얹었다.

"우리가 다시 시작할 수 있게 동네 사람들이 돈을 모아 줬어."

그를 온 마음으로 지지하는 마을 사람들의 희망찬 얼굴은 감옥 안에서 닫혀버린 루터스의 마음을 다시 열어주었다. 애초에 왜 그토록 간절하게 MFS를 널리 알리고 싶었는지, 그 이유가 기억났다. 바로 사람들 때문이었다. 루터스는 옆으로 비켜서서 손짓으로 사람들을 집 안으로 초대했다.

"어서들 들어오세요!" 그는 웃었다.

사람들이 파도처럼 밀고 들어간 후 까를로스가 물었다.

"자, 그럼, 마음을 바꾸신 건가?"

"SSA에서 알게 되면 위험부담이 크지."

"그래도 해볼 만한 모험이야." 까를로스는 확언했다.

"고향인 테오티와칸(멕시코 중부에 있는 고대 도시로 피라미드와 많은 신전, 궁전, 주거지가 자리잡고 있다)에 가서 아버지와 의논해야겠어. 이 사명을 계속한다는 건 결코 쉽게 결정할 일이 아니네. 아미고(친구), 감옥에서의 육 개월은 이 미련한 이상주의자에게 주는 경고였네. 이 일을 진행한다는 건 아주 힘 있는 사람들에게 반기를 드는 셈이라네."

그는 자신의 말을 되새기며 문을 닫았다.

CHAPTER 4

루터스와 까를로스는 뜨거운 햇볕이 내리쬐는 루터스의 고향집 주변을 거닐었다. 분수에서 튀는 시원한 물보라는 피부를 식혔지만, 땅에서 올라오는 뜨거운 열기는 샌들의 밑창을 뚫을 기세였다. 루터스의 사유지는 눈에 보이는 모든 땅 끝까지 펼쳐져 있고, 그 경계선은 저 멀리 지평선에 걸친 장엄한 테오티와칸의 피라미드까지 멀리 이어져 있었다. 그리고 거대한 집은 마치 궁궐 같았다. 까를로스는 아주 신기한 듯 주변의 땅을 살펴보았다.

"여기서 자랐다고?" 까를로스는 믿기 어렵다는 목소리로 물었다.

"부모님이 돌아가시고 나서 대단한 분이 나를 입양해주셨고, 이곳이 나의 집이 되었다네."

루터스는 어린 시절 숨바꼭질하며 놀았던 많은 분수대와 조각들을 둘러보았다.

"이 분들이 내 가족이네." 루터스는 깨끗한 하얀 조각 앞에서 발걸음을 멈췄다.

양친과 두 아이들의 조각상이었다. 어머니의 손은 아이들 어깨에, 아버지는 어머니를 보호하듯 팔로 허리를 힘껏 감싸안고 있었다. 그리고 아이들의 얼굴은 건강과 행복으로 빛나고 있었다. 까를로스는 조용하게 물었다.

"어떻게 돌아가셨나?"

"마약으로 잃었네." 루터스는 어머니상의 얼굴을 부드럽게 만졌다.

까를로스는 고심 끝에 말했다.

"이 동상을 봐선 빈민촌에 사셨던 것 같진 않은데."

"콰와틀리님, 날 입양해주신 아버지는 우리 부모님들이 가질 자격이 있었지만 갖지 못했던 삶을 기리며 조각을 만드셨다네." 루터스는 까를로스를 돌아보며 말했다.

"우리 가족의 사정에 대해서 안타까워하셨지. 내가 실제로 겪은 길거리 삶의 어려움보다는 원래 가족들의 아름다운 본성을 기억하기를 원하셨어."

"그런 은인을 찾다니 운이 좋았네." 까를로스는 그의 어깨에 손을 얹었다.

"그 분께서 나를 찾아주셨다네. 그날부터 내 삶이 새로 시작된 거지." 루터스는 속삭였다.

"어떻게 만나게 되었나?" 두 사람은 다시 집을 향해 걷기 시작했다.

루터스는 수평선에 걸쳐 있는 돌로 만든 건축물을 가리키며 대답했다.

"난 그때 테오티와칸의 신전에서 놀고 있었지."

그 운명적인 날을 설명하면서 루터스의 머릿속에 기억이 펼쳐졌다. 루터스는 완전하게 그 기억에 빠져들었다. 여덟 살 난 루터스는 상상 속의 용을 이기기 위해서 나뭇가지를 검 삼아 휘두르며 돌 피라미드에서 시끄럽게 뛰어다니고 있었다.

"내가 너를 이겨주마!" 루터스는 앞의 허공을 지르며 외쳤다.

"사악한 용, 너는 테오티와칸 최고의 명검객을 만난 것이다!"

그때 한 노인의 목소리가 피라미드 계단에서 들려왔다.

"이 녀석, 요란스럽기도 하지!"

루터스는 노인을 향해 나뭇가지 끝을 쳐들며 소리쳤다.

"용건을 말하시오! 친구요, 적이오?"

노인은 웃으며 말했다.

"네가 하도 시끄러워서 신들이 다 깨시겠다!"

노인은 절뚝거리며 계단을 내려왔다. 아이가 있는 곳으로 오자 노인의 얼굴에는 기쁜 표정이 스쳤다.

"아, 지금 신이 한 분 계시네."

노인은 아이의 눈을 마주치며 말했다.

"어디요?" 루터스는 뒤를 돌아보았다.

"네 안에 있단다. 얘야! 넌 지금 모르겠지만, 네 안에서 하느님이 주무시고 계셔."

노인은 몸을 구부려 아이의 귀에 속삭였다.

"너는 세상을 살릴 거야."

어린 소년은 마치 군기 잡힌 보초병처럼, 작은 몸을 똑바로 세우고 경례했다.

"많이 지저분해졌구나. 부모님은 어디 계시니?"

"저기요." 루터스는 거짓말을 했다.

"어디 한번 만나볼까?"

루터스는 세상에 혼자라는 것이 부끄러웠다. 둘은 존재하지 않는 가족을 찾아 몇 시간 동안 피라미드를 돌았다. 노인은 물었다.

"나한테 거짓말 한 거니?"

루터스는 부끄러워서 작은 머리를 숙였다.

"부모님은 어디에 계셔?"

노인은 루터스와 눈을 맞추기 위해서 무릎을 꿇었다.

루터스는 작은 목소리로 고백했다.

"돌아가셨어요."

노인은 루터스 머리 위로 손을 움직이며 말했다.

"네가 우연히 태어난 아이가 아니라 하느님의 자녀라는 것을 기억할 수 있도록 내면의 신성神性을 깨워주겠다. 네가 스스로 살아갈 수 있는 나이가 될 때까지 내가 돌봐주마."

기억이 흐릿해지며 루터스는 다시 현재로 돌아왔다. 그것은 너무나 오래 전이었지만, 마치 어제 일어난 일처럼 뚜렷하게 기억할 수 있었다. 어떤 기억들은 시간이 지나도 흐려지지 않기 마련이다.

까를로스는 동상을 바라보며 물었다.

"그럼 동생은 어떻게 됐어?"

"알레한드로? 모르겠어." 루터스는 속삭였다.

"콰와틀리님과 나는 여러 번 동생을 찾기 위해서 빈민촌으로 갔지만 찾을 수 없었어."

루터스의 목소리가 떨렸다.

"내 마음에 가장 큰 상처가 동생을 잃은 거라네. 혼자서 어떤 삶을 살았는지 상상을 못 하겠네."

"혼자 다정한 아버님께 사랑을 받으면서 유복하게 잘 커서 죄책감을 느끼는 건가?" 까를로스는 물었다.

"그렇다네. 그래서 내가 의사가 되고 신부가 된 거라네. 나 같은 행운이 없는 사람들을 돕기 위해서. 난 내 뿌리를 한 번도 잊은 적이 없어. 내 동생을 한 번도 잊은 적이 없다네."

노인의 목소리가 마당에 메아리쳤다.

"이게 웬일이냐?"

늙은 아버지의 걸걸한 목소리가 기쁜 마음에 높아졌다.

"우리 아들이 돌아왔냐?"

흔들거리는 다리로 종종걸음으로 걸어오는 콰와틀리는 마치 수백 년 전의 사람처럼 보였다. 루터스는 달려가서 아버지를 껴안았다. 노인은 키가 그의 반, 몸의 넓이는 반의 반도 안 되어 보였다.

"그래, 그래, 알았다."

노인은 손짓으로 그만 됐다고 했다. "이러다 나, 부서지겠다."

"죄송해요, 아버지." 루터스는 웃었다.

"이쪽은 누구야?" 콰와틀리는 안경을 눈으로 다시 올렸다.

"아버지, 이 사람이 까를로스입니다. 칸쿤에서 함께 지낸 저의 오랜 친구입니다."

콰와틀리의 얼굴에 묘한 표정이 스쳐갔다.

"그래, 너희 둘이 어떻게 만났다고?" 눈썹을 찌푸리며 물었다.

"무료 급식소에서 만났습니다." 까를로스가 설명했다.

"아드님이 저를 챙겨주고 새로운 삶을 살 수 있게 도와주었습니다."

"흥." 콰와틀리는 콧방귀를 뀌며 말했다.

"그래, 들어오게. 여기 있다간 감자처럼 구워지겠어."

"고맙습니다, 아버지." 루터스는 노쇠한 아버지의 팔꿈치를 단단히 부축하고 안으로 모셨다.

"이제 감옥 얘기를 다 들려주렴. 지난 몇 달간 가정부들한테서 네 얘기를 많이 들었단다."

콰와틀리는 말했다. "네, 아버님." 루터스의 목소리가 낮아졌다.

"아버님을 부끄럽게 해드려 죄송합니다."

"아니야, 아니야. 그런 거 없어."

그는 팔에 있는 루터스의 손등을 토닥토닥거리며 말했다.

"나불거리는 수다쟁이의 소문은 진실과는 거리가 멀지."

콰와틀리는 계속 까를로스를 수상쩍어 하며, 슬쩍슬쩍 흘겨보았다. 루터스는 그런 아버지를 보면서 연세가 드셔서 변하신 게 아닌가 생각이 들 정도였다. 그는 평생 한 번도 아버지가 손님에게, 그 손님이 왕이건 범죄자건, 이런 식으로 홀대하는 것을 보지 못했다. 아버지는 루터스에게 모든 사람들은 내면에 신성의 불꽃이 있다고 가르쳤고, 그렇기 때문에 모든 사람들은 동등하다고 말해왔다. 아버지의 변화는 그를 당황하게 했다. 나중에 아버지와 단둘이 있게 되면, 손님에게 좀 잘해달라고 조용히 말씀을 올려야겠다고 다짐했다. 루터스가 알 수 없었던 것 그리고 그후로도 몇 달 동안 계속 몰랐던 것을, 아버지는 직감적으로 아셨다. 그것은 가장 어두운 비밀이자 까를로스의 진정한 정체였다.

CHAPTER 5

노아는 매일 죽음에 도전했다. 그는 심장 전문의이며, 매우 우수한 수술의였다. 그의 비결은 '직감'. 노아에게는 1밀리미터라도 목표에서 벗어나면 경고를 주는 특별한 힘이 있었다. 그 직감은 그가 의학계의 대가로서 명성을 얻도록 해주었을 뿐만 아니라 지구상의 수많은 환자들을 살린 영웅으로 만들어주었다.

그는 흰 의사 가운의 단추를 끄르며, 의자 깊숙이 몸을 맡겼다. 몸이 부쩍 쇠약해진 것을 느꼈다. 평소처럼 잠을 자도 더 이상 충전이 되지 않고, 늘 피곤했다. 그는 눈을 문질렀다. 그리고 사무실을 둘러보며 그가 치료해 주었던 유명 인사와 그들 가족사진을 훑어보았다. 그는 사진 속 양복을 입고 있는 자신이 어린 아이였을 때를 기억했다. 울퉁불퉁한 무릎과 뽀글뽀글한 퍼머 머리를 하고, 높은 목소리에, 데이트할 여자아이를 찾는 데 너무나 수줍어 했던 아이. 하지만 그건 아주 옛날 일이었다. 그는 문을 두드리는 부드러운 노크 소리를 들었다.

"들어와요." 책상에 사진을 다시 올려놓으며 말했다.

"노아 박사님?" 동료 의사의 머리가 문 뒤에서 나타났다.

"혹시 업무 중이신가요?"

"아니네, 들어오게." 그는 의자에서 자세를 바로 세웠다.

"도와드릴 게 있나요?"

캐리 박사는 문을 등 뒤로 닫으며 들어왔다. 노아는 그가 의료 차트를 거의 숨기듯이 옆에 꼭 붙이고 들어오는 것을 보았다. 노아는 캐리가 인턴일 때 한눈에 알아보고, 직접 골라서 키운 젊은이다. 벌써 이것도 수년 전 일이다. 캐리는 젊고 유망한 심장 전문의 레지던트로, 수많은 스트레스 상황에서도 민첩한 손과 냉정한 머리를 유지할 수 있는 똑똑한 젊은이였다. 지금 그가 노아의 반대편 의자에 앉아 있다.

"노아 박사님!" 그는 긴장한 듯 목을 한 번 가다듬었다. "어떻게 말씀드려야 할지 모르겠습니다. 직접 검토해 보시는 것이 좋을 것 같습니다." 책상 위로 파일을 건네는 그의 손이 떨리고 있었다.

침착한 손으로 파일을 건네받았지만 노아의 심장이 잠시 멎는 듯했다. 그는 최근에 피로한 원인을 찾기 위해 캐리 박사에게 부탁해서 종합 검진을 받았다. 그는 빠르게 파일을 열어 세 페이지에 걸친 데이터를 훑어보았다. 마지막 페이지에서 그는 피로의 원인을 찾을 수 있었다. 노아는 의자에 다시 앉고, 파일을 책상 위로 아무렇게나 던지며 말했다.

"답을 찾은 듯하군." 그는 짐작했다. "진단명은?" 그는 수년 동안 인턴들의 지식을 시험할 때 써왔던, 감정이 없는 감독관 같은 목소리로 물었다.

"노아 박사님……" 캐리는 미간을 좁히며 대답을 머뭇거렸다.

"진단명!" 노아는 무감정한 목소리로 다시 한 번 물었다.

캐리는 지시받은 대로 대답했다. "환자 이름은 노아 휘틀리, 나이는 63세, 증상은 피로와 어지럼증, 심장 MRI와 혈액검사 결과는 중증 심근증입니다."

"예후는?" 노아는 뒤로 몸을 젖히며 책상에 펜을 탁탁 두들겼다.

"노아 박사님!" 캐리는 말을 잇지 못했다.

"예후는?" 노아는 다시 물었다.

"치명적입니다." 캐리는 조용히 대답하며 눈을 책상으로 돌렸다.

"치료 방안은?" 노아는 빈틈없이 물었다.

"이식입니다."

"이식 전 처방은?"

"환자 분은 즉시 입원하여 좌심실 보조기를 착용하고, 기증자를 기다리셔야 합니다."

"좋습니다, 닥터 캐리! 잘 하셨습니다." 노아는 생각에 잠긴 채 말을 마쳤다.

CHAPTER 6

노아는 서재의 창밖으로 그가 젊은 수술의였을 때, 부인과 함께 살았던 집의 정원을 바라보았다. 그리고 벽난로로 다가가 가족사진의 유리 위를 손으로 훑었다. 부인은 삼 년 전, 교통사고로 딸과 그를 남기고 먼저 하늘나라로 떠났다. 노아는 주머니에서 전화를 꺼내 번호를 누르기 시작했다.

자동 응답기가 전화를 받았다.

"애니의 집입니다." 딸의 생동감 있는 목소리가 귀에 울렸다.

"그리고 빌도요." 그녀의 약혼자가 노래하듯 이어 말했다. 둘의 목소리가 귀엽게 겹치며 메시지를 완성했다. "삐 소리가 울리면 메시지를 남겨주세요!"

"안녕, 달링!" 노아가 목소리에서 수심을 숨기려고 노력하며 말했다. "그냥 결혼 계획 잘 진행되고 있는지 궁금해서 전화했다."

딸깍 소리와 함께 전화로 넘어갔다.

"아빠!" 그녀의 목소리에는 반가움이 뚝뚝 떨어졌다. "죄송해요, 바로 전화를 못 받았어요."

"안녕 귀염둥이." 노아의 목소리가 애정으로 가득 찼다.

"달링? 귀염둥이? 통화 한 번에 애칭이 두 번이나 들어가다니. 뭔가 이상한데요?" 그녀는 장난스럽게 말꼬리를 잡았다.

노아는 웃었다.

"아니야, 우리 네눈박이." 노아는 별명을 부르며 놀렸다.

"이제야 아빠 같네요. 무슨 일이에요, 아빠 곰?"

"그냥 너랑 너희 엄마가 생각나서." 노아는 대답했다.

그녀는 잠시 조용해졌다.

"아빠, 정말 괜찮아요?" 그녀의 목소리가 걱정으로 낮아졌다.

"난 괜찮아. 그저 네 엄마가 네가 웨딩드레스를 입고 걸어가는 걸 봤으면 얼마나 좋아했을까 싶어서……."

노아의 부인은 동화 같은 드라마를 꿈꾸는 대책 없는 로맨티스트였다. 그녀는 딸이 결혼하는 날 입혀주려고 부풀린 어깨 장식과 레이스가 가득한 웨딩드레스를 소중히 간직했다. 노아는 그녀가 딸의 결혼식을 보지 못하게 되리라고는 상상도 하지 못했다. 마찬가지로 운명이 원한다면, 그 또한 보지 못하게 될 것이다. 하지만 노아는 자신이 가지고 있는 모든 것을 바꿔서라도 딸의 결혼식장에서 함께 전통적인 아빠와 딸의 춤을 추며 서툰 딸에게 발을 밟히고 싶었다.

"날짜는 정했니?" 노아는 최대한 아무 일도 아닌 듯이 물었다.

"네, 최대한 서두르면 삼 개월 안에 기적적으로 식을 올릴 수 있을 것 같아요." 그녀는 대답했다.

노아는 자신에게 삼 개월이란 시간이 있을지 질문했다.

"왜 더 일찍 안 하고? 하와이 해변에서 하는 긴 어때?" 그가 제안했다.

"아빠! 삼 개월이면 빠른 거예요! 뭘 그렇게 서둘러요? 벌써 제가 지겨워진 건 아니죠?" 그녀는 항의했다.

"그럴 리가 있나." 그는 약속했다.

고아 애니. 노아의 생각이 거기까지 미치자 마음이 편치 않았다.

"석 달은 필요해요. 장소도 찾아야지, 출장 연회 요리사도 고용하고, 드레스도 수선하고, 초청장도 보내고……. 그리고 빌이 학기 중에 신혼여행을 떠날 순 없잖아요."

그녀는 일 년에 하루도 일을 빼먹지 않는 아버지가 중학교에서 6학년을 가르치고 있는 자신의 약혼자에게 2주 동안이나 수업을 빼먹으라고 제안하자 어안이 벙벙해졌다.

"그냥 제안일 뿐이야." 그는 안심시키는 어투로 말했다.

통화 도중에 노아는 심장이 죄여오는 듯했다. 사실, 꼬이는 듯했다. 그리고 숨이 가빠왔다. 노아는 이 증상을 정확히 알았다. 그의 왼팔이 저려왔다.

"애니, 이제 그만 끊어야 할 것 같은데." 그의 목소리는 부드러웠다.

"네, 안 그래도 빌이 방금 들어왔어요."

"안녕, 귀염둥이. 사랑한다." 그는 고통 속에서도 목소리를 차분하게 유지하려 애썼다.

"안녕, 아빠!"

노아는 전화를 끊고 911을 누르면서 책상서랍에서 다급히 아스피린을 찾았다. 다섯 알을 입안에 급히 털어 넣고, 씹어 삼키며,

낡은 가죽 의자에 미끄러지듯 주저앉아 구급차가 제시간에 도착하기를 기도했다.

CHAPTER 7

엔젤린은 벌떡 일어나 눈을 떴다. 시계는 네 시를 가리키고 있었다. 앞으로 세 시간 후, 알람이 울릴 때까지 잠들기 어렵다는 것을 알고 있는 엔젤린은 다시 베개 위로 몸을 던지듯 누워버렸다. 엔젤린은 악몽을 꾸고 난 후에는 늘 다시 잠들지 못했다. 사실 엔젤린을 잠에서 깨우는 것은 악몽이라기보다는 그녀가 지난 이십 년 동안 잠을 자는 동안 되풀이된 기억이었다. 항상 같은 꿈이었다.

"아기는 어디서 나오는 거야?" 엔젤린은 네 살배기 아이의 목소리로 질문했다. 엔젤린은 곰 인형을 꼭 안고, 손가락으로 곱슬거리는 금발의 머리가닥을 돌돌 말며, 아버지에게 물어보았다. 아버지는 곧 새끼를 낳을 암말의 꼬리 끝을 다독거리면서, 딸과 눈이 마주칠 수 있도록 쓰고 있던 카우보이 모자를 위로 젖혀 올렸다.

"엄마 배에서 나오는 거야"라고 대답하면서, 주위에 있는 건초 위에 양수를 쏟아내고 있는 암말에 다시 주의를 기울였다.

"내가 거기서 나온 거야?" 엔젤린은 코를 찌푸렸다.

"그렇단다, 애야." 아버지는 기계적으로 대답하며, 출산을 하고 있는 암말을 달래는 데 온 신경을 쏟고 있었다.

"그럼 아빠는 어디서 나왔는데?"

"난 우리 엄마 배에서 나왔지." 아버지는 꾹 참으며 대답했다.

"할머니 배?"

"그래, 맞아" 그는 한숨을 내쉬었다.

"그럼, 할머니는 어디서 왔어?"

"엔젤린!" 그녀의 아버지는 엄하게 말했다. "너 지금 자야 할 시간 아니니?"

"하지만 난 프린세스와 함께 있고 싶어. 프린세스는 지금 내가 필요해."

프린세스는 네 다리 모두 헛발질을 하며 날카롭고, 불안한 울음소리를 냈다.

"프린세스 아파, 아빠?" 눈썹을 찌푸리며 그녀는 물었다.

"당장 마구간 밖으로 나가!" 아버지는 인내심을 잃고 소리쳤다.

아버지의 단호한 명령에 겁을 먹은 엔젤린은 빠르게 마구간 밖으로 나왔지만, 나오자마자 멈췄다. 프린세스가 괜찮다는 것을 알기 전에는 떠날 수가 없었다. 엔젤린은 좁은 문틈 사이에 눈을 붙이고 아버지가 가장 사랑하는 자신의 애완동물 뒤로 팔을 집어넣는 것을 보았다.

"그래, 괜찮아, 프린세스! 아직은 밀어내지 말거라." 아버지는 안심시키는 목소리로 조용히 말했다. "망아지의 위치를 움직여야 해. 조금만 시간을 주면 내가……" 아버지는 팔을 움직여서 망아지를 다시 자궁 속으로 밀어 넣었다. "그래, 그거야……" 아버지는 망아지의 두 다리를 잡아당겼다.

프린세스는 망아지를 밀어내고, 아버지는 밖에서 잡아당기며 끙끙거렸다. 말과 아버지가 한동안 그렇게 노력한 끝에 프린세스의 자궁에서 하얀 액체가 건초 위로 흘러내렸다. 아버지가 하얀색의 자루를 찢어서 열자, 그 안에서 망아지가 모습을 드러냈다. 하얀 바탕에 연한 갈색 반점이 있는 아름다운 망아지였다. 엔젤린은 이 망아지에게 조이(joy, 기쁨)라는 이름을 지어주려고 했다.

아버지는 아기 말의 머리를 수건으로 닦으며 일으켜 세우려 했다. 하지만 움직이지 않았다. 프린세스가 울부짖으며 부자연스럽게 헐떡거리고 있는 동안, 갓 태어난 망아지는 움직임 없이 바닥에 누워 있었다. 프린세스에게 문제가 생긴 것을 느끼고 아버지는 서둘러 프린세스에게 다가갔다. 앞뒤로 빠르게 다니며 몸 전체를 확인했다. 프린세스가 고통스러운 신음소리를 내자, 엔젤린의 심장이 멎을 듯했다. 아버지는 깨끗한 수건으로 두 손을 닦고 프린세스의 콧잔등에 입을 맞추었다.

"미안하구나." 그는 조용히 말했다. "더 이상 아프지 않을 거라고 약속하마."

아버지는 마구간 밖으로 나와 떨리는 팔로 곰 인형을 꼭 안고 서 있는 엔젤린을 발견했다. 그는 무릎을 꿇고 엔젤린을 끌어안았다.

"프린세스에게 작별인사를 할 때가 된 것 같구나."

"작별인사? 프린세스가 어디로 가는데?" 엔젤린이 물었다.

"잠을 자러 가는 거야."

"그럼, 잘 가라고 안 할래." 엔젤린이 고집을 부렸다.

아버지는 엔젤린을 안아 올려 마구간으로 걸어가 프린세스 옆에 살며시 앉혔다.

"잘 가라고 말해주렴. 프린세스는 천국으로 가는 거야."

아버지는 일어서서 자리를 떠나며 조용히 말했다.

"프린세스야!" 엔젤린이 울며 말했다, "천국으로 가지 마, 나랑 여기 있어……. 난 네가 필요해." 엔젤린은 프린세스의 갈기를 빗질하며 쓰다듬었다. "하느님, 제발! 제발, 도와주세요!" 그녀는 기도했다.

얼마나 지났을까? 갑자기 마구간 안에 있던 전구알이 큰 소리를 내며 산산이 부서졌다. 마구간이 어두워졌지만 엔젤린은 자신과 프린세스를 둘러싼 황금색의 환한 빛이 촛불처럼 불을 밝혀 앞을 볼 수 있었다. 프린세스가 히힝거리며 자리에서 당당하게 일어섰다. 동시에, 엔젤린이 바닥에서 공처럼 데굴데굴 굴렀다.

"엔젤린!" 그녀의 아버지는 어두운 마구간 안으로 뛰어들어 왔다. 그는 어깨에 총을 메고 있었다. 들고 있던 한줄기 전등 빛이 죽은 채 누워 있는 망아지 옆에 의식을 잃고 누워 있는 엔젤린 위로 비춰졌다. 엔젤린이 온힘을 다해서 가냘프게 눈을 떠서 아버지께 좋은 소식을 전했다.

"아빠, 프린세스가 다 나았어." 그리곤 엔젤린은 의식을 잃었다.

CHAPTER 8

미켈라가 눈물을 터뜨리며 말했다.

"합리적이지 않다는 것은 알지만, 내 몸한테 화가 나."

엔젤린은 거실의 낡은 베이지색 소파 위 미켈라에게 더 가까이 붙어 앉았다. 친구의 몸에 머리를 대고, 눈앞의 황금색 곱슬머리 한 자락을 손으로 치웠다.

"그럼, 당연하지." 엔젤린은 조용하게 말했다.

미켈라가 눈물을 흘렸다.

"이게 어떻게 된 일인지 알 수가 없어. 나는 십 년 넘게 설탕도 안 먹었고, 운동도 하고……. 게다가 난 채식주의자라고. 빌어먹을! 그리고 그 나쁜 놈, 이기적이고 무식하고 무정한 나쁜 자식. 나, 그 사람한테도 너무 열받았어." 엔젤린은 친구를 위로하고 싶은 마음에 손을 잡았다.

"도대체, 어떻게, 이런 순간에 나를 떠날 수가 있어?" 미켈라는 엔젤린에게 물었다.

"모르겠어." 엔젤린은 그녀의 머리를 쓰다듬었다.

"어쩌면 그게 더 나을지도 모르지. 치료받을 땐 자신한테 집중해야 되잖아."

"엔젤린, 난 치료 안 받을 거야!"

"뭐?" 엔젤린은 총알같이 자리에서 일어났다.

"병원비를 감당할 수 없어." 미켈라가 고백했다.

"미켈라, 너 꼭 치료 받아야 해." 엔젤린은 경고했다.

"4기야 이제." 미켈라가 목소리를 낮춰 속삭였다.

"그리고 난 우리 가족을 병원 빚으로 파산시키고 싶지 않아."

"하지만 암을 이겨낼 가능성도 있잖아."

"거의 없지."

"시도해 봐야 해."

"왜?"

"왜냐면, 인생은 선물이니까."

"형편없는 선물."

"그렇게 말하지 마!"

"인생이 뭐가 그렇게 대단한데? 넌 행복해? 난 행복한 적 없는데."

"그래, 힘들 수 있어. 그래도 시도해 봐야지."

"그래야 하는 이유를 하나만 대봐."

그녀는 삶에 조롱당한 분노를 쏟아내며 도전하듯 말했다.

"왜냐면 더 나아질 수 있으니까. 우리가 더 나아지게 만들 수 있잖아."

엔젤린은 미켈라를 품에 안으며 약속했다. 엔젤린의 몸이 뜨겁게 타오르는 듯했다. 그녀는 이전에도 수없이 그랬던 것처럼 그녀의 세포에서 황금빛 열기가 뿜어져 나오는 것을 느꼈다. 엔젤린은 입자들이 에너지장으로 융합해서 미켈라를 감싸는 것을 느꼈고, 이제 곧 미켈라가 좋아질 거라는 것을 알았다. 엔젤린은 이런 능력이 언제, 어디서, 발현될지 알 수 없었고, 원하는 대로 조절할 수가 없었다. 이 치유의 에너지는 엔젤린의 생각대로 되지 않고, 마치 신비로운 힘이 그녀의 몸을 통해 저절로 작용하는 것 같았다. 엔젤린이 확실히 아는 것은, 이 힘에는 대가가 따른다는 것이었다. 그리고 이번 대가는 확실히 힘든 녀석일 것 같았다.

4기 자궁암. 그녀는 4기 자궁암은 어떤 느낌일지 궁금했다. 그리고 머지않아 그 느낌을 곧 알게 될 거라는 것도 알았다.

* * *

엔젤린은 전화기가 울리는 소리에 일어났다. 그녀는 핸드폰 시계로 날짜를 보고 소파에서 꼬박 이틀을 잤다는 사실을 알았다. 엔젤린은 끙끙대며 온몸을 찢어발기고 있는 고통을 무시하려 애써 몸을 틀었다. 그녀의 혈관을 타고 독이 흐르는 듯, 피가 흐르는 것조차 아팠다. 엔젤린은 배를 꽉 감싸고, 손으로 살을 꾹 누르며, 그녀의 자궁에서 수 천 개의 가시들이 바깥으로 찌르는 듯한 통증이 잦아들길 바랐다. 엔젤린은 조금만 더 자면 감각을 차단하고 고통에서 마음을 벗어나게 할 수 있다는 것을 알았다. 이것이 그녀의 능력의 대가였다.

엔젤린은 돌아누우며 생각을 하지 않으려고 했다. 엔젤린은 자신에 대해서 설명할 수가 없었다. 그녀는 말하고 걸어다니는 모순덩어리였다. 엔젤린은 안정적인 사회의 일원으로 보이고 싶었지만 독의 기운을 자신의 몸으로 끌어들여 정화하는 능력 때문에 제대로 된 직업을 가질 수도 없었다. 아무리 기적적이더라도, 누가 믿어주겠는가? 그리고 자유자재로 쓸 만큼 안정적인 능력도 아니었기 때문에 이 능력을 활용한 새로운 일을 할 수도 없었다. 엔젤린은 늘 물 밖의 물고기가 된 기분이었다. 그녀는 온 힘을 다 해서 전화기를 귀까지 들어올리고 음성사서함을 확인했다.

"엔젤린!" 미켈라의 들뜬 목소리가 귀에 울렸다. "무슨 일이 있었는지 절대로 알아맞힐 수 없을 거야. 네가 말한 것처럼 다시 병원에 가서 검사를 좀더 했어…… 그런데 종양이 없어졌대! 의사들도 어떻게 된 일인지 영문을 몰라…… 어쩌면 내 검사 결과가 다른 환자랑 뒤바뀌었을지도 모른대. 엔젤린, 나 안 죽는대." 미켈라의 밝은 목소리에는 기쁨이 울렸다. "아무튼 클로드가 축하해준다고 해서 함께 시간을 보내려고. 이번 주말에 시카고에 부모님 만나러 같이 가재! 믿어지니?"

'그래, 완전히 믿어진다.' 사실, 소파에서 식은땀을 흘리며 고통스러워하는 이 기억은 평생을 갈 것 같았다.

"전화해. 우리 둘이 가기로 한 자동차 여행은 못 갈 것 같아. 화내지 말구." 미켈라는 미안한 목소리로 말했다. 엔젤린은 전화를 끊었다. 전화기는 '쿵' 소리를 내며 바닥에 떨어졌다. "맙소사. 내가 바꿀 수 없는 일을 받아들일 힘을 주시옵소서." 엔젤린은 기도했다.

CHAPTER 9

심장박동 모니터 소리는 노아에게 음악과 같았다. 그 안정적인 리듬에 맞춰 그의 손가락은 세계적인 첼리스트가 활을 켜듯이 사람의 심장을 꿰맸고, 수술실은 그에게 가장 편안한 무대였다. 둔탁한 소리와 함께 뜨는 직선은 그에게는 끝이 아니라 지금 수술대 위에 올라와 있는 사람이 다시 한 번 삶의 장엄한 교향곡을 이어갈 수 있게 하는 짜릿한 도전과 같았다. 그가 심장 전문의가 된 이유와 열정은 그의 환자가 처해 있는 삶이 비극적 결말로 이어지지 않도록 삶의 리듬을 계속 약동하고 노래하게 만드는 데 있었다.

노아는 그가 일어났을 때 머리맡의 기계에서 나오는 소리가 자신의 심장 소리라는 사실을 깨달았다. 그 소리는 회색빛으로 칠해진 황량한 병원의 무균실 안에서 메아리치고 있었다. 그가 지금 침대 위에 누워 있는 이 방은 그동안 환자들을 상담하기 위해 수없이 들어왔던 방이다. 그는 눈을 깜빡이며, 천장의 타일에 있는 여러 개의 점에 초점을 맞추었다.

"이 방의 천장 타일에는 성모 마리아의 모습이 보이는군." 노아는 서둘러서 자신의 침대 옆으로 오는 캐리 박사에게 말했다.

"내가 신비로운 현상을 보고 있나?" 그는 농담했다.

캐리는 밤 하늘의 별자리를 읽듯 천장을 올려다보며 말했다.

"바티칸에 전화 드릴까요?"

"언론을 자극할 건 없지. 하지만 이 방에 묵게 되는 환자가 있다면 이야기해주게. 사실, 우리는 병동에 있는 각각의 침대에 누워본 다음, 천장에 있는 저 점들로 별자리를 만들어서 각 방마다 이름을 붙여야겠어. 환자분들이 좋아할 거야."

"그렇게 하죠." 캐리는 약속했다. "어떠신가요?"

노아는 잠시 1분간 눈을 감고 몸 상태를 점검했다.

"코끼리가 가슴 위에 앉아 있는 것 같네. 하지만 살아 있어서 감사하지." 그는 대답했다.

"쉬셔야 합니다. 저기, 애니가 오고 있어요." 노아는 끙 하고 숨을 내쉬었다.

"애니에게 전화했나?" 그는 한숨을 쉬었다.

"지금 상태가 매우 좋지 않으십니다." 캐리는 그의 멘토의 어깨에 손을 짚었다.

"알지. 이 나라에서 가장 잘 나가는 심장 전문의가 심장 발작으로 침대에 누워 있다니." 노아의 목소리가 속삭이듯 작아졌다.

"지금 상황이 꼭 사형 선고는 아닙니다. LVAD(좌심실보조인공심장) 장치 이식 수술을 내일 잡아놓겠습니다. 시간을 버실 수 있을 거예요."

"캐리, 나는 병원에서 평생을 살아왔네." 그는 몸을 일으키다

고통으로 살짝 움츠렸다. 그리고 능숙하게 정맥주사와 가슴에 풀로 붙여놓은 다중 심박 센서를 떼어냈다. 그는 개흉 심장 수술의 위험부담을 잘 알고 있었다. 그것은 위험한 제안이었다.

"노아 박사님!" 캐리가 강하게 말했다.

"나에게 하루만 주게." 그는 차갑게 들릴 정도로 강하게 말했다. 자신의 목소리가 날이 서 있다는 것을 깨닫고는 바로 목소리를 낮췄다. "내일 돌아올 테니 그때 내 가슴을 열어봐도 좋네." 그는 약속했다.

"공식 소견으로는 반대하는 겁니다." 캐리 박사는 그가 침대 곁으로 다리를 내리고, 타일이 깔린 바닥에 발을 딛도록 받쳐주며 말했다.

"그럼, 내 환자파일에다가 적어두게." 노아는 조심스럽게 그의 바닐라 색 캐시미어 스웨터를 어깨 위로 끌어올렸다.

"만일 조금이라도 어지럽거나, 가슴에 압박이 느껴지거나, 턱이 아프시면…… 바로 돌아오십시오." 캐리는 그의 멘토가 일어나는 것을 도왔다.

"나도 징조를 아네." 노아는 신발 속에 발을 넣으며 캐리를 안심시켰다.

"애니에게 뭐라고 말해야 하죠?" 캐리는 노아가 주머니에 지갑을 꽂아 넣는 것을 지켜보았다.

"8시에 뉴저지에 있는 집에서 식사하자고 전해주게." 노아는 그의 팔목에 금으로 된 시계를 찼다.

"어디 가십니까?" 캐리는 물었다.

"나는 삶을 살아보러 가네." 노아는 제자의 어깨에 손을 얹으며 말했다. "오늘이 마지막 날인 것처럼 말이지."

"맥주와 포커게임 쪽이요, 아니면 아기랑 강아지 쪽이요?" 캐리는 웃으며 말했다.

"마음 가는 대로 가보려고." 그는 캐리의 어깨를 꼭 잡고, 그의 자랑스러운 제자를 끌어안았다. "그냥 마음 가는 대로 가볼 거야." 그는 나지막이 되풀이했다.

"핸드폰 꼭 챙겨 가십시오." 캐리는 조언했다.

"당연하지." 노아는 약속했다. "자, 이제 지구상에서 마지막 날을 살지도 모르는 사람, 나가네."

"네, 박사님!" 캐리는 조심스럽게 노아와 함께 복도를 걸어갔다. "저기서 제가 잘 해드리겠습니다." 그는 노아가 수술을 받을 수술실을 가리켜 보이며 말했다. "최고에게 배웠는걸요."

"자네는 최고지. 그리고 이번엔 내게 증명해 주게." 그는 울컥하고 뭔가 목구멍으로 치밀어 오르는 것을 느꼈다. 그리고 목을 메게 하는 불길한 감정을 조절하려고 노력했다. 두 남자는 병원 입구에서 포옹하고, 노아는 맨해튼의 따스한 황금빛 봄 햇살 아래로 걸어갔다.

CHAPTER 10

노아는 뉴욕의 바쁜 거리를 새로이 음미하며 걸었다. 마치 이 도
시에 처음 와서 맘이 들뜬 여행객처럼. 그는 빅 애플(뉴욕의 별명)
의 정수를 맛보았다. 시끌벅적하게 걸어가는 사람들의 바쁜 걸음
은 혈관을 통해 힘차게 뿜어져 나가는 혈액과 같았다. 그는 맥동
하는 노란 택시들과, 침이 고이게 하는 핫도그와 소시지 냄새 그
리고 골목을 돌 때마다 공존하는 비극과 허세의 장엄한 혼합물에
새삼 감탄했다. 도시는 생명력으로 흘러넘칠 듯했다. 실로 마법과
같았다.

그를 가장 놀라게 한 것은 사람들이었다. 마치 한 음 한 음을
목숨이 걸린 듯 열정적으로 연주하는 색소폰 연주자, 사람들의 웃
음소리, 중요한 일이 있는 듯 앞서거니 뒤서거니 서두르는 사람
들, 즐거움에 차서 사지를 쭉 뻗으며 장난스러운 느낌을 있는 그
대로 사진기에 담는 젊은 관광객들, 핸드폰에 대고 너무 큰 소리
로 말하고 있는 정장을 입은 사람들. 노아는 매료되었다.

그의 눈은 도시의 아름다움 앞에 삼십 년간 닫혀 있었다. 이렇
듯 수많은 사람들이 뿜어내는 삶의 역동적인 만화경을 감상하는
것을 막을 만큼 그에게 중요한 것이 노대체 무엇이 있을까?

노아는 답을 이미 알고 있었다. 자신이 바로 저기서 앞서거니

뒤서거니 바쁘게 걷고, 핸드폰으로 시끄럽게 얘기하며, 함께 걷는 사람들을 거의 눈치채지 못하는 사람이었다. 노아는 명성을 쌓는 데 너무 열중해있었다. 그는 중요해지고 싶었기에 다른 어떤 것도 중요하다고 느끼지 않았던 것이다.

그는 상가의 유리창 앞에 섰다. 노아의 눈이 현재 유리에 반사된 자신의 모습으로 옮겨졌다. 그의 눈앞에는 불행한 한 남자가 보였다. 그는 인생이 줄 수 있는 최고의 것들을 얻었지만 그 과정에서 정작 중요한 것을 놓쳤다. 직함 아래, 신중하게 만들어낸 전문성이라는 가면 아래, 그는 단지 한 명의 사람이었다. 삶에서 인간의 근본적인 마음, 인간성을 경험하는 것보다 더 중요한 것은 없었다. 그는 이것을 어렸을 때는 직관적으로 알고 있었지만 언제부턴가 잊고 살았다.

그는 한 때, 한 잔의 차 맛을 음미하길 사랑했던 사람이고, 아내의 몸에 있는 주근깨의 수를 세느라 몇 시간씩 보내던 사람이었다. 그는 그의 사랑스러운 딸이 태어났을 때 감격에 겨워 눈물을 터뜨렸던 그런 사람이었다.

하지만, 차 맛을 보지 않은 채 어느새 30년이 흘렀다. 그는 늘 효율적으로 살고자 했고, 깨어 있기 위해 커피를 목구멍으로 들이부었다. 아내가 나이 들어가는 것도 거의 눈치채지 못했다. 그녀는 생일 파티를 계획하고, 크리스마스 저녁 요리를 했으며, 딸을 축구 연습에 데려갔고, 자기 전에 매일 그에게 잘 자라고 키스해주는 동안 노아는 스포트라이트에 취해 있었다. 아내는 알았을까? 그녀는 인생의 매 순간에 깨어 있었을까? 아니면 그녀도 생각 없이 임무를 완수하고 성취를 좇는 일상의 굴레에 떨어져 있었을까? 노아는 아내에게 직접 물어볼 수 있었으면 좋겠다고 생각했다.

노아의 눈이 유리에 붙어 있는 포스터 쪽으로 옮겨갔다. 새하얀 피부, 아몬드색 눈 그리고 신성한 비밀을 알고 있는 듯 섬세한 미소를 띤 아시아계 오십 대 여성의 얼굴이 비춰졌다. 그녀는 그가 이전에 본 어떤 사람보다도 때 묻지 않고 순수할 것만 같았다. 그것은 맨해튼 심장부에 있기에는 이상한 그림이었다. 그것은 마치 천국의 신전 벽에 붙어 있어야만 할 듯했다.

노아의 심장이 두 번, 쿵쿵 뛰었다. 그는 더 자세한 내용을 읽으려고 몸을 기울였다. 그녀의 이름은 '선아'였다. 오프라나 마돈나처럼 성이 없이 이름뿐이었다. 노아는 전에 그녀에 대해 들어본 적이 없었다.

그의 눈이 그 다음 글귀를 따라갔다. 그녀는 '인간의 영적인 삶의 중요성'이라는 제목으로 '천부경天符經'이라는 것에 대해 천이백 번째 강의를 하고 있다고 했다. 천부경은 고대 한국에서 내려오는 영혼 완성과 인간 본성의 비밀을 담은 숫자로 된 암호문 같은 경전이라고 적혀 있었다.

그는 시간을 확인했다. 강의는 20분 전에 시작했다. 그는 포스터가 전시되어 있던 호텔 문을 열고, 강의에 대한 팸플릿을 집어 든 후, 행사가 열리고 있는 컨벤션 홀로 향했다.

그가 강의실에 들어섰을 때, 삼백 명 규모의 강당이 꽉 차 뒤에

서서 볼 수밖에 없었다. 강의실 앞에는 창문 속의 그림에서 그의 시선을 사로잡았던 한국인 여인이 앉아 있었다. 그녀는 포스터에서 본 그대로였다.

그녀는 순수하지만 깊이가 있었다. 누군가가 천 년을 산다고 해도 그녀의 눈빛을 가지기는 어려울 것이다. 눈에서 흘러나오는 지혜의 빛은 마치 알려지지 않은 무수한 은하계만큼 그 밝기와 크기를 가늠할 수 없었다. 또 그녀의 섬세한 손가락 사이엔 황동 방울 하나가 무대 조명을 받아 북극성처럼 빛나고 있었다.

노아는 완전히 매료되었다. 그녀의 목소리에는 마치 본성의 어머니가 고대의 비밀을 속삭여주듯 강당의 모든 관중을 감싸는 부드러움이 있었다.

"진실을 말하면, 천부경은 원래 비밀이 아니었습니다. 최초의 인류는 천부경이 너무나 당연한 내용이어서 굳이 돌이나 종이에 기록할 필요를 못 느꼈습니다. 그만큼 우리 삶에 깊이 스며들어 있었고, 무엇인지 이미 알고 있었습니다. 하지만 우리가 이러한 본질적인 시각으로 삶을 인지하지 못하기 때문에, 하늘을 이루는 입자와 땅과 사람을 이루는 원자들이 모두 실질적으로 하나로 연결되어 있다는 것을 이해하기는 어려울 것입니다. 몸으로 느끼기 전에는 자기 것이 되지 않습니다." 그녀는 미소 지었다.

"그래서 제가 오늘, 여기에 온 것입니다. 오늘은 천부경 한 글자 한 글자를 해석해드리는 것이 아니라 천부경의 핵심을 직접 느끼게 해드릴 것입니다." 그녀는 미소를 지으며 관중석 맨 앞줄로 시선을 옮기며 이야기를 이어갔다.

"모든 것은 기운으로 만들어져 있습니다. 여러분도, 저도, 이 탁자에 있는 식물도, 이 종도. 모든 것은 신의 에너지로 만들어졌는데 각자 특유의 파장 때문에 다르다는 환상을 일으킵니다. 하지만 가장 근원은 다 똑같이 변함없는 신의 실체로 만들어진 것입니다."

강력한 열감이 파도와 같이 노아를 휩쓸었다. 노아의 온몸에서 땀이 흥건히 배어나왔다. 그는 앞에 있는 의자를 잡았다. 갑자기 물에 빠진 사람처럼 폐로 호흡이 제대로 들이쉬어지지 않았다. 노아는 짧은 숨을 헐떡헐떡 쉬었고, 그의 폐는 좁은 갈비뼈 사이에 있는 풍선처럼 답답하게 느껴졌다. 숨막히는 더위가 갑자기 찾아온 것처럼 순식간에 지나가고, 노아는 다시 숨을 쉴 수 있었다. 한숨을 길게 내쉬고, 쭉 들이쉬었다. 마치 허공에 '붕' 떠 있는 듯한 느낌이었다. 따뜻한 욕조에 떠 있는 아기와 같이 희석되지 않은 순수한 생명의 느낌이 넘쳤다.

강당에서 빛이 나는 듯했다. 모든 사물들이 홀로그램처럼 주변에서 빛났다. 노아는 눈을 비볐다. '이 여인은 대체 누구지?'

그 생각이 드는 순간, 여인은 앞에서 강의하다가 잠시 멈추고, 누군가가 이름을 부른 것처럼 두리번거렸다. 두 사람의 눈이 마주치고, 그녀는 노아를 향해서 말했다.

"근원의 실체에서 모든 생명은 끝없이 변화무쌍한 형태를 지닌 존재로 태어납니다. 여러분은 그 만화경 속에 들어 있는 아름다운 생명입니다. 그리고 만화경에서 보이는 것과 같이 이 세상의 많은 얼굴과 모양들이 변합니다. 하지만 가장 근본에는 그것이 다 신(하느님)입니다. 우리는 신으로부터 왔고, 신으로 구성되어 있으며, 신 안에서 존재합니다." 선아가 말했다.

그녀는 노아를 바라보던 눈빛을 거두고 다른 관객을 보며 부드럽게 말했다.

"우리는 이것을 본래 직관적으로 알고 있었습니다. 다만 이것을 잃어버렸기 때문에 천부경이 기록되었고, 이후 암흑시대에 와서 이러한 사실을 눈에 불을 켜고 숨기려는 종교와 정부로부터 보호하기 위해 비밀리에 전해져 내려왔습니다.

'다른 사람'이란 없습니다. 본래 우리는 하나입니다. 이 '하나'가 여러 형태로 나눠지면서 각각의 개체로서 스스로를 체험하는 것입니다. 그것이 천부경의 메시지입니다. 이 메시지를 오늘 여러분들에게 전하기 위해서 수대에 걸쳐 많은 사람들이 위험을 무릅쓰고 천부경을 지켜왔습니다. 천부경은 의식의 본질로 가는 길을 여러분에게 안내해 줄 영적인 지도입니다."

* * *

선아는 강당 앞에 서 있었다. 그녀가 무대 위를 걸어 다닐 때마다 상아빛 드레스의 끝자락은 바닥을 우아하게 쓸었다. "여러분이 천부경을 직접 체험할 수 있도록 안내하겠습니다. 경험이 최고의 선생님이니까요." 그녀는 웃었다. "하지만 그 내용을 나누기 전에 여러분들이 천부경의 본질을 완전히 인지할 수 있도록 감각을 여는 훈련으로 시작해보겠습니다."

그녀는 손가락 끝 사이에 있는 황동 방울을 들고 한 번 울렸다. "눈을 감고 귀로 방울 소리를 들어보세요."

노아는 눈을 감았다. 방울의 딸랑거리는 소리는 높고 부드러웠다.

"이제 이 소리의 진동을 몸으로 느끼는 연습을 해보세요."

그녀는 종을 한 번 더 울렸다. 노아는 몸에서 약간의 느낌을 받았다. 높은 벨소리의 울림이 그의 신경 끝을 자극하자 피부에 나 있는 털이 곤두섰다.

"이제 여러분들이 귀로 듣는 것과 여러분의 몸 전체로 느끼는 것의 차이를 구분했으니, 제가 여러분에게 천부경을 한 번 봉독해 드리겠습니다. 천부경 한 글자 한 글자에 실린 소리의 진동이 여러분의 몸으로 흡수되어, 여러분 몸의 세포 차원에서의 기억을 되살리도록 해줄 것입니다. 여러분이 뭔가를 해야 하는 것은 아닙니다. 그저 여러분들의 의식을 현재로 가져오면, 천부경의 에너지가 여러분을 순수한 존재의 상태로 다시 돌려놓을 것입니다. 여러분들의 영혼이 완전히 열리기까지는 단지 지금, 여기에, 의식이 몇 초만 있어도 됩니다."

선아는 음향 기사에게 고개를 끄덕였고, 그는 원시 부족 음아 같은 노래의 볼륨을 높였다. 드럼의 리드미컬한 박자가 강당에 울

려 퍼졌다. 선아는 처음에는 부드럽게 그리고 매 글자를 발음할
때마다 점점 강하게 봉송했다.

一 始 無 始 一 析 三 極 無 盡 本
일 시 무 시 일 석 삼 극 무 진 본

天 一 一 地 一 二 人 一 三
천 일 일 지 일 이 인 일 삼

一 積 十 鉅 無 匱 化 三
일 적 십 거 무 궤 화 삼

天 二 三 地 二 三 人 二 三
천 이 삼 지 이 삼 인 이 삼

大 三 合 六 生 七 八 九 運
대 삼 합 육 생 칠 팔 구 운

三 四 成 環 五 七 一
삼 사 성 환 오 칠 일

妙 衍 萬 往 萬 來 用 變 不 動 本
묘 연 만 왕 만 래 용 변 부 동 본

本 心 本 太 陽 昻 明 人 中 天 地 一
본 심 본 태 양 앙 명 인 중 천 지 일

一 終 無 終 一
일 종 무 종 일

노아는 눈을 감고 몸이 드럼의 진동 그리고 선아의 목소리가 끌
어당겨주는 에너지를 흡수할 수 있도록 놓아두었다. 노아는 뭔가
설명할 수 없는 느낌을 받았다. 성스러운 불길이 그의 깊숙한 곳

에서 올라왔다. 그의 영혼이 마치 수천 년간 갇혀 있었던 황금룡처럼 솟구쳐 올라와 그의 팔다리를 통해 장엄한 날개를 펼쳤다. 이 황금룡을 통해 노아는 그가 살았던 매 순간을 다시 살았다. 그의 모든 들숨과 날숨, 모든 땀방울, 긴장, 그가 성공하고 실패했던 모든 사랑들. 이 순간 노아는 진정 이해받고 있었다.

"신이시여?" 그는 이 장엄한 빛의 정체를 알려고 시도하며 숨을 쉬었다.

"맞습니다." 선아의 목소리가 말이 아닌 알 수 없는 형태로 그의 머릿속을 울렸다.

노아가 눈을 뜨자 주저함 없이 그에게 고정되어 있는 선아의 시선을 만났다. 그녀는 방금 노아의 영혼이 탄생하는 기적의 순간을 보고 흘린 감동의 눈물을 닦으며 부드럽게 웃었다.

CHAPTER 11

노아가 그가 느낀 게 뭐였는지 정리할 새도 없이 행사가 끝났다. 그는 급히 선아의 비서를 통해 잠깐 만나자는 제안을 받았다. 선아의 대기실로 안내를 받으며 가는 동안 그의 머릿속에는 두 가지 가능성이 떠올랐다. 첫 번째는 가능성이 낮은 쪽으로, 그녀 또한 그의 가슴에서 튀어나온 황금룡을 봤다는 것이고, 두 번째는 훨씬 가능성이 높은 쪽으로, 그가 완전 미친 사람이나 이상한 동물처럼 팔을 휘젓는 것을 보고 정신과에 갈 필요가 없는지 확인하기 위해서 불렀을 수도 있다는 것이다. 이유야 어쨌든, 그녀를 만날 생각에 긴장이 되었다.

노아는 대기실 문이 딸깍 열리는 소리를 듣고 반사적으로 자리에서 일어났다. 노아를 본 선아의 얼굴에는 순수한 기쁨이 스쳐 지나갔다. 그녀는 양손을 노아에게 내밀며, 노아의 손을 한 번 꼭 잡고 눈가를 애정 어리게 찡긋했다.

"저를 어떻게 찾으셨나요?" 선아가 말했다. 노아는 선아에게 마치 긴긴 숨바꼭질 끝에 다시 만난 사람 같은 익숙함을 느꼈다.

"창문에 붙어 있는 포스터를 봤습니다." 노아가 답했다.

"안 올까봐 걱정했어요."

"절 기다리셨나요?"

"당연하죠." 선아는 간단하게 대답했다. 그녀는 쾌활했고, 열린 마음으로 사람을 대했으며, 쉽게 잘 웃었다. 그녀는 노아가 기대한 것과는 완전히 달랐다. 선아는 커피 테이블의 모서리 쪽에 앉아서 노아가 선아의 자리에 앉도록 배려했다. "당신에 대해 알려주세요." 선아가 물었다.

"무엇을 알고 싶으신가요?"

"이름이 뭐예요?"

"노아입니다." 그는 간단하게 대답했다.

"좋은 삶을 살아왔나요?" 그녀는 진솔하게 질문하며 고개를 살짝 기울였다.

노아는 이 질문에 뭐라고 대답해야 할지 몰라서 잠시 멈췄다. 평소 대화보다는 훨씬 직설적이었다. 삼주 전이었다면 노아는 행복하다고 말했을 것이다. 선아에게 사무실 벽에 걸린 사진들과 그가 받은 상장들, 다양한 봉사활동과 인도주의적 노력들 그리고 곧 결혼하는 딸에 대해서 세세히 자랑했을 것이다. 하지만 오늘, 그는 자신이 진정 행복했던 것인지 확신할 수 없었다. 만약 행복했더라도 그 순간들의 극히 일부분밖에 음미하지 못할 만큼 바빴다. 그는 불편해 하며 의자에서 뒤척였다.

"아마 딸의 결혼식 날까지 살 수 있다면 훨씬 행복할 겁니다."

노아는 자신의 솔직함에 놀라며 대답했다.

"아픈 곳이 있으신가요?"

선아는 앞으로 몸을 기울이고, 노아의 무릎 위에 우아하게 손을 얹었다.

"네." 노아는 대답했다.

"심장인가요?" 선아는 물었다.

"어떻게 알았나요?" 그의 눈썹이 치켜 올라갔다.

"당신의 피요. 무거운 냄새가 나네요." 선아가 대답했다.

"제 피 냄새를 맡으실 수 있습니까?"

"저는 매우 예민한 감각을 가지고 있어요."

선아는 고개를 끄덕이며 생각에 잠겼다. "혈액순환을 개선하시면 되겠군요."

"그것보단 훨씬 더 많은 게 필요할 텐데요." 노아는 심장질환이라는 것이 유연성 체조 몇 번 한다고 달라질 게 없다는 걸 알기에 침착하게 설명했다.

"많은 것이 필요 없습니다." 선아는 부드럽게 확인해주었다.

"저는 제 증상들이 뭘 뜻하는지 압니다."

선아의 짧은 설명이 노아에게 거부감을 주었다. "저는 심장전문의입니다."

노아는 목소리에 깔리는 우월감을 조절하며 덧붙였다.

"저 또한 그렇습니다." 그녀의 눈이 확고하게 빛났다.

노아 속의 무언가가 스스로의 부족함을 느낀 듯 자연스럽게 잦아들었다.

"어쩌면 저희는 극과 극에 있는 분야의 전문가일지도 모르겠군요." 그가 타협안을 제시했다. "그럴 수도 있지요." 선아도 인정했다. "저는 당신에게 도움이 될 수 있는 사람을 알아요. 의사나, 병원이나, 심장에 이식하는 전선과 기계 없이."

"누구죠?" 노아는 호기심이 생겼다.

선아는 일어나서 노아의 옆을 지나 화장대로 갔다. 그녀는 손을 뻗어 눈처럼 흰 머리를 한 인디언 노신사와 같이 서서 찍은 사진이 있는 액자를 들었다. 등산복을 입은 두 명은 행복한 얼굴로 미국의 남서부에 있을 것으로 보이는 붉은 바위산 앞에 서 있었다. 선아는 노아에게 사진을 건넸고, 노아는 사진 속의 남자 얼굴을 자세히 들여다보았다.

그는 확실히 육십 대로 보였지만 얼굴이 젊고 건강해보였다. 또한 한 번도 본 적이 없지만, 왠지 익숙해 보였다. 노아는 액자를 들여다보며 무의식적으로 그의 바닐라색 캐시미어 스웨터 밑에 있는 목걸이를 엄지손가락으로 문질렀다. 노아의 생각이 잠시 삼십 년 전, 손주를 고쳐준 데 대한 대가로 이 수정을 준 인디언 할머니에게로 흘러갔다. 노아는 선물을 마다하고, 이 구역에서 무료로 자원봉사를 하는 것이라고 설명했다. 하지만 그녀는 그가 정말 필요로 할 때 큰 힘이 될 거라고 약속하며 한사코 펜던트를 주었다. 노아는 사진 속의 인디언 남자가 그녀와 같은 부족에서 왔을지도 모른다고 생각하니 궁금증이 일었다.

"이 분의 이름은 카타테입니다." 그녀는 말했다.

이 분은 제가 어릴 적, '천부경의 원리'를 배울 때마나 "너는 하늘의 법을 이 세상과 나누는 위대한 선도의 지도자로 성장할 것이다"라고 말씀해주셨습니다. 그리고 이 사진을 찍던 날, 그 분은 저의 천이백 번째 강연에서 동지의 영혼을 만날 것이라고 예언해 주셨습니다." 그녀는 자리로 돌아와서 확신을 담아 노아를 향해 말했다. "노아, 바로 당신이에요."

"저는 아닌 것 같……" 노아는 이 말에 어떻게 반응해야 할 지 망설이며 올려보았다.

"이것을 본 적이 있어요." 선아는 노아의 말을 끊으며, 몸을 기울여 노아의 목걸이를 만졌다. "이것은 당신에게 무슨 의미가 있나요?"

그녀가 알아본 목걸이는 인디언 할머니가 준 목걸이였다. "저는 제가 왜 의사가 되었는지를 상기하기 위해 항상 차고 다닙니다."

"왜 의사가 되었나요?" 그녀의 예리한 눈이 반짝였다.

"사람을 돕기 위해서죠."

"바로 그거예요." 그녀는 미소 지었다. "어쩌면 당신의 운명은 당신이 상상한 것보다 훨씬 클지도 몰라요." 그녀의 눈빛이 점점 더 강해졌다.

"카타테는 당신을 세도나에서 기다리고 있어요. 세도나에 대해 들어본 적이 있나요?"

"아리조나 주의 도시요?" 노아는 손에 들고 있는 사진의 배경을 찬찬히 살펴보며 물었다. 사진 속의 그곳이 세도나로 보였다.

"당신이 세도나에 간다면 심장도 치유가 될 것입니다." 그녀는 약속했다. "그리고 당신이 카타테를 만난다면 당신은 삶의 위대

한 목적을 발견하게 될 거예요." 그녀는 사진 속의 남자를 가리켰
다. "선택은 당신에게 달려 있어요." 선아는 이미 노아가 아주 예
전부터 그렇게 결정을 내렸을 거라고 생각하는 것처럼 말했다.

CHAPTER 12

"한번 붙어볼까?" 루터스의 아버지는 장난기 가득한 눈빛으로 물었다. 그들은 저택을 한 바퀴 돌아본 후 무술 수련장에 도착했다.

까를로스는 휘파람을 불었다. "진심이신 것 같은데."

"아버지, 제가 어떻게 아버지를 이겨요?"

"한 번 해봐." 아버지의 주름진 얼굴에는 미소가 번졌다.

"내가 지는 경기를 볼 준비를 해야겠네, 까를로스."

루터스는 까를로스의 등을 한 대 치며 경기장으로 들어갔다.

"그거 볼 만하겠는데." 까를로스는 부자지간의 두 사람을 유심히 보았다. 마치 거인과 귀뚜라미의 대결 같았다.

"내 말 믿어. 오래 걸리지 않을 거야." 루터스가 약속했다. 루터스는 매트 위의 아버지를 만나서 반 배를 했다. 두 남자는 대련을 시작했다. 루터스의 아버지는 나이 탓에 민첩하진 않지만, 아들의 마음을 읽는 듯 모든 움직임과 전술을 예측했다.

루터스의 공격을 쉽게 피하면서 아버지는 물었다. "나한테 물어볼 게 있었나?"

"선택해야 할 일이 있습니다." 루터스의 발차기가 허공을 갈랐다.

"그래, 어떤 선택이냐?" 아버지가 다시 옆으로 피하면서 말했다.

"많은 사람들에게 도움이 될 약을 발견했습니다. 그런데 그 약이 불법 의약품이 되었습니다." 발차기가 아버지의 손바닥 가운데에 닿았다.

"누가 그래?" 콰와틀리는 아들의 발을 잡고 가속도를 사용하여 중심을 잃게 해서 루터스를 바닥으로 던졌다.

"법이요." 루터스는 다시 펄쩍 일어났다.

"누구의 법?" 그의 아버지는 몸을 낮춰서 회전하며 발차기를 했다.

"정부의 법." 루터스는 뛰었다.

"그 약이 사람들에게 도움을 줄 거라고 했느냐?" 아버지는 팔을 앞으로 뻗어 주먹을 막았다. 두 남자는 빠른 속도로 서로를 치고 막으며 격투기를 했다.

"많은 도움을 줄 수 있습니다."

"그렇다면 계속해야지."

"잡히면 치명적인 대가를 치러야 합니다."

"그러면 잡히지 마라."

"두렵습니다."

"그러면 잡히지." 아버지가 루터스의 갈비뼈 부근 혈자리를 가볍게 짚자, 그는 땅으로 나뒹굴었다. 아버지는 루터스의 앞에 섰다. "나는 너에게 평생을 후회 속에서 안전하게 살라고 조언해 줄 수 없구나. 그렇다고 좋은 일을 하자고 위험 속으로 무조건 달려들라고 할 수도 없다. 오직 너만이 답할 수 있는 질문을 했구나."

그는 아들을 일으켜 세우고 반배로 마무리했다. "하지만 내가 줄 수 있는 것이 있다."

아들도 반배로 답했다. "뭔데요, 아버지?"

"너의 유산이다." 아버지는 상자를 열어서 청동으로 만든 검을 꺼내며 말을 했다.

"까를로스, 우리 잠깐 시간 좀 주게." 콰와틀리는 만나서 처음으로 직접 까를로스에게 말을 걸었다. "우리 아들에게 전달할 메시지가 있네."

* * *

"무슨 얘기를 들었나?" 까를로스는 차의 기어를 바꾸며 물었다. 루터스는 한 시간 이상 침묵했다. 까를로스는 루터스가 생각할 시간을 주었다. 루터스는 아버지에게 답을 받기 위해서 왔지만 더 많은 질문을 되돌려 받았다. 그가 어떤 방향으로 발을 내딛든, 이 선택은 그의 삶을 영원히 바꿀 것이었다. 무거운 선택이었다.

"메시지는 절대로 밝히지 않겠다고 맹세했다네." 루터스는 창밖을 보았다.

"검은 어디에 쓰는 거지?" 까를로스는 물었다.

"나에게 힘을 주기 위해서."

"무엇을 위한 힘?"

"내 사명을 완수하기 위해서."

"MFS를 만드는 것?"

"내 운명을 따르기 위해서다."

"그 운명에는 MFS가 포함되는 겐가?" 까를로스는 답을 기다리며 호흡을 멈췄다. 루터스는 까를로스의 몸이 긴장되는 것을 눈치챘다. 뭔가 이상했다.

"내가 선택을 하면." 루터스는 조심스럽게 대답했다.

"선택했어?"

"응, 했네."

"옳은 일을 하는 거야." 까를로스는 숨을 내쉬고, 긴장을 풀었다. 그는 차를 주유소로 몰았다. "우리가 도착하기 전에 준비할 게 있어서 전화 한 통화만 하고 올게."

"아직은 여러 사람을 만나서 회의하거나 당장 일을 시작할 준비는 안 됐는데." 루터스가 한숨을 내쉬며 말했다. "이제 막 결정했는데, 아직은 SSA(연방 사회보장국)를 대적하게 된 걸 신나게 축하할 준비는 안 됐어."

"그런 모임은 아니고, 그냥 후원해주는 분하고."

"그럼 그렇게 해." 루터스는 동의했다.

CHAPTER 13

"들어올 거야?" 루터스는 좌석 너머 가방을 잡았다. "금방 들어 갈게." 까를로스는 전화기를 들어 올리고 화면을 보면서 말했다, "전화 한 통만 하고." 전파 신호를 찾아 전화기를 공중에 움직였 다. "먼저 가, 바로 따라갈게."

루터스는 가방을 어깨에 메고, 청동검을 아슬아슬하게 든 채 앞문을 열쇠로 열었다. 빈 집에 들어가자 싸한 흙냄새가 밀려왔 다. 마치 화분용 영양토와 같은 축축한 냄새였다.

"뭐지……?" 그 강렬한 냄새는 거실의 소파에서 나는 듯했다. 루터스는 원인을 찾기 위해 소파의 천을 들어올렸다. 그가 눈앞에 있는 것을 이해하는 데는 몇 초가 걸렸다. 여러 봉지의 비료와 투 명한 액체로 채워진 플라스틱 병들이 가느다란 여러 개의 와이어 로 초시계와 연결되어 있었다.

"폭탄!" 그는 외쳤다. "까를로스, 폭탄이야!"

루터스가 뒤돌아서 문으로 뛰는 순간, 초시계에는 3이라는 숫 자가 떴다.

루터스는 폭발 소리가 채 들리기 전에 등으로 밀려오는 열기를 느꼈다. 충격이 그를 번쩍 들어 새처럼 앞문 밖으로 날려 보냈다. 뜨거운 쇠에 찔리는 느낌이 드는 순간, 딱딱한 땅에 사정없이 몸이 부딪혔다. 그 다음에는 아무것도 느끼지 못했다.

* * *

심장모니터에서는 삐-삐- 소리가 맥박쳤다. 박자에 맞춰 금속성 탱크에서 산소가 나오는 소리, 조용하게 웅성거리는 목소리, 쇠로 된 침대의 뼈대에 클립보드가 탁 부딪히는 소리. 루터스는 영원한 소리들 가운데에 떠 있었다. 시간과 공간은 의미가 없었다. 온 힘을 다해 눈꺼풀을 들어올렸다. 얼마나 오랫동안 의식을 잃고 있었는지 알 수가 없었다. 방에 있던 간호사가 루터스의 움직임을 알아채고 바쁘게 곁으로 왔다. 간호사는 루터스의 어깨를 주물러주며 "조용히 계시라"고 했다. 화장이 진한 예쁜 히스패닉 여자였다.

"여기는 병원이에요." 간호사가 말했다. "사고가 있었어요."

갑자기 모든 기억들이 몰려왔다.

아프리카. MFS. 제약회사 대변인.

감옥. 아버님. 청동검. 사명. 그리고 마지막에는 폭탄.

"까를로스?" 말을 하는데 발음이 잘 되지 않았다. 루터스는 팔꿈치로 몸을 받치고 일어나려고 애썼다.

"쉿!" 그녀는 루터스가 다시 머리를 베개 위에 뉘이게 했다. "괜찮아요. 매일 선생님을 뵈러 왔어요. 오늘 서닉에 또 올 거예요."

루터스는 숨을 내쉬었다. 까를로스가 통화한다고 밖에 남아 있

71

었던 것이 천만다행이었다. 친구에게 무슨 일이 생겼다면 정말 더 이상 살아갈 수 없었을 터였다.

"의사 선생님 모시고 오겠습니다." 간호사는 침대 시트로 그를 꼭꼭 싸면서 말했다. "아무 데도 가지 마시고 여기 계세요."

루터스는 알았다고 고개를 끄덕였다. 어차피 어디 가기에는 몸이 너무 약했다. 강력한 약기운이 젖은 솜이불처럼 그를 내리눌렀다. 그는 눈을 감고 멍한 상태로 흘러갔다.

"루터스 박사님?" 남자의 목소리가 약에 취한 혼미한 상태의 그를 끌어냈다.

그는 눈을 떴다. 파란색 수술복 위에 흰 실험복을 걸친 삼십 대로 보이는 남자가 침대 옆에 서 있었다. 그는 손에 든 의료차트를 살펴보았다.

"지금 어디에 계신지 아십니까?"

루터스는 고개를 끄덕였다.

"저는 닥터 로페즈입니다."

루터스는 다시 고개를 끄덕였다. 몽롱해서 말이 잘 나오지 않았다.

"무슨 일이 있었는지 기억나십니까?" 의사가 물었다.

"폭발." 루터스의 목소리는 작고 걸걸했다.

"맞습니다." 의사가 확인했다. "말씀드리기 어려운 소식이 있습니다."

"나도 의사입니다." 루터스는 설명했다. "의학 용어는 익숙합니다. 내상이 있습니까?"

"갈비뼈 몇 개가 부러졌습니다."

루터스는 숨을 내쉬었다. 갈비뼈 몇 개 부러진 정도는 괜찮았다.

의사는 루터스의 팔에 손을 얹으며 말했다. "그리고 나쁜 소식이 더 있습니다. 오른쪽 다리도 잃으셨습니다. 폭탄이 터졌을 때 검을 들고 계셨는데, 착지를 했을 때 다리가 잘렸습니다. 루터스 박사님, 저희는 최선을 다했습니다. 죄송합니다."

"다리가 하나 없다고요?" 그의 목소리가 한 옥타브 올라갔다.

"죄송합니다, 루터스 박사님! 저희가 더 해드릴 수 있는 게 없었습니다. 하지만 재활 치료를 하고 보철을 사용하시면 다시 걸을 수 있으실 겁니다."

"다리 없이?" 그는 탄식했다.

"보철을 사용하고요." 의사는 침착한 얼굴을 유지하려 노력했다.

루터스는 그 자리에서 눈물을 흘렸다. 머릿속에 여러 장면이 보였다. 다시는 하지 못할 일들이 눈앞에 펼쳐졌다. 발가락 사이에 축축한 모래를 느끼며 해변을 달리는 것, 이슬에 젖은 잔디를 맨발로 걷는 것, 몸을 구부리기가 너무 귀찮을 때 바닥에 떨어진 양말과 속옷을 발가락으로 집어올리는 것, 조깅, 걷기, 스키 타기, 수영 등등. 다리를 잃기 전과는 모든 것이 달라질 것이다.

"신장이나 폐, 아니면 눈, 아니면 다른 게 없어졌다면 차라리 나았을 겁니다."

루터스는 다시 베개로 몸을 떨어뜨렸다. 뜨거운 눈물이 베갯잇을 적셨다. 결혼식장에서 신부와 춤을 출 수도, 사랑을 나눌 때 발로 그녀의 발을 감싸 안을 수도 없게 되었다. 아직 만나지는 못했지만, 어렸을 때부터 나만의 그녀를 꿈꾸어왔다. 한 짝밖에 없는 다리로 섹스를 하는 그림이 머릿속에 떠올랐다. 가슴이 무너졌다.

"차라리 죽었더라면……."

"충격받으신 것, 이해합니다." 의사의 목소리는 동정심으로 차올랐다. 그리고 확언했다. "지금은 견디기 어려우시겠지만 거의 정상적인 삶을 사실 수 있습니다."

루터스는 다리의 존재를 너무나 당연하게 생각해왔다. 내 것이니까. 나의 일부니까. 내가 소유하는 것이니까. 그런데 누군가가 그것을 빼앗아간 것이다.

"누가 이런 짓을 한 겁니까?" 척추를 타고 뿌리 깊은 곳에서 분노의 불길이 타올랐다.

"경찰서에서 용의자를 찾지 못했습니다." 의사는 조용하게 말했다.

"까를로스와 이야기를 해야겠습니다." 그는 굳은 목소리로 말했다.

"전화를 드렸습니다. 곧 오실 겁니다." 의사는 그를 안심시켰다. "더 필요한 것은 없으신지요? 통증은 어떻습니까?"

"참을 만합니다." 루터스는 굳은 결의로 답했다. 지금 그의 관심은 누가 자신을 이렇게 만들었는지 찾아내고, 복수를 하는 것뿐이었다.

"루터스 박사님!" 의사는 그의 어깨에 손을 얹으며 말했다.

"받아들이기 어려우신 것 압니다. 여러 단계별로 상실감을 느끼게 되실 텐데 그냥 그 과정을 밟으시면 됩니다. 잘못된 느낌은 없습니다. 삶은 바뀌겠지만, 조금만 조정하면 행복하고 활동적인 삶을 살 수 있을 것입니다. 지금의 상태를 극복하시는 데 도움을 드리기 위해서 병원 상담자와 약속을 잡아놓았습니다."

"지금은 한 가지 생각밖에 없습니다." 그는 나지막한 목소리로 말했다.

"복수!"

CHAPTER 14

"아빠!" 애니는 그녀의 아버지가 뉴저지 별장의 현관에 발을 얹자마자 서둘러 뛰어나와 그를 맞이했다. 애니는 팔로 노아를 감싸 안고 그의 가슴 깊이 머리를 묻었다.

"저녁을 만들 준비가 됐니?" 노아는 애니의 돌돌 말린 머리카락을 옆으로 쓸어내리고 이마에 키스했다. "엄마표 파스타를 만들어줄래?"

애니는 눈물 어린 눈으로 고개를 끄덕였다. 애니의 연약하고 솔직한 모습은 그녀가 열 살 때, 바로 이 현관에서 노아에게 다가왔을 때를 떠올리게 했다. 노아가 일하러 간 사이, 건드리지 말라고 했던 자동차 모델에 자신의 바비 인형을 태워서 돌아다니다가 바퀴를 고장 낸 꼬마는 그 작은 영혼 안에 있는 모든 용기를 긁어모아 자신에게 잘못을 고백했다. 참 아름다운 순간이었다. 수년이 지나고, 애니는 어른이 되었지만, 노아에게 애니는 항상 그 작은 꼬마아이일 것이다. 애니는 뺨에 고인 눈물을 훔치고 집으로 들어왔다.

"캐리 박사가 말해줬니?" 노아는 그들 뒤로 정문을 닫았다.

"네." 애니는 말했다. "하지만 내일 수술이면, 오늘 식사하면 안 되는 거 아닌가요?" 애니는 지금의 모순되는 상황을 감지하고 미간을 좁혔다.

"내일 수술에 안 들어갈 거다." 노아는 편안하게 얘기하며, 딸의 어깨를 팔로 감싸고 아내와 사별한 후 거의 사용하지 않았던 부엌으로 그녀를 이끌었다. 그녀가 떠나기 전과 마찬가지로 부엌은 발랄한 분위기의 노란 벽지와 붉은색 장식으로 꾸며져 있었다. 단란했던 때의 추억들로 가득 찬 행복한 공간이었다. 노아는 이 방에 서 있을 때마다 그녀의 부재를 가장 많이 느꼈다. 그렇기에 가능한 한 출입을 피해왔다.

"이해가 안 돼요." 애니는 주방 가구 위에 팔꿈치를 기댔다.

"일정 때문이라면 취소하시거나 미루실 수 있잖아요!" 애니는 항의했다. "이 수술을 하는 것보다 더 중요한 건 없어요. 이건 아빠의 목숨이 달린 문제예요."

"일정 문제가 아니야." 노아는 머리 위의 찬장에서 거대한 냄비를 꺼내 싱크대에서 물을 받았다. "나는 그 수술을 앞으로도 절대 안 받는다."

"아빠?" 애니는 아빠와 세기의 싸움을 준비하며 으르렁거렸다.

노아는 삼십 년간의 경험을 바탕으로 이제 곧 부엌에서 의지력의 싸움이 시작될 거라는 걸 느꼈다. 또 딸의 도전적인 자세에서 자신의 결단력을 물려받았음을 볼 수 있다는 것이 재미있었다. 하지만 그는 또한 자신이 승자로 끝나리라는 것도 알고 있었다.

"넌 정말 아빠를 닮았구나." 노아는 애성을 담아 밀했다.

"그 수술, 하셔야 돼요!" 애니가 명령조로 말했다.

"난 네가 무섭지 않아." 노아는 웃었다.

"그러셔야 할걸요." 애니는 경고했다.

"나는 세도나에 갈 거야." 노아는 설명했다.

"안 돼요."

"돼."

"아빠!"

"얘야."

"생각해봐요. 아빠도 의사니까…… 그 위험 부담을 아시잖아요." 애니는 설득하려 했다.

"그것도 고려했다. 나는 위험부담을 계산해보고 받아들이는 거야." 노아는 해명했다.

"세도나에 대체 뭐가 있는데요?" 애니는 거의 소리 지르듯, 무시하는 투로 말했다.

"확실하지는 않아. 뭔가 있겠지." 노아는 털어놓았다.

"이건 말도 안 돼요." 애니는 짜증으로 얼굴을 손바닥으로 문지르며 우는 소리를 냈다.

그녀는 발을 구르기 직전이었다.

"나도 안다." 노아는 앞으로 다가서서 그녀의 정수리에 입을 맞췄다. "말이 안 되는 일도 있단다."

CHAPTER 15

노아는 팬티만 입고 맨발로 방을 돌아다니다 창문을 가리고 있던 커튼을 열어젖혔다. 그는 끝없이 펼쳐진 붉은 바위 사이로 솟아오르는 선홍빛 햇살을 감탄하며 바라보느라 거의 칫솔을 입에서 떨어뜨릴 뻔했다. 그 광경은 그가 묵고 있는 호텔을 감싸고 눈이 닿는 곳 끝까지 펼쳐져 있어서, 한눈에 담기엔 너무나 장엄한 느낌이 들었다. 노아는 밤에 도착하도록 일정을 짜서 이렇게 드라마틱한 세도나의 이른 아침 풍경을 선사해준 여행사 직원에게 감사의 기도를 올렸다. 직접 했더라도 이보다 더 계획을 잘 세웠을 수는 없었으리라.

노아는 이 그림 같은 풍경의 세부적인 곳까지 완벽하게 감상하기 위해서는 눈으로 구간을 나누어서 보는 것이 가장 효과적임을 깨달았다. 그의 앞에 있는 다양한 붉은 바위들을 바라보며 그는 왜 세도나가 신비롭다는 명성을 갖게 되었는지 이해하게 되었다. 너무나도 기이한 돌들의 형상을 바라보다 보니 무엇이든지 가능하다는 생각을 하게 되었다. 이렇게 황홀경에 빠져 있는 동안 유니콘이 창문으로 다가오더라도 노아는 전혀 놀라지 않았을 것이다.

노아는 창문으로 볼 수 있는 모든 부분을 나 보고서아 감상을 마쳤다. 아침의 일상으로 돌아가기 위해 경치에서 등을 돌렸다가 잠시 멈추고, 다시 한 번 뒤를 돌아봤다. 한 바위가 특히 그의 눈을 사로잡았다. 노아는 예상치 못했다는 듯이 웃고는, 바위의 모습을 따라서 침대 위에 반가부좌 자세로 앉았다.

"세도나에서는 바위도 명상을 하는구나." 노아는 혼자 웃으며, 이를 닦았다.

* * *

노아는 렌트한 고급 SUV를 타고 조용한 산악 도시를 탐험했다. 차는 산자락을 따라 천천히 도시 남쪽을 헤엄쳐 다녔고, 1차선 고속도로의 매 굽이굽이마다 새로운 경치가 흥미를 자극했다. 그리고 주변 산들과 동떨어진 곳에 종 모양의 산이 하나 자리 잡고 있었다.

"벨락에 올라가면 답을 찾을 수 있을 거예요."

선아의 목소리가 그의 머릿속에서 울렸다. 맨해튼 심장부에서 겪은 선아와의 만남을 떠올리자 노아의 마음이 평온해졌다. 선아의 어떤 점인지는 모르겠지만 노아에게 고향을 떠올리게 했다. 노아가 자란 고향이나 그의 가족들과 꾸린 고향이 아니라, 훨씬 이전부터 존재했던 이름 없는 고향. 이러한 직관적인 '앎'에 대한 느낌은 어디서부터 오는지 짚어보는 것이 불가능했다. 그 직관은 다시 한 번 그가 머릿속에서 울린 메시지를 따르도록 이끌었다.

주차한 후, 노아는 천천히 잘 관리된 산책로를 따라 올랐다. 주변의 산들보다 진한 붉은빛을 띤 벨락은 경이로울 만큼 깊이 있는 색채를 띠었다. 구멍이 많은 돌들은 마치 정제된 용암과 같이 독특한 질감을 가지고 있었다. 노아는 그가 지금 걷고 있는 이 땅에 무언가 특별한 것이 있다는 것을 느꼈다.

길이 더 높은 곳으로 이어질수록, 경사가 더 심해졌다. 가파른 경사 아래쪽을 바라보는 것은 몸이 힘든 것과는 완전히 다른 차원의 심리적인 어려움을 가져다주었다. 그렇더라도, 노아는 최선을 다해 높이 올라가야겠다고 굳게 결심했다. 거의 정상으로부터 6미터 거리까지 올라간 후, 그는 오래된 주니퍼 나무 옆에서 잠시 숨을 돌리기로 했다.

"충분히 가까이 왔군." 그는 산 정상에 있을지도 모르는 치유의 에너지가 그를 찾아 내려오길 바라며 괜히 큰 소리로 말했다. 그는 거의 정상에 다 왔다는 사실을 알고 있었지만 올라갈 엄두가 나지 않았다.

'정상에 올라가요.'

그가 여태까지 해본 그 어떤 생각보다도 선명한 목소리가 그의 머릿속에서 울렸다. 그것은 노아의 목소리가 아니었다. 선아의 목소리였다. 그는 오르막의 경사를 가늠하기 위해 뒤를 돌아보았다. 그는 정말로 충분히 올라왔다고 확신하며 다시 한 번 눈을 감았다.

'정상에 올라가요.'

메시지가 그의 마음속에서 울렸다. 노아는 이것이 영직인 메시지인지 아니면 단지 그의 무의식에서 무작위로 떠오르는 생각인지 고민하며 다시 몇 분을 보냈다. 만약에 하늘에서 그에게 메시지를 주는 거라면 권위적인 목소리가 하늘에서 크게 울리거나 불타는 나무 같은 곳에서 나와야 하지 않나?

'정상에 올라가요, *지금!*'

선아의 목소리가 그의 뇌 한쪽에서 다른 한쪽으로 폭발하듯 울렸다.

"알겠소." 노아는 큰 소리로 말했다. '정상으로 가야겠지.' 그는 발 디딜 곳이 거의 보이지 않는 마지막 돌 벽을 바라보며 포기하듯 한숨을 내쉬었다. "뭐, 어차피 죽을 몸이니까."

그는 차근차근 지지할 곳을 찾아 몸을 밀어 올렸다. 심장박동이 귀에서 시끄럽게 울렸다. 그는 마지막 가장자리에서 몸을 던졌고, 벨락의 최정상에 도달했다.

"해냈어!" 그는 스스로도 믿어지지 않는 마음과 안도감에 한숨을 내쉬었다. 그러고는 몸을 가다듬고 산 정상에서 경치를 훑어보기 위해 자리에 앉았다. 그는 승리의 숨을 깊이 들이쉬고 내쉬었다. 노아의 주위로 깊은 고요함, 일종의 초현실이 그를 둘러쌌다. 꿈처럼 그의 인식이 흐려지는 것이 아니라, 현실의 모든 부분을 나노 단위까지 분명하게 느낄 수 있었다.

그는 모든 것을 느낄 수 있었다. 그를 둘러싸고 있는 부드러운 공기를 따라 천천히 떨어지는 태양의 입자들은 물론 가느다란 바람 한 줄기가 그의 몸을 따라 머리카락을 한 올 한 올 스치는 것도 느낄 수 있었다. 그가 있는 자리 아래의 붉은 바위는 습기가 많아,

바위라기보다 스펀지에 더 가까웠다. 고정되어 있다거나 딱딱하지도 않았다. 숨이 붙은 채 살아 있었으며, 감지하기 힘들 정도로 움직이고 있었다. 그는 앞을 바라보며 반가부좌를 하고 앉았음에도 불구하고, 주변의 세도나 풍경을 삼백육십 도로 볼 수 있었다. 한층 더 나아가, 노아는 세도나의 사방 풍경이 자신을 바라보고 있다는 것도 느낄 수 있었다. 이 순간 노아는, 성인聖人과 현자들이 시대를 통틀어 표현하고자 했던 풍요로움을 이해할 수 있었다.

"나는……" 그는 말을 하려 했으나 그가 앉아 있는 돌의 작은 진동이 그를 방해했다. 노아의 인생이 송두리째 바뀔 것이라는 전조처럼, 땅이 흔들리기 시작했다.

CHAPTER 16

마치 우주적인 DNA와 같이 구릿빛과 담자색, 두 가닥의 나선형을 띤 빛이 땅에서 솟아나와 그를 감쌌다. 동시에 황금색 입자들이 거품처럼 땅에서 일더니 금빛 해일처럼 밀려와 그의 마음과 몸을 부드럽게 분리하더니 마치 고무줄처럼 그의 몸과 연결된 줄을 쭉쭉 늘려가며 그의 영혼을 하늘의 푸른 입자 속으로 올려 보냈다.

'진짜 일어나고 있는 일일까?' 세도나의 높은 상공에서 노아는 반가부좌를 하고 있는 그의 물리적인 육체를 내려다보며 관찰했다. '나도 모르게 잠들었던 건가?' 그의 의식은 세도나의 창공을 가르며 순수한 환희의 순간에 머물렀다. 그의 영혼의 입자들 사이에서 하늘과 땅의 입자들이 서로 춤을 추며 그의 존재의 태피스트리(여러 가지 색실로 그림을 짜 넣은 직물)를 다시 짰다. 신성한 존재의 재창조였다.

노아의 영혼을 하늘로 인도했던 볼텍스의 나선이 반대 방향으로 엄청난 속도로 회전하기 시작했다. 반대 방향의 힘은 그의 영혼을 벨락 아래에 있는 지구의 자궁 속 깊은 곳까지 잡아당겼다. 벨락의 중심 안에는 9m 정도 높이에 여섯 개의 거대한 아쿠아마린 기둥으로 지지되고 있는 넓은 동굴이 있었다. 이 신전은 무지개색의 귀한 보석과 정동석, 세도나의 풍경과 똑같이 생긴 크리스털들, 빛나는 수정들로 만들어진 자연 경관과 조그마한 마을 모형으로 가득 차 있었다.

방의 정중앙에는 거대한 루비 암석을 깎아서 만든 듯한 1.2m 높이의 벨락 모형과 수정 제단처럼 반짝이는 다이아몬드 대성당 바위가 있었다. 그리고 에메랄드로 만든 에어포트 메사 중앙에는 투명한 석영 받침대 위에 거대한 수정구가 전시되어 있었다. 노아는 수많은 이야기에서 나오듯 수정 구슬을 바라보면 자신의 미래를 볼 수 있을까, 궁금했다.

'꿈을 꾸는 것임에 틀림없어.' 노아는 생각했다. 수정구 속에서 노아의 미래 모습이 나오지는 않았다. 대신 그 중심에는 불투명하지만 흰 빛 중의 흰 빛을 띤, 사람의 뇌를 닮은 돌이 있었다. 그 뇌에서 깊은 청록색을 띤 수많은 아쿠아마린 기둥들이 뿜어져 나오고 있었다.

방의 기압이 바뀌며 여신의 모습을 한 영혼이 그의 눈앞에 나타났다. 그녀의 눈은 호수처럼 빛났으며, 그 눈과 대조적인 구릿빛 피부는 세도나의 돌들의 광채를 담고 있었다. 조금은 제멋대로인 어두운 빛깔의 머리카락은 부드럽게 파도치듯 내려와 까마귀의 날개처럼 번뜩였다. 그녀는 에어포트 메사 중앙에 있는 거대한 수정구처럼 투명한 흰빛을 띠고, 아침이슬 같은 너기석으로 장식된 드레스를 입고 있었다. 그녀의 모습은 아쿠아마린을 담은 수정을 심장으로 삼아 형태를 드러냈다.

'황-궁'

그녀는 반가워하며 속삭였다. 그녀가 말을 하자, 아쿠아마린이 생명을 얻은 듯, 방을 부드러운 푸른빛으로 채웠다.

'황-궁'

노아는 마치 존 스미스가 포카혼타스의 언어를 처음 따라 하며 대화를 시도하듯 그녀의 말을 따라 했다.

여인이 웃었다. 그러자 노아가 눈을 가려야 할 만큼 물의 빛이 눈부시게 강해졌다가 다시 줄어들었다.

"잘못 이해했구나!" 그녀는 조용히 고쳐주었다.

"너의 이름이 황궁이다"

"영어를 할 줄 아십니까?" 노아가 물었다.

"나는 이 지구상의 모든 언어로 말할 수 있단다." 그녀는 말했다. "그리고 내가 준 선물을 받았구나."

그녀는 그가 목에 걸고 있는 인디언 할머니가 준 수정을 가리켰다. 그는 내려다보고 손가락으로 펜던트를 들었다.

"당신은 누구십니까?" 그는 물었다.

"나의 이름은 마고이며, 너의 어머니이다." 그녀는 말했다.

"죄송하지만 이해가 되지 않습니다." 그는 혼란스러워 하며 말했다.

그녀는 미소 지었다. 노아는 그녀의 홀릴 듯한 아름다움에 매료되었다.

"많은 시대를 거쳐 사람들은 나를 지구의 어머니라고 불렀다. 그리고 너는 황궁이다."

마고 어머니는 다시 되풀이했다.

"그것은 내가 일만 년 전, 너를 창조할 때 준 이름이기 때문이다." 그녀는 설명했다.

"너는 여러 생애를 살았고, 다양한 얼굴과 이름을 가졌지만, 언제나 그래왔듯 앞으로도 영원히 나의 첫째 아들일 것이다. 나의 영혼은 이 순간을 매우 오랫동안 기다려왔단다. 네가 올 줄 알았다, 내 아들아!" 마고 어머니의 눈이 끝없는 사랑으로 반짝였다.

"제가 올 줄 알았습니까?" 노아는 물었다. "어떻게요?"

"그때 네가 약속하지 않았느냐."

"저는 기억을 못 합니다." 노아는 고백했다.

"기억할 것이다." 그녀는 미소 지었다. "네 영혼을 들여다보아라, 너는 기억할 것이다." 마고 어머니는 빛으로 된 그녀의 손을 뻗어 노아의 미간을 마치 아이의 얼굴에 묻은 검댕을 지우듯 엄지로 닦아내었다. 그 순간, 그의 시야가 트였고, 방의 모든 것들이 환하게 밝아진 것처럼 느껴졌다. 노아는 수정구를 들여다보았고, 그 표면에 반사된 자신의 영혼을 보았다. 그것은 어둠으로 뒤덮여 있었다. 노아의 얼굴이 어두운 기운에 둘러싸여서 기괴하게 뒤틀려 있었다. 노아는 괴로워하며 말했다.

"저는 괴물이 아닙니다."

"이 세상이 너에게 많은 흉터를 남겼구나." 마고 어머니가 말했다. "내가 도와주겠다. 하지만 네가 먼저 그것들을 놓아주어야 한다."

"못합니다." 노아가 항의했다. 노아는 깊은 자괴감과 두려움을 느끼고 있었다.

"괜찮단다." 마고 어머니가 말했다. "너는 좋은 사람이다. 네가 본 것은 지금 네가 살고 있는 세상에서 만들어진 일시적인 현상일 뿐이다. 아주 옛날 너는 사람들이 다시 그들 본연의 정수로 돌아올 준비가 되면 그들을 이끌고 돌아올 것이라고 약속했다. 네가 그들을 이끌 지도자이다. 네가 나를 도와야 한다. 이제 시간이 없다. 네가 나를 돕기 전에, 먼저 내가 너를 도와야만 한다." 그녀의 영혼에서 아쿠아마린의 빛깔이 다시 일어나자, 수정구에 비친 노아의 모습에서 어두운 기운이 벗겨졌다.

수정구에서처럼 실제로 노아의 몸에서도 어두운 기운이 소멸되었다. 한 겹 한 겹 벗겨질 때마다 노아와 마고 어머니는 그가 살아남기 위해서 만들어냈던 가면들을 체험했다. 절대로 없어지지 않을 것만 같던 깊은 내면의 괴물 같은 모습들이 노아의 의식에서 뽑혀나가서 사라졌다. 그의 에고를 겹겹이 덜어내어 마고 어머니의 빛으로 흡수시키는 과정은 믿을 수 없을 만큼 내밀한 과정이었다. 끝없는 이미지의 파편들이 엄청난 속도로 노아에게서 마고 어머니께로 흘러갔고, 노아는 머리가 터질 것 같은 고통을 느꼈다. 하지만 고통을 지나 깊숙한 곳에서 노아는 수십 년 만에 처음으로 자신의 영혼의 빛을 느낄 수 있었다.

노아는 자신이 좋은 사람이라고 자부했다. 하지만 그것은 그가 꾸며낸 이미지이고, 그 아래에는 전쟁, 정치 그리고 증오가 담겨 있었다. 마고 어머니는 노아가 오랫동안 지니고 있던 독을 그녀의 영혼의 빛으로 아무런 편견이나 사심 없이 받아들였다. 어떠한 숨 김도 없이, 그녀는 모든 것을 바라보았다.

마지막 층은 가장 놓기 힘든 층으로, 빠져 나오려고 하자 노아의 심장이 옥죄이며 고통스러운 딸꾹질이 그의 폐부에서부터 올라왔 다. 노아가 마지막 힘을 짜내어 헛구역질을 하자 그의 몸에서 가스 가 새어나오며 폭발과 같은 열기가 그의 가슴에서 튀어나왔다.

마고 어머니는 그가 느껴왔던 모든 고통의 편린들을 자신의 것 처럼 느끼고 눈물을 흘렸다. 노아도 눈물을 흘렸지만 다른 의미의 눈물이었다. 마고 어머니가 그의 고통을 가져갔다. 그리고 깨우침 의 과정에서 사랑을 안겨주었다. 이것이 마고 어머니의 가장 깊은 마음이었다. 노아의 목에 걸려 있는 펜던트가 투명한 무지갯빛 줄 무늬로 반짝였다.

"황궁." 마고 어머니는 부드럽게 말했다.

"기억납니다." 그가 눈물을 흘렸다.

"무엇을 해야만 하는지 알겠니?"

"네, 어머니! 그들을 모두 보았습니다." 노아의 마음속에, 자신 과 함께 때가 되면 돌아오기로 한 형제자매들의 얼굴이 청명하게 떠올랐다.

"그들을 모두 이곳에 모아야 한다."

"저는 그 중 선아밖에 모릅니다."

"내가 나머지 두 명도 불렀단다. 그들을 찾아라."

"네 그러겠습니다." 노아는 약속했다. 노아는 그들을 찾고 사명을 완수할 것이다. 그리고 이 세상은 더 좋은 곳으로 변화할 것이다. 그들이 수만 년 전에 선택한, 이것이 그들의 운명이었다.

CHAPTER 17

까를로스는 루터스가 차에서 내릴 수 있게 도와주었다. 병원에 입원한 후 처음으로 집에 온 것이었다. 하지만 자신의 집이 아닌, 까를로스의 집이었다. 자신의 집은 더 이상 존재하지 않았다. 루터스는 일어서며 심호흡을 하고, 차를 잡으며 몸을 지탱했다.

"괜찮아?" 까를로스는 그의 곁으로 바쁘게 가며 물었다.

"구 개월 만에 처음으로 혼자서 걷는 거라네. 준비됐어." 루터스는 말했다.

불안하게 한 걸음 또 한 걸음을 걸었다. 정문까지 갔을 때는 자신감이 더 붙었다.

"잘 하고 있어." 까를로스는 격려했다.

루터스는 옆으로 째려봤다. 까를로스가 도와주려는 것은 알지만, 지금 상황에서는 고맙게 느껴지지 않았다. 평생을 강인한 사람으로 지내왔는데, 누군가의 도움이 필요하다는 것은 자신의 약함을 계속 상기시켰다. 재활은 그가 자신을 놓는 것을 배우도록 만들었지만, 이제는 그 과정을 넘어서 나아갈 준비가 되었다.

"당연히 잘 하고 있지. 육 개월이나 연습했는데." 루터스는 목소리를 조절하려 노력하면서 말했나.

"그래, 그럼 필요한 거 있으면 말해." 까를로스는 말했다. "전에 내 서재로 쓰던 방을 준비해놨어. 마리아가 침대도 들여놨고." 까를로스는 문의 자물쇠를 열었다.

"몇 달만 있을게. 다시 일어설 수 있을 때까지. 내 발로." 루터스는 웃었다.

"필요한 만큼 얼마든지 있어." 까를로스는 임시 방으로 루터스를 안내했다. 운동기구와 컴퓨터 책상 사이에 꽃무늬 이불의 매트리스 하나가 놓여 있었다. 침대 옆에는 청동검이 세워져 있었다.

그것을 보는 순간, 루터스의 심장이 멈췄다.

그의 유산이었다. 자신의 운명을 만들어 준 것. 자신의 의족을 바라보았다.

"저건 왜 저기 있어?" 루터스는 화난 목소리로 칼을 가리키며 물었다.

까를로스는 몸을 꿈지럭거렸다.

"필요할지 어떨지 몰라서 놔뒀어." 까를로스는 재빨리 칼을 방에서 꺼내기 위해 움직였다.

"잠깐!" 루터스는 그를 다시 불렀다.

까를로스는 검을 들고 다시 왔다.

"나의 두려움에 조종당할 수는 없지. 다시 줘." 루터스는 손을 내밀며 말했다.

까를로스는 루터스가 내민 손에 검을 내려놓았다.

그을음이 낀 청동검이 그의 손에 닿는 순간, 루터스는 다른 현실로 끌려갔다. 루터스는 붉은 바위산에서 멋지게 허공을 가르며 수련하는 자신의 모습을 보았다. 그의 몸은 전사처럼 용맹하고 시인처럼 우아하게 날아다녔다. 이 검은 자신의 일부였다. 전보다 훨씬 더. 이 환영은 행동을 개시하라는 신호탄이었다.

"루터스, 괜찮은가?" 까를로스는 물었다.

루터스는 귀로는 까를로스가 '루터스?'라고 말한 것을, 그리고 머릿속에는 '괜찮은가?'라는 질문이 동시에 울리는 것을 들었다.

"뭐라고?" 루터스는 고개를 번쩍 들었다.

"괜찮아?" 까를로스는 물었다.

"그래, 괜찮아." 루터스는 고개를 흔들었다.

"좀 쉬는 게 어때?" 까를로스가 제안했다.

"그래." 루터스는 검을 허벅지 위에 올린 채 침대 위에 앉았다.

"다리에 대해서는 유감이야." 까를로스가 말했다. 넌 죽었어야 해.

"뭐?" 루터스는 다시 고개를 번쩍 들었다.

"다리는 유감이라고." 넌 죽었어야 했는데.

"아미고(Amigo, 친구), 내가 정신이 이상해지고 있는 것 같은데, 방금 그게……"

널 증오해.

루터스는 고개를 흔들었다.

"아미고, 내가 자네 기분을 상하게 한 일이 있었나?" 루터스는 물었다.

"무슨 말이야?" 까를로스는 웃으며 말했다.

"내가 너한테 상처 준 적이 있냐고?" 루터스는 다시 물었다.

나를 버렸잖아. "아니." 까를로스는 편안하게 대답했다.

"내가 그런 적 있다면 미안하다." 루터스는 사과를 했다.

나를 혼자 버려뒀잖아. 그러니 이제는 대가를 치러야지.

"까를로스?"

널 감옥으로 보낸 건 나였어. 폭탄을 설치하도록 한 것도 나였어. 내가 첩자야.

"응?" 까를로스는 미소를 지었다.

루터스는 무릎 위의 청동검을 바라보았다. "아버님이 주신 유산."

"뭐라고?" 까를로스가 물어보았다.

"검이 내 다리를 잘라서, 이제 정말로 하나가 되었어. 이제 이 검이 내 일부인 거야." 루터스가 숨을 몰아쉬었다.

"무슨 말이야?"

"난 자네를 동생처럼 여겨왔네." 루터스의 눈에 눈물이 찼다.

당신은 진짜 내 형이야.

"이제야 알겠어." 루터스는 까를로스의 무의식의 고백을 듣고 충격을 받았다. 루터스는 이제 검과 하나가 되었기에 까를로스의 마음의 소리를 들을 수 있었다. 루터스는 진짜 동생이 곁에서 수년 간 친구인 척하며 복수의 음모를 짜는 것도 모른 채, 잃어버린 동생을 위해 눈물을 흘렸던 것이다.

"뭘 안다고?" 까를로스는 혼란스러웠다.

"나한테 왜 이러는 거야?" 루터스가 목이 멘 채 물었다.

복수를 위해.

"뭘 말이야?" 까를로스는 아무것도 모르고 되물었다.

"나, 가야겠어." 루터스는 갑자기 일어섰다.

"그건 사고였어, 아미고." 까를로스는 말리려 했다.

"그냥 가게 해줘, 까를로스. 얼굴 붉히는 일 생기기 전에."

"왜 그래?" 까를로스는 루터스를 뒤따라가며 물었다.

"넌 나를 배신했어."

분노에 찬 루터스는 문 밖으로 나갔다.

까를로스는 깜짝 놀랐다. 1톤 트럭에서 떨어지는 벽돌에 맞은 듯 멍한 표정이었다.

"아니야." 어떻게 알았지?

"나한테 거짓말 하지 마."

"거짓말 하는 거 아니야."

"알레한드로." 루터스는 동생의 진짜 이름을 불렀다.

까를로스의 얼굴에서 가짜 미소가 자취를 감추었다. 그는 주변을 둘러보았다. 이웃 몇몇이 무슨 일인지 하던 일을 멈추고 나와서 보고 있었다.

루터스는 고통에 찬 목소리로 말했다. "나는 세상을 도우려 했어. 그런데 왜?"

"왜냐면, 넌 날 한 번도 도우려고 하지 않았어."

"널 못 찾았어." 루터스가 말했다.

"너랑 네 부자 아버지는 십 년 동안 나를 한번, 많아봤자 두 번 찾았겠지. 넌 왕자처럼 궁궐에서 살고, 나는 쥐새끼처럼 길에 버려됐어." 그의 목소리가 분노로 떨렸다. "그래서 그랬어, 형." 마치 형이란 단어를 독을 뱉듯 내뱉었다.

"네가 날 감옥에 보낸 거야?"

"SSA가 보냈지."

"네가 폭탄을 설치한 거고?"

"제약회사에서 한 거야."

"네가 날 고발했어?" 루터스가 절박하게 물었다.

"난 그냥 그 사람들에게 사실을 말했을 뿐이야." 까를로스, 아니 알레한드로는 말했다. "그리고 맹세하건데, 내 남은 평생을 네가 나처럼 고통을 겪으면서 살게 할 거야, 더러운 병신 자식아!" 알레한드로는 절뚝거리며 멀어지는 루터스의 뒷모습에 대고 소리질렀다.

CHAPTER 18

"하늘이 별빛으로 밝아오면, 난 달에 입 맞추고 잠을 청하지." 엔젤린은 생각에 잠긴 듯 대사를 읊었다. 엔젤린은 달빛 조명 아래 빙그르르 돌았고, 그녀의 드레스에 달린 리본들이 새장 모양처럼 아름답게 부풀었다. "우리들이 다 아는 그 마녀를 만나러 가야겠어. 만일 내가 내일 아침에 죽는다면, 적어도 오늘 작별 인사를 한 셈이지."

그녀는 지역 공원에 설치된 무대에서 횃불로 밝힌 길을 따라 우아하게 내려왔다. 회오리처럼 박수소리가 들려오자 몸에 전율이 흐르고 전신의 털이 곤두서는 느낌이었다. 무대에서 다른 사람의 삶을 살고, 다른 사람의 말을 하며, 다른 사람의 옷을 입었을 때만 그녀는 편안함을 느낄 수 있었다. 엔젤린으로서의 모든 것과 생각들, 문제들, 심지어는 그녀의 '능력'이라고 부를 만한 것에서도 벗어날 수 있었다.

엔젤린은 어렸을 때도 흉내 내기 놀이를 좋아했다. 하지만 그것은 단지 흉내 내기가 아니었다. 그녀는 연기하는 동안 온몸으로 자신이 아닌 다른 사람이 되길 빌고 또 빌었다. 내려오는 엔젤린의 시야에 차가운 눈길로 자신을 바라보고 있는 조감독이 들어왔다. 이전의 경험을 통해 그녀는 무대의 막이 내려온 후 어떤 일이 생길지 알고 있었다.

"엔젤린, 이야기 좀 해요."

"네, 조감독님! 무엇을 도와드릴까요?"

"저번 주에 쇼를 세 번이나 빠졌어. 위에서 이제 더 이상 안 되겠다고 결정했고, 오늘 공연이 마지막 공연이야. 이해해주게."

"네, 당연하죠. 이런 말씀을 하시게 만들어서 죄송해요. 전에 제가 빠졌을 때 대신할 사람 구한다고 고생하셨죠. 정말 죄송해요. 감독님께는 그동안 기회를 주셔서 감사하다고 전해주세요."

그날 밤 엔젤린은 짐을 싸서 사라졌다. 이런 시나리오는 과거에도 엔젤린에게 너무 자주 반복되었다. 이제 그녀는 새로운 시나리오를 원했다.

* * *

"그러게, 실망했겠네, 애야." 그녀의 어머니가 대충 대답하는 목소리가 전화기 너머로 들렸다. "안 그래도 걔네들에게 네가 아까웠어. 그냥 공원에서 하는 지역 연극이었는데 뭐."

"엄마." 엔젤린은 말했다. "그냥 공원에서 하는 지역 연극이 아니었어. 난 대사도 좋고, 공연도 좋았고, 환상적이었던 말이야." 그녀는 입에 팝콘을 한 움큼 집어넣으며 말했다.

"그치만 아가, 넌 TV에도 나왔잖니. 점점 앞으로 나아가는 데 집중해야지, 뒤로 가지 말고." 어머니는 이것이 대단히 중요한 일이라는 듯 말했다.

"방송도 안 된 프로그램에 게스트 역할로 나온 게 무슨 TV 스타야. 그리고 직장이 필요하잖아." 엔젤린은 그녀의 어머니가 현실로 돌아오길 바랐다.

사실 엔젤린이 말하고 싶었던 것은 돈이 필요하다는 이야기였다.

"좀 쉬면 금방 좋아질 거야, 너 신경안정제 있니?" 어머니가 물었다.

"엄마는 도움이 안 돼."

"도와주려고 노력하고 있는 중이야."

"고마워요."

어색하게 두 사람은 대화를 멈췄다. 수년간 떨어져 살면서 두 사람은 각기 다른 삶을 살게 되었고, 그럴수록 친밀함을 유지하는 것이 더 어려워졌다. 그러나 어머니와 딸로서 가까워지려는 노력은 하고 있었다.

"최근에 아버지와 얘기한 적 있니?"

"아빠는 잘 지내고 계세요." 아빠는 엄마를 그리워하고 있다는 말을 해야 할까, 생각하면서 엔젤린이 대답했다.

"그래, 잘됐구나"라고 엄마는 대답했지만 무언가가 엄마와의 대화에 집중하지 못하게 방해하고 있었다. 엔젤린은 전화기 너머 남자가 웅얼거리는 목소리를 들었다. 뒤이어서 입 맞추는 소리도 들었다. 엔젤린은 엄마가 지금 무엇을 하고 있는지 짐작할 수 있었다.

"엄마, 지금 바쁜가봐요."

"아니야, 데이빗이 집에 왔을 뿐이야." 엔젤린의 어머니는 다시 두 사람의 통화로 되돌아왔다.

"데이빗?" 엔젤린은 지루한 듯 내뱉었다. 달이 지날 때마다 바뀌는 남자들. 엔젤린의 어머니는 관계 ADHD(주의력결핍 과잉행동장애)가 있는 듯했다.

"그래, 내가 데이빗에 대해서 너에게 얘기했던 것 같은데."

어머니는 가볍게 웃으며 말했다.

"아마 그랬을 거예요." 이미 이런 대화에 식상한 채 엔젤린이 대답했다.

엔젤린은 좀 더 성숙한 엄마를 가진다는 것이 어떤 것일지 궁금했다. 그녀의 엄마는 멋진 것만을 쫓아다니며 일생을 보냈다. 엄마는 그런 아무런 의미도 없는 것들을 신봉했다. 그리고 다섯 살배기 아이들에게나 할 그런 충고들을 하곤 했다. 엔젤린은 그녀의 엄마와 뜻 깊은 대화를 나눠본 적이 없었다. 엄마 스스로, 셀로판 종이의 두께보다 더 깊은 대화는 기피했다. 그것이 엔젤린의 마음을 아프게 했다. 엄마가 현실적으로 성장하시길 바랐지만, 엄마는 한 번도 그러신 적이 없었다.

"너한테 뭐가 필요한지 알아?" 엄마는 낄낄 웃으며 말했다.

"좀 쉬어줘야 해."

엔젤린은 수화기 너머에서 남자가 다시 웅얼거리는 소리를 들었다.

"데이빗이 그러는데 네가 좀…… 영적이니까 세도나에 가보면 좋아할 거래."

"제발 내 문제를 데이빗과 상의하지 마세요." 엔젤린은 화가 나기 시작했다.

"얘야, 숨길 게 뭐 있니? 넌 내 딸이고 그러다 보니 그와 대화하는 중에 네 얘기가 나오는 것 뿐인데."

"그래도, 엄마, 그래도……." 엔젤린이 더듬거리며 말했다.

엔젤린은 전화가 끊기는 소리와 뚜- 소리를 들었다.

"엄마?" 엔젤린은 전화기를 확인하고 신호에는 이상이 없다는 것을 발견했다.

"어쩐지." 엔젤린은 전화를 소파 위에 아무렇게나 던져버리고 팝콘을 한 움큼 먹었다.

세도나

세도나

세도나

그 말이 그녀의 머릿속에서 반복되어 울리고 있었다. 엔젤린은 세도나에 한 번도 가본 적이 없지만, 익숙한 이 지명의 발음이 신급을 울렸다. 사실 엄마의 남자친구 중 한 명의 조언을 따르기는 싫었지만, 호기심이 발동하는 건 사실이었다. 엔젤린은 핸드폰을 집어들고 인터넷 창에 '세도나'라고 검색했다.

CHAPTER 19

"이런 게 바로 아로마테라피지." 엔젤린은 벨락을 올라가는 길에 있는 돌 위에서 다리를 햇살 속으로 뻗으며 숨을 크게 들이쉬었다. 듣는 사람이 아무도 없는데도 큰 소리로 혼잣말을 하는 게 완전히 자연스럽게 느껴졌다. 엔젤린은 지금 현재 자신에게 집중할 수 있도록 완벽하게 '세도나 시간'을 만들어주고 있는 바람, 태양, 붉은 바위, 늙은 주니퍼 나무, 모든 벌레와 새들에게 말을 걸었다. 엔젤린은 옆에 있는 바위에서 꼬불꼬불 움직이는 검은 개미를 발견하고 집어 들었다. 엔젤린이 개미를 빤히 바라보는 동안, 개미는 작은 다리들로 그녀의 손등을 간질였다.

"데이비드가 결국 맞았네." 엔젤린은 개미에게 이야기했다. "세도나는 내가 삶을 보는 관점을 바꾸기에 완벽한 곳이야. 나도 너처럼 여기 살았으면 좋겠다." 그녀는 개미에게 애완동물을 대하듯 말했다. "그랬으면 좋겠지?" 엔젤린은 개미를 땅에 내려놓으며, 머리에서 흰 카우보이 모자를 벗었다. 그리고 따뜻한 햇빛 아래에 누운 후, 모자를 얼굴 위에 올려 그늘을 만들었다. 이 모자는 엔젤린이 어렸을 때 아버지가 썼던 모자로 이직도 희미하게 아버지의 향기가 났다. 향기를 맡으며 그녀는 목장에서 단순하게 지냈던 여름의 나날들을, 숨쉴 공간도 충분하고 대지와 대화하며 여유롭게 보냈던 시간들을 떠올렸다.

"저기요, 아가씨?" 엔젤린은 남부 억양이 있는 남자의 목소리를 들었다.

"네?" 엔젤린은 모자를 들어 올리고 햇살 사이로 눈을 가늘게 뜨고 보았다. 이십 대로 보이는 매력적인 청년이 진솔한 미소를 띠고 있었다. 그는 스포츠 영웅을 다루는 잡지 〈맨즈헬스Men's Health〉에 나올 법한 근육질의 남성다운 매력을 가지고 있었다.

"여기 옆에 앉아도 될까요?" 그는 물었다. "방해하고 싶지는 않지만 여기 경치가 제일 좋거든요." 그는 설명했다.

"그러세요." 엔젤린은 옆으로 움직이며 허락했다.

"세도나를 즐기고 계신가요?" 그는 훅 소리를 내며 몸을 숙여 자리에 앉았다.

"네, 정말 즐기고 있어요." 엔젤린은 말했다.

"어디서 오셨어요?" 그가 가볍게 질문했다.

"LA, 캘리포니아에서 왔어요."

"아, 바다 처음 봤을 때가 생각나네요. 그런 건 난생 처음이었죠." 그는 휘파람을 불었다.

"여기도 꽤나 장관이에요." 엔젤린은 붉은 사막에 대해서 평했다. "제가 그토록 좋아하던 자연과 얼마나 동떨어져 있었는지 잊었어요. 도시랑은 완전히 다르네요." 엔젤린은 감사함을 느끼며 주변을 둘러보았다. "여기 사세요?"

"그렇습죠. 전 테네시에서 건너왔습니다." 그는 멀리 바라다보 았다. "여기는 얼마 동안 계시죠?"

"곧 가야 해요. 그렇지만 더 있었으면 좋겠어요." 엔젤린은 고 백했다.

"그럼 왜 가나요?"

"돈이 떨어져서요."

"돈이야 여기 많이 있죠. 그냥 잘 찾기만 하면 돼요." 그는 웃 었다.

"만약 그런 방법을 알게 되면 알려줄래요?" 엔젤린은 재미있다 는 듯이 웃었다.

"일등으로 알려줄게요." 그는 웃었다.

"저는 엔젤린이에요. 이름이 뭐에요?" 엔젤린은 그에게 얼굴을 돌리며 말했다.

"루스터(수탉)요."

"재밌는 이름이네요."

"제가 아침형 인간이라서요." 루스터가 설명했다. 바닥을 내려 다보며 얼굴을 붉히는 루스터는 말로 형용할 수 없을 만큼 귀여 웠다.

"그럼 루스터씨, 만나서 반가웠어요. 전 이제 가봐야 할 것 같 아요. 마지막 날이니까 제대로 긴 하이킹으로 마무리하려고요." 엔젤린은 일어서서 모자에서 붉은 모래를 털었다.

"행운을 빌어요. 그리고 시내 쪽으로 돌아오면 한 번 들러요.

저는 오크크릭 쪽 주유소에서 일해요."

"네, 가면 들를게요."엔젤린은 약속했다.

엔젤린은 벨락 주위에서 몇 시간 동안 제대로 된 하이킹을 했다. 마무리하며 엔젤린은 주니퍼 나무 아래에 머리를 기대고 햇빛을 피했다. 단 몇 초밖에 지나지 않은 듯했지만, 눈을 뜬 엔젤린은 해가 수평선 너머로 넘어간 것을 발견하고 깜짝 놀랐다. 엔젤린은 어둠 속에서 길을 잃기 전에 서둘러 그녀의 물건들을 챙기고 주차장으로 향했다. 밤하늘이 검게 변하고 수조 개의 별들이 머리 위에서 반짝거릴 때쯤에야 엔젤린은 자신의 차에 도착했다.

"우와!"엔젤린은 시동을 켜면서 벨락 위에 떠오른 보름달을 감상했다. 엔젤린이 시동을 켜자마자 기름이 떨어졌다는 '딩동' 소리가 그녀의 주의를 분산시켰다.

"아, 제발……."엔젤린은 불평했다.

CHAPTER 20

"창구에 가서 확인하십시오."

기름을 넣기 위해 신용카드를 넣자, 전자 자판에서 잔고부족을 알렸다. 엔젤린은 차에 가서 지갑을 가지고 쌀쌀한 밤공기를 헤치고 편의점으로 향했다.

"엔젤린!" 루스터의 목소리가 열정적으로 울렸다.

"안녕, 루스터!"

"이렇게 금방 뵙게 될 줄은 몰랐네요."

"기름을 넣어야 해서요." 엔젤린은 계산대 너머로 직불 카드를 건네며 설명했다.

"행운의 금항아리(아일랜드 전설로 레프리칸이라는 요정을 따라 무지개 끝으로 가면 금항아리를 찾을 수 있다고 한다)는 찾았어요?" 루스터는 희망적으로 물었다.

"아직요. 여기가 마지막으로 들르는 곳이에요." 엔젤린은 미소 지었다.

"레프리칸이라도 잡으셔야겠네요." 루스터는 익살스럽게 얘기했다.

"침 도움이 되네요." 엔젤린은 피식 웃으며 대답했다.

누가 들어왔는지 출입문이 열리며 '딩~' 하는 벨소리가 들렸다. "누가 레프리칸 찾았니?" 짙은 아일랜드 억양을 가진 금발의 여인이 노래하듯 끼어들었다. 짙게 선탠을 한 피부를 다이아몬드로 장식한 그녀는 산골 휴양지에 있기엔 좀 지나치게 화려해 보였다.

그녀는 무지개색이 모두 들어갔지만 색조와 스타일이 잘 어우러진 옷을 입고 있었다. 전체적으로 꽤나 매력적인 조합이었다. 그녀는 마치 반짝이는 크리스털 접시에 담은 스키틀즈(미국에 흔한 무지개 색깔의 초콜릿 과자) 같았다.

"봐요, 레프리칸을 찾으셨네요!" 루스터는 웃었다.

"음, 확실히 잘 찾았어. 난, 앨리슨." 앨리슨은 웃으며 계산대에 자신의 열쇠를 가볍게 던졌다. "레프리칸이 요기 있네요~" 앨리슨은 자신의 열쇠에 달린 초록색 모자를 쓰고 장밋빛 뺨의 레프리칸이 무지개에 앉아 있는 모습의 스와로브스키 수정 열쇠고리를 가리켰다.

세 명은 올려다보며 방긋 웃고 있는 레프리칸의 얼굴을 바라보며 큰 소리로 웃었다.

"무지개를 따라가라……." 루스터가 열쇠고리를 따라 손가락으로 훑으며 노래했다. "그러면 금항아리를 찾을지니." 그의 손가락이 쭉 가다가 1달러짜리 스크래치 복권이 담긴 아크릴 통에 멈췄다. 루스터는 기대에 차서 고개를 들었다.

"알았어요, 하나 주세요." 엔젤린은 끙 소리를 내며 항복했다. 엔젤린은 지갑을 열고 "마지막 1달러"라고 고백했다.

"행운을 빌어요." 루스터는 뭉치에서 복권을 하나 뜯어서 엔젤린에게 건넸다.

"자, 그럼, 아마 꽝이겠지만." 엔젤린은 잔돈 함에 있는 1센트짜리 동전을 빌려서 복권의 은박을 긁어냈다. "꽝이네." 엔젤린은 살짝 실망한 기색을 감추며 조용히 꽝이란 단어를 뇌까렸다.

"어머, 그럼 안 되지." 앨리슨이 미간을 찌푸렸다. 그녀는 지갑을 꺼내서 한 손 가득 빳빳한 1달러 지폐들을 꺼냈다. "한 번 더 해보자. 여섯 장 줘요."

루스터는 복권 여섯 장을 세어서 앨리슨에게 건넸고, 앨리슨은 그 중 세 장을 엔젤린에게 건넸다.

"아녜요." 엔젤린은 손사래를 치며 거절했다. "정말 친절하시지만, 그러실 필요 없어요."

"자기가 레프리칸을 만나고 싶어 해서…… 만났지? 그러면 마법을 따라서 금을 찾아야 하는 거야." 앨리슨의 눈이 장난기로 반짝였다.

"알았어요. 한 번 해보죠." 엔젤린은 어깨를 으쓱했다.

엔젤린은 첫 번째 복권을 긁었다.

"백오십 달러!" 엔젤린은 놀라서 펄쩍 뛰었다.

"대단하네요." 루스터가 축하해줬다.

"다음 것도 해봐." 앨리슨이 부추겼다.

엔젤린은 두 번째 복권을 긁었다.

"오십 달러." 엔젤린은 웃었다. "믿을 수가 없네요." 세 번째 복권을 긁는 엔젤린의 손이 떨렸다. 엔젤린은 고개를 번쩍 들었다.

"오천 달러에요!"

"장난해요?" 루스터가 이전보다 두 배는 커진 눈으로 연속 세 번 당첨된 복권들을 바라보았다. 루스터는 앨리슨이 가지고 있는 아직 긁지 않은 복권을 가리키며 말했다.

"저 그거 하나만 가져도 돼요?"

"그럼." 앨리슨은 어깨를 으쓱하며 쉽게 한 장을 넘겨주었다.

셋은 옹기종기 모여 루스터의 동전이 은박을 벗겨내는 것을 골똘히 쳐다보았다.

"꽝이네요." 루스터는 앨리슨에게 주의를 돌렸다. "다른 것들도 해봐요."

손목을 몇 번 획획 움직이자 다른 복권들도 꽝이란 사실을 금방 알 수 있게 되었다. 앨리슨과 루스터는 둘 다 엔젤린을 쳐다보았다.

"대박!" 루스터는 숨을 들이켰다. "제 두 눈으로 못 봤으면 도저히 이런 일이 일어날 수 있단 걸 못 믿었을 거예요."

"앨리슨씨 레프리칸이 진짜 효험이 있나 봐요." 엔젤린이 당황해 하며 말했다.

"그건 단순한 운이 아냐." 앨리슨이 예언하듯 말했다. "세도나가 너를 위해 준비해놓은 뭔가가 있어."

"이거 반반 나눠요." 엔젤린이 앨리슨에게 제안했다.

"안 되지." 앨리슨이 반대했다. "설명할 순 없지만, 이 기적은 자기 혼자를 위한 거란 느낌이 와."

"여기서 복권을 돈으로 바꿀 수 있나요?" 엔젤린은 루스터를 돌아봤다.

"여긴 현금이 그렇게 많진 않아요. 피닉스로 가서, 주립 복권 사무실에 가면 바꿀 수 있어요. 좀 복잡하죠." 루스터가 설명했다.

엔젤린은 이마를 찌푸리며 직불카드 계좌에 돈이 얼마나 남았는지, 며칠을 버틸 수 있는지 계산했다. 통장의 잔고는 거의 바닥이었다. 앨리슨이 그녀가 고민하고 있다는 사실을 알아채고 다가왔다.

"나 이번 주에 피닉스 가는데. 내가 자기한테 복권을 받고 그냥 수표로 써주면 어떨까? 그러면 자기는 그냥 오늘 현금으로 바꾸고, 왜 세도나가 자길 여기 붙잡아두려고 하는지에 집중할 수 있잖아." 앨리슨은 도와주려고 제안했다.

"진짜 괜찮으세요?" 엔젤린은 한숨을 내쉬었다. "그러면 훨씬 쉬울 것 같아요."

"응, 난 당연히 괜찮지." 앨리슨은 열정적으로 답했다.

"와, 현실이라고 믿기지가 않아요." 엔젤린도 두리번거리며 숨을 골랐다.

"세도나가 원래 그래." 앨리슨은 루스터와 묘한 눈빛을 공유했다. 앨리슨은 은색 수표책과 펜을 손가방에서 꺼냈다. "자, 그럼, 이제, 자기 갈 길 가게 보내줘야지? 이름이 뭐야, 자기?"

"엔젤린 브릿지예요." 엔젤린은 수표를 쓰고 있는 앨리슨의 어께 너머로 고개를 쑥 내밀고 이름의 철자를 불러줬다. 앨리슨은 다 쓴 수표를 마치 왕에게 공물을 바치듯 펼친 손바닥 위에 고이 올려서 엔젤린에게 전달했다.

"행운을 빌어." 앨리슨은 허리를 숙여 인사하며 말했다.

"고맙습니다." 엔젤린도 수표와 복권을 교환하며 반배 했다.

앨리슨은 복권들을 부채처럼 부치며 말했다. "그럼 난 아리조나 주에 복권 세 개나 당첨됐다고 자랑하러 가야지." 가게를 나가기 전 앨리슨은 잠시 멈추고 마지막으로 할 말이 있는 듯 엔젤린을 돌아보았다.

"있지, 엔젤린?"

"네?" 엔젤린은 아직도 약간 멍한 상태로 답변했다.

"이걸 그냥 세도나에서 있었던 신기한 하나의 스토리로 끝내버리지 마. 자기의 여행은 이제 시작인 거야. 열린 마음을 가져." 앨리슨은 진지하게 충고했다.

"그럴게요, 앨리슨." 엔젤린은 약속했다.

"그럼 진짜 행운을 빌게." 앨리슨은 고개를 끄덕이고 세도나의 밤 속으로 사라졌다.

엔젤린은 손에 든 수표를 바라보며 휘파람을 불었다.

"이제 슈퍼 에잇 모텔은 바이바이! 럭셔리한 생활이여, 어서 나에게 오라!"

"숙소를 업그레이드 하려고요?" 루스터는 비죽 웃으며 물었다.

"당연하죠." 엔젤린은 동의했다. "어디 추천할 만한 데라도 있으세요?”

　“업타운에 보스BOS리조트라고 있어요.”

　“거기 스파도 있어요?”

　“아마 그럴걸요.”

　“그럼 낙찰!”

CHAPTER 21

"그냥 회의가 있고, 진짜 회의가 있죠." 토비는 고기를 한 토막 썰어서 입에 넣었다. 오후의 햇살이 토비의 손목 위 커프스(양복 소매 단추자리에 끼는 장신구)에 반사되어 그의 점심 상대의 얼굴 위에 한 점의 빛을 비추었다. 토비는 재미삼아 일부러 상대방의 눈에 빛이 반사되는 자리로 손목을 가져갔다.

"지금 이 회의의 결과는 당신 회사를 살릴 수도, 죽일 수도 있습니다." 토비는 포크를 접시 위에 내려놓고 흰 냅킨으로 입 주변을 구석구석 닦았다. "당신 회사 주식이 최근 폭락했죠. 당신들이 지금 내리막길로 가고 있단 걸 당신도 알고, 저도 압니다. 저는 지금 당신 회사를 회생시켜줄 뿐만 아니라 당신네 자산을 육 개월 내로 열 배로 불려줄 수 있는 열쇠를 갖고 있습니다."

"그 대가가 뭔가?" 토비의 맞은편에는 도니 오일 정유회사의 회장인 도니 앤더슨이 앉아 있었다.

"질문이 틀렸어요." 토비는 칵테일을 한 모금 마셨다. "회장님은 여기서 얼마나 잃을지가 아니라 무엇을 얻을 수 있는지를 물어보셔야죠. 답은 엄청난 걸 얻을 수 있다는 겁니다. 지금 제가 드리려고 하는 정보는 에너지 사업의 판도를 바꾸고 도니 오일을 최정상에 세울 겁니다."

"그런데 이런 정보를 자네가 가지고 있는 방법이…… 합법적인가?"

"정공법은 아닐 수 있지만, 불법은 아니죠." 웨이터가 테이블에 술을 한 잔 더 가져온 후, 접시를 치웠다. "제가 회색 지대라고 부르는 곳에서 얻은 겁니다."

"이 회색 지대란 데서 다시 자네한테로 추적할 수 있거나 한 방법이 있나?"

"백만 년이 지나도 안 될 겁니다." 토비는 입 꼬리를 올렸다.

"그리고 합법적이고?" 도니는 다시 물었다.

"말하자면 그렇습니다."

"이 정보가 대체 뭔가?" 도니는 의자 뒤로 몸을 기댔다.

"제가 자선 사업가로 보이십니까?" 토비는 눈을 맞추고 이야기했다. "거래를 하셔야죠."

"무엇을?"

"부탁을 하나 들어주시면 됩니다."

"어떤 종류의 부탁을 말하는 건가?"

"딱 정해둔 건 아니고요. 언젠가 제가 사장님께 어떤 걸 해달라고 부탁하면, 망설이지도 질문하지도 않고 들어주셔야 합니다."

"백지 수표?" 도니는 불편해 하며 몸을 움직였다. "세상에, 토비, 혹시 마피아들과 일하기 시작했나?"

"지금 제가 제안드리는 건 사장님이 지금까지 한 번도 상상해 본 적이 없는 자리에 사장님을 올려놓을 겁니다. 그리고 사장님은 지금 평소에 쓰시는 수표보다 백 배는 더 많은 돈을 쓰실 수 있게 될 거고요."

"그리고 부탁을 하나 들어주면 된다?" 도니는 확인하듯 다시 이야기하고 고민에 빠졌다.

"딱 하나입니다." 토비는 강조했다.

토비는 도니의 이마 위로 여러 가지 생각이 스쳐가는 것을 읽었다. 여섯 개의 마음의 소리 중 다섯 개는 이미 거래하는 쪽으로 넘어왔는데, 한 개의 양심의 소리가 그를 막고 있었다. 토비는 마지막 소리가 도니를 설득시키지 못하게 해야 했다.

"이십 초 드리지요. 그 후엔 여기서 일어나서 나갈 겁니다. 제가 사장님을 먼저 보자고 한 건 사장님께서 이 업계의 최고가 됐으면 해서지만, 상관없습니다. 지금 바깥에는 사장님보다 양심은 반밖에 안 되지만 배짱은 두 배인 사람들이 자기 장기라도 팔아서 이런 정보를 들으려고 스무 명도 넘게 줄을 서 있으니까요."

도니의 뇌의 시냅스들이 불꽃놀이처럼 번뜩였다. 토비는 손목시계를 바라보았다.

"열……아홉……여덟……일곱……여섯……"

토비는 자리에서 일어났다.

"다섯……넷……셋……둘……"

토비는 몸을 돌리고 테이블에서 멀어져갔다.

"잠깐!" 도니가 토비를 불러 세웠다.

토비가 돌아섰다.

"하겠소." 도니가 말했다.

"네 가지로 말씀 드리죠. 합병, 도니 오일, 체자피크 에너지, 공격적 M&A." 토비는 손가락으로 세면서 말했다. "제가 나가자마자 변호사들 부르셔서 시작하시죠. 그 쪽은 십 분 전에 무장해제 되었습니다."

"말도 안 돼." 도니는 현재 미국에서 가장 큰 에너지 회사를 사들이는 것이 갖고 올 결과를 계산하며 숨을 몰아쉬었다.

"천만에요." 토비는 미소를 짓고 자리에서 떠났다.

네 가지로 토비는 강력한 아군을 갖게 되었다.

언젠가 아주 중요한 역할을 하게 될 '신의 한 수'였다.

CHAPTER 22

"당신들 내가 불렀지만 너무 지루해. 도대체 왜 당신들을 초대했는지 모르겠어. 이렇게 우울할 줄 알았으면 혼자 마실걸 그랬어." 토비는 시가를 한 모금 빨아들이고 담배연기를 도넛 모양으로 내뿜었다. 토비의 간부 아파트 내, 테이블 주위에 모인 스무 명 정도의 손님들은 다 같이 웃었다. 하지만 토비는 농담을 하는 게 아니었다.

"그래도 적어도 당신들 중 한 명은 재밌는 걸 가져 왔구먼." 토비의 눈은 인상적인 초록빛 눈을 가진 금발 여인에게 고정되었다. 그녀는 '사라'라고 소개했다. "발코니로 갈래요?"

"발코니로요?" 사라가 불편해 하는 기색으로 테이블을 둘러보았다.

"별 보러 갑시다." 토비는 일어서서 손을 내밀었다.

"맨해튼에선 별이 안 보여요." 사라가 말했다.

"저한텐 망원경이 있죠." 토비가 말했다.

"전 여기 함께 온 사람이 있어요." 그녀는 항의했다.

"더 이상은 아니에요." 토비는 그녀의 파트너를 돌아보고는 눈하나 깜짝 안 하고 명령했다. "나가!"

"뭐라고?" 그녀의 파트너는 토비의 무례함에 놀라 잠시 얼어붙은 것처럼 굳었다.

"프랭크, 저 사람 취했어." 사라는 프랭크를 말리려는 듯 목소리를 조용히 낮췄다.

"들었잖아. 나가라고." 토비는 술에 취해 분명치 않은 발음으로 말했다.

"사라, 여기서 나가자." 프랭크가 남자답게 외치고 불시에 토비 앞으로 다가가 꽤 넓은 가슴팍을 내밀었다. 여러 개의 의자들이 끼익 소리와 함께 뒤로 밀려났다. 테이블 주위의 몇몇 남자들은 말리려고 일어났다. 토비는 한쪽 다리를 건들거리며 웃었다. 그리고 사라를 돌아보았다.

"남자친구가 꽤 몸이 좋고 터프한 헐크 타입인데? 막 초록색으로 변하고 그러나?"

토비의 웃음은 뒤이은 퍽 소리에 끊기고, 왼쪽 눈은 터질 듯이 아팠다. 토비가 뒤로 비틀비틀 물러나는 동안 프랭크는 공격하러 뛰어들었다. 여러 격동적인 움직임이 동시에 일어났다. 유리가 깨지고, 접시들이 바닥에 떨어지고, 놀란 여자들의 비명소리와 여러 명의 남자들의 고함소리가 울렸다. 그야말로 아수라장이 되었다. 장정 세 명이 달려들고서야 바닥에 피떡이 되어 있는 토비에게서 프랭크를 간신히 떼어낼 수 있었다.

"여기서 쫓아내!" 토비는 입가에 흐르는 피를 닦으며 소리 질렀다.

"너는 너 뒤 닦으려고 조폭을 쓰냐?" 프랭크는 끌려 나가며 소리쳤다. "여기 나와서 나랑 남자답게 붙어보자! 이 더러운 술주정 뱅이야!" 프랭크는 소리 질렀다.

세 남자는 프랭크가 다시 한 번 토비를 두들겨 패는 것을 막기 위해 프랭크를 밖에 두고 문을 잠갔다. 프랭크는 문을 두드리며 사라에게 나오라고 소리 질렀다. 의자에 앉아 있던 갈색머리 여자가 토비를 도와주러 뛰어나왔다. 그녀는 냅킨으로 토비의 눈썹에 흐르는 피를 닦았다. 사라는 토비를 바라보았고, 토비는 사라의 마음을 명확히 읽을 수 있었다. 사라는 그를 역겨워하고 있었다.
"가는 게 낫겠군요." 토비는 조용히 말했다.
사라는 가방을 집어 들고 문을 나섰다. 그녀의 또각또각 구두 소리가 마룻바닥에서 도도히 울려 퍼져 방을 채웠고, 사람들은 그녀가 복도로 안전하게 나갈 수 있도록 문을 열어주었다.
토비는 고개를 들어 방 안을 둘러보았지만 열여덟 명의 남아 있는 손님 대신 토비가 반복해서 꾸던 악몽의 단편적인 이미지들이 눈앞에 보였다. 할머니의 힐난하는 눈빛, 아버지의 화난 고함, 토비가 이때까지 조종하거나 이득을 얻기 위해 이용했던 사람들, 그를 싫어하는 모든 사람들. 사람들의 분노로 일그러진 얼굴들은 토비에게 죄를 물으며 그를 절벽으로 몰아갔다. 이 상태에서 토비는 항상 두 가지 선택만을 할 수 있었다. 그 사람들을 마주하거나, 뛰어내리거나. 토비는 항상 뛰어내렸다.
"켈리, 나 술이 필요해." 토비는 힘겹게 몸을 일으키며 갈색 머리의 여자에게 말했다.

"어떤 술이요?" 그녀는 물었다. 켈리는 토비가 운영하는 맨해튼 사교모임에 최근에 가입한 여자였다. 그녀는 어떤 중요한 국회의원의 딸이었다.

"센 거." 토비는 대답했다.

"바로 가져 올게요." 그녀는 토비를 걱정하는 표정으로 얼굴을 닦아주고 약속했다.

토비는 거실로 걸어갔다.

"토비." 토비의 동료 중 한 명인 찰리가 토비의 어깨에 손을 얹었다.

"지금은 건드리지 마." 토비는 찰리를 밀어내고 비참하게 갈색 가죽 의자에 털썩 주저앉았다.

찰리는 포기하듯 한숨을 내쉬고, 다른 손님들과 합류하여 예의바르게 바닥에 떨어진 유리와 흩어져 있는 비싼 음식들을 치웠다. 켈리가 술을 가지고 돌아오자, 토비는 한 번에 잔을 비웠다.

"좀 나아요?" 켈리가 물었다.

"전혀." 토비는 말했다.

"왜 그래요?" 켈리가 물었다.

"뭘 말이야?"

"일부러 문제를 만드는 거요." 켈리의 이마 위에 지나가는 생각을 통해서도 토비는 자신이 오늘 얼마나 제대로 스스로에게 망신을 줬는지 깨달을 수 있었다. 토비는 참담한 마음을 비우기 위해 크게 숨을 내쉬었다.

"잘 모르겠어." 토비는 고백했다. "넌 누가 네 머리에 총을 겨눈 적 있어?" 토비는 물었다.

"아니요." 켈리는 대답했다.

"난 있어." 토비는 잔에 남은 마지막 위스키 한 방울까지 입에 털어 넣었다. "난 많은 사람들을 적으로 돌렸지."

그때 갑자기 방의 기압이 바뀌었다. 방이 따뜻해지며 꽃향기가 피어올랐다. 천상에서 들려오는 여자의 목소리가 토비의 주변을 감쌌다.

네 잘못이 아니야.

"뭐라고?" 토비는 물었다.

"전 아무 말도 안 했어요." 켈리는 고개를 흔들었다.

어머니 같은 포근한 목소리가 다시 말했다.

네 잘못이 아니야.

토비는 고개를 거칠게 돌려 이쪽저쪽을 바라보며 이 유령 같은 목소리가 어디서 나는지 찾으려 했다.

네가 경험한 모든 것들 그리고 네가 한 모든 것들은 다 운명의

일부란다. 너는 위대한 인간이다. 어느 누구보다도 귀하고 사랑
스러운 보석이야.

토비는 귀를 막았다. 하지만 목소리는 계속 들려왔다.

이제 너의 진정한 정체성을 기억해라.

미간을 짚으며 토비는 목소리를 더 명확히 들으려고 집중했다.

세도나

"세도나?" 토비가 큰소리로 되물었다.
"아니, 제 이름은 켈리인데요." 켈리는 토비의 관자놀이를 짚으
며 말했다. "괜찮아요? 머리를 잘못 맞았나봐요."
토비는 가슴팍에 무엇인가 뜨거운 압력을 느꼈다. 그는 양복
주머니에 손을 쑤셔 넣고 할머니가 준 골무 크기의 작은 거울을
꺼냈다. 거울은 야경 속의 불빛처럼 반짝거리고 있었다.
"예쁘다." 켈리가 숨을 들이키며 손가락을 내밀어 만지려고 했
다. "뭐예요?"
"아무것도 아냐." 토비는 손바닥을 재빨리 오므렸다. "나, 가봐
야 해."
"어디를요?" 그녀는 깜짝 놀랐다.

"세도나에." 토비가 대답했다.

"왜요?"

"왜냐면…… 어떤 목소리가 말해줬거든."

"혹시 머리가 이상해진 거 아녜요?"

"넌 상상도 못 할 만큼 심각하지." 토비가 고백했다.

"지금 술이 많이 취한 것 같은데, 누워서 안정을 취해야 할 것 같아요."

"있지, 자기." 토비는 청동 거울을 움켜쥔 주먹에서 손가락 사이로 새어나오는 빛을 바라보았다. "난 네가 감히 생각도 못 해봤을 일들을 겪었어. 나는 지금 당장 세도나에 가야 해."

"왜죠?" 켈리는 혼란스러웠다.

"찾기 위해서."

"무엇을요?"

"바로 그거야." 토비는 그녀의 뺨에 손을 댄 후 의자에서 일어나서 나갔다. 토비는 밤거리의 가로등 아래를 약간 혼란스러운 상태로 방황했다. 토비의 얼굴에는 오늘 만들어진 피멍이 있었지만, 토비의 가슴 속에는 훨씬 깊고 오래된 무절제한 삶의 상처가 있었다. 토비는 마치 누군가가 자신의 목을 조르고 있는 듯한 기분이었다. 숨을 쉴 수 있는 자리가 없었다. 토비는 도시를 떠나야만 했다.

토비는 택시를 잡았다.

"어디로 가쇼?" 택시기사가 미터기를 켰다.

"JFK 공항." 토비는 손수건을 꺼내 얼굴에서 피를 닦아내며 말했다.

CHAPTER 23

노아는 끈 떨어진 연 같은 느낌이었다. 삼 년 전 벨락에서 마고 어머니를 만난 날부터 그는 매일 동틀 녘에 벨락으로 가서 마고 어머니를 만났다. 인류를 위한 공통의 희망이라는 단단한 반석 위에 아들과 어머니로서 다시 만난 노아와 마고 어머니는 매일 떠오른 영감과 이야기를 나누었다.

노아는 마고 어머니의 인류에 대한 비전에 많은 영감을 받았고, 마고 어머니의 꿈을 현실화하기 위해 보스리조트와 힐링센터를 만들었다. 이러한 여정은 노아에게 끊임없는 영감과 무한한 사명감을 주었다. 수년간 완전히 독립적으로 살아왔지만, 결국에는 이렇게 어머니의 말을 잘 듣는 순종적인 아들이 되었다. 노아는 지구 어머니의 모든 요구를 조건 없이 이루었고, 매 순간 행복을 느꼈다.

그러나 이 행복도 끝이 왔다는 것을 알 수 있었다. 지난 주 벨락을 등반했을 때, 마고 어머니는 더 이상 마중을 나오지 않았다. 노아는 몇 시간이고 기다렸지만 아침의 침묵만이 벨락 정상에 가득했다. 그 뒤 이어지는 6일 동안, 마고 어머니는 계속 오지 않았다. 마고 어머니의 갑작스러운 부재는 노아를 상실감으로 가득 채웠다. 보스리조트를 운영할수록 마고 어머니가 자꾸 생각났다. 그리고 이것이 노아의 슬픔을 더욱 부채질했다.

보스리조트 입구에는 좌뇌와 우뇌 그리고 그 사이를 마치 시냅스처럼 LED로 장식해 놓은 뇌 조각이 있다. 마고 어머니가 이 조각을 보고 얼마나 기뻐했는지 모른다. 특히 이 조각은 리조트와 힐링센터를 대표하는 철학인 뇌운영체제(BOS : Brain Operating System)를 잘 상징하고 있다며 진심으로 감동했다. 로비의 천장에 오닉스(검은 수정류)로 조각해놓은 천부경과 강의장에 '천화'라고 금빛으로 수놓은 한글은 '영혼의 완성'을 표현하기 위한 마고 어머니의 디자인이었다. 마고 어머니의 영혼이 이 리조트의 구석구석을 채우고 있는데 그녀는 아무런 설명도 없이 사라진 것이다. 노아는 마음 한구석이 텅 빈 것처럼 공허했다. 마고 어머니가 어디로 가셨는지, 왜 말도 없이 가셨는지 짐작도 되지 않았다. 노아는 완전히 버림받은 것처럼 느껴졌다.

노아는 리셉션에서 시끄럽게 다투는 소리에 주의를 돌렸다. 굽이치는 금발의 여인이 단호하게 팔을 휘저으며 얘기하고 있었다.

"이게 그쪽 잘못이 아니라는 건 알아요. 그렇지만 좀 도와주면 안 돼요?"

"엔젤린씨, 직불카드가 결제가 안 됩니다." 칙칙한 갈색머리와 친절한 눈을 가진 프런트 데스크 직원인 홀리가 말했다.

"제 직불카드가 결제가 안 되는 건 알아요. 지금 드릴 수 있는 현금도 없구요."

"결제를 못 하시면 방을 비우셔야 합니다. 죄송하지만 저희도 이게 규칙이어서요." 홀리가 사과하며 말했다.

"아니, 사기 치려거나 그런 게 아니라요. 지금 은행계좌에 무슨 문제가 생겼는지 알아볼 시간만 좀 주세요."

"저희 신용카드도 받는데요." 홀리가 제안했다.

"지금 한도초과라서 그래요." 금발의 손님이 설명했다.

"혹시 도움을 받을 수 있는 분이 없나요?"

"이건 어때요? 제 차 키를 드릴게요."

"죄송하지만 저희 방값을 차로 계산하실 순 없습니다."

"계산하는 게 아니라요. 잠시 어떻게 돈을 넬지 알아내는 동안 맡아달라고요."

노아는 홀리가 문제를 해결하는 것을 도와주기 위해 리셉션으로 향했다.

"실례합니다." 노아는 금발머리 여인의 어깨를 톡톡 쳤다.

"어떻게 도와드릴까요?"

그녀가 돌아섰을 때 시간이 멈춘 듯했다. 노아는 그가 본 것을 믿을 수 없었다. 그의 눈앞에 마고 어머니가 있었다.

"오셨군요." 노아는 숨을 멈췄다.

"네." 금발머리 여인이 대답했다.

"어떻게?"

"무슨 말씀이세요?"

노아는 그녀를 찬찬히 바라보았다. 정확히 마고 어머니는 아니었다. 하지만 그녀와 마고 어머니는 완전히 똑같이 생겼고, 아쿠아마린 색깔의 눈마저 일치했다. 하지만 확실한 차이가 있다면 눈앞의 여인은 물리적인 형태가 있었고, 금발이었다.

"제가 아는 분과 정말 닮으셔서……" 노아는 설명하려고 시도했다.

"알아요, 멘토스 광고에서 보셨죠?" 그녀는 미소 지으며 손을 펼쳐보였다.

"아니요." 노아는 혼란스러워지기 시작했다.

"그럼, '드루 탑'이라는 연극이요?"

"아니요."

"공원에서 열린 연극에서요?"

"아닙니다. 제가 말하려던 건…… 제 어머니를 정말 닮으셨다는 거예요." 노아는 웃었다.

홀리와 금발 여인은 이상하다는 듯이 서로를 쳐다보았다. 노아는 검은 피부의 흑인이었고, 손님은 금발의 백인이었기 때문이다. 금발의 손님이 눈썹을 치켜 올렸다.

"혹시 입양되셨어요?"

노아는 자신이 얼마나 이상한 발언을 했는지 깨달았다.

"일종의 그런 겁니다." 노아는 화제를 돌렸다. "여기 무슨 문제가 있으신가요?"

"네." 그녀는 장황한 설명을 할 준비를 하며 숨을 몰아쉬었다.

"제가 여기서 이틀간 숙박했는데 오늘 연장을 하려고 내려와보니, 제 직불카드가 먹통이에요. 하지만 아직 제가 방 보증금이 남은 게 있으니까 그걸 써서 하루 더 묵고, 그 사이에 은행에 무슨 문제가 있는지 알아보면 안 될지…….”

“알겠습니다.”노아가 그녀의 말을 끊었다. “저희가 어떻게 해볼 수 있을 것 같군요.”

그녀는 안도의 한숨을 쉬었다.

“감사합니다.”그녀가 말했다.

“천만에요.”노아는 홀리를 돌아보며 이야기했다. “여기 계신 분께서…….”

“엔젤린이에요.”금발의 손님이 자신의 이름을 말했다.

“그렇군요.”노아는 목청을 가다듬었다. “여기 엔젤린씨가 묵고 싶으신 기간만큼 묵으실 수 있도록 처리해주세요.”

“네. 노아 박사님!”홀리가 고개를 끄덕였다.

“엔젤린씨 이제 다 됐습니다.”

“어디 사인하거나 해야 하나요?”엔젤린이 물었다.

“아니오. 다 됐습니다. 좋은 시간 되세요.”홀리가 미소 지었다.

엔젤린이 노아를 돌아보았다.

“감사합니다. 제가 최대한 빨리 갚을게요.”엔젤린은 안심시키려는 듯이 말했다.

“네, 그러시리라 믿습니다.”노아가 미소 지었다. “언제든지 가장 소중한 고객으로 모시겠습니다.”

“혹시 제가 그쪽 어머니를 닮아서요?”엔젤린이 물었다.

“어쩌면요.”노아는 미소 지었다. “좀 더 도와드리고 싶은 생각이 드네요."

"꼭 어머니께 감사인사 부탁드립니다." 엔젤린이 미소 지었다.

"네, 그러겠습니다." 노아는 웃으며 그녀를 로비로 안내했다.

"세도나에 오래 계실 생각인가요?"

"네, 가능한 한 오래오래 있고 싶어요." 엔젤린이 고백했다.

"혹시 일 할 곳을 찾으셨나요?"

"아직 충분히 찾아볼 시간이 없었어요."

"저희가 사무직원을 구하고 있습니다. 면접을 한 번 보시겠어요?" 사실 노아는 이미 엔젤린을 채용할 준비가 되어 있었다. 하지만 제대로 된 절차를 밟는다고 느낄 수 있도록 면접을 봐야겠다고 결정했다.

"네." 엔젤린이 환하게 웃었다. "여기 정말 좋은 곳인 것 같아요."

"그럼 세 시에 로비에서 만납시다. 당신을 꼭 소개시켜 주고 싶은 사람이 있습니다." 노아는 선아가 이 놀라운 상황에 대해서 어떻게 생각하는지 알고 싶어 조바심이 났다. 엔젤린은 정말 마고 어머니와 닮아 있었다. 노아는 이것이 일종의 징조일까, 의문이 들었다. 마고 어머니의 영혼이 벨락에서 사라진 후에 갑자기 보스 리조트의 로비에 나타난 엔젤린.

정말 이상한 일이었다.

CHAPTER 24

"선아님 혹시 시간이 언제 나십니까?" 노아는 천화 강당 입구 옆에 서 있는 선아의 비서에게 물었다. 비서는 아이패드 화면을 터치했다.

"오늘은 하루 종일 일정이 빡빡하십니다." 비서는 일정표를 훑어본 후 사과했다.

"그러면 안 되겠네요. 어쨌든 고맙습니다." 노아는 강당 문을 열었다. 선아는 무대에서 강당을 가득 메운 사람들에게 진동 수련을 지도하고 있었다. 노아는 예전에 자신이 진동 수련을 처음 했던 때가 생각났다. 자기 자신의 리듬을 찾아 움직임이 편해지기까지는 꽤 오랜 시간이 걸렸다.

초반에는 깊은 명상 상태에 들어가서 기우제를 지내는 인디언처럼 내면의 리듬에 따라 움직이기보단, '춤을 춘다'는 느낌으로 주변 시선을 의식하며 소울 트레인 TV쇼(70년대 초반부터 방송된 흑인음악 전문 프로그램. 노래에 맞춰 무대 위에서 많은 흑인들이 춤을 추는 것이 특징)에 나온 열여덟 살 소년처럼 화려한 트위스트를 추게 되었다. 노아는 자기 자신에게 집중하기 위해 최선을 다해 노력했고, 마침내 남의 시선에서 자유로워질 수 있었다.

강당의 조명은 어두웠지만 노아는 선아가 자신이 들어온 것을 감지할 줄 알고 있었다. 선아의 감각은 방 안에서 날아다니는 벌레의 날갯짓에서 나오는 파동도 느낄 수 있을 정도로 예리했다. 예상했듯이 선아는 시선을 돌려 노아를 쳐다보았다. 노아는 문을 가리켰다. 선아는 고개를 한번 끄덕였다.

노아는 시계를 보고 마음을 굳게 먹은 후, 엔젤린이 기다리고 있는 로비로 향했다. 엔젤린은 아쿠아마린 색의 목이 넓게 트인 티셔츠와 깔끔하게 다린 흰 마직 바지를 입고 있었고, 햇볕에 그을린 발목 아래로는 흰 운동화를 신고 있었다.

"아주 산뜻해 보이네요. 색깔이 참 잘 어울립니다." 노아는 인사했다.

"제 행운의 색이에요." 엔젤린의 얼굴이 발그레해졌다.

"행운의 색?" 노아는 한쪽 눈썹을 치켜 올렸다.

"설명하긴 힘들지만, 이 색을 입을 때마다 일이 그냥 잘 풀리는 것 같아요." 엔젤린이 말했다.

"저도 그렇게 잘 어울리는 색깔을 찾았다면 행운아로 생각했을 겁니다. 아가씨의 눈 색깔이랑 잘 맞네요." 노아는 고개를 돌리며 말했다. "참 이상하네."

"뭐가 이상한데요?" 엔젤린은 물었다.

"정말로 아가씨는 마고를 꼭 닮았어요."

"선생님 어머니요?"

"예, 저희 어머니요. 어머니께서도 아쿠아마린 색을 소중하게 여기셨거든요."

"아……" 엔젤린은 약간 거북해 하며 웃었다. "우리 지금 누구 만나야 되는 거 아닌가요?" 엔젤린은 로비를 둘러보며 물었다.

"맞습니다." 노아가 동의했다. "이제 곧 오십니다. 그동안 좀 둘러봅시다."

그들은 넓은 건물과 부지를 산책했다. 노아는 엔젤린과 대화를 나누며, 마치 마고 어머니를 직접 안내해드리는 듯한 착각에 빠졌다. 익숙하고 편안했다. 이것은 마음의 위안이 되는 동시에 조금 혼란스러운 느낌이었다.

"우리의 투어는 여기까지."

노아는 유리문을 열고 완전히 창문으로 둘러싸인 어항식 사무실로 안내했다. 책상 한 쪽 벽면을 가득 채운 유리창 밖에는 세도나의 황야가 펼쳐져 있었고, 반대쪽에는 로비와 리조트가 보였다.

"우와!" 엔젤린은 감탄했다. "환상적이에요. 수정궁 같아요." 엔젤린은 모든 유리창을 만져보며 사무실을 둘러보았다.

노아는 심장이 두 번 쿵쿵 뛰었다. 수정궁은 처음 마고 어머니를 만난 벨락 아래의 신성한 궁전 이름이었다. "뭐라고 했나요?" 노아는 신경 써서 말하는 속도를 조절했다.

"그냥, 이 사무실이 너무 아름답다고요." 엔젤린은 몸을 돌려서 노아를 마주 보았다.

"마음에 든다니 다행입니다. 여기가 사무실이 될 겁니다."

"제 사무실이요?" 엔젤린은 믿어지지 않는다는 목소리로 말했다.

"그래요." 노아는 고개를 끄덕이며 확인해주었다.

엔젤린은 놀라움에 가득차서 방을 둘러보며 말했다.

"그런데 제가 지금 어떤 일을 하기 위해서 면접을 보는 거죠?"

"원래는 사무 보조를 구했는데, 같이 시간을 보내면서 생각해 보니 여러 가지 방법으로 당신을 활용할 수 있을 것 같네요."

"어떤 방법이요?" 엔젤린은 고개를 갸우뚱했다.

"먼저 앉으세요." 노아는 책상 뒤에 의자를 가리켰다. 엔젤린은 앉아서 유리가 깔린 테이블 위에 손을 올려놓았다.

"느낌이 어때요?" 노아는 물었다.

"너무 멋져요."

"한 번 의자를 빙 돌려보세요."

"네?"

"한번 돌아봐요." 노아는 손가락을 허공에 핑 돌렸다. "의자에 앉아서 돌아보기 전에는 정말로 자기 것인지 알 수가 없죠."

엔젤린은 웃으며 말했다. "이렇게 이상한 면접은 처음 봐요."

"이런 일자리도 처음일 겁니다." 노아는 약속했다. "한번 돌아 보세요."

"네…… 해보죠, 뭐." 엔젤린은 원더우먼이 변신할 때와 같은 열정으로 의자를 빙그르르 돌렸다. 황금색 곱슬 머리도 함께 통통 튀었다.

"어때요?" 노아가 물었다.

"제 거예요." 엔젤린은 확신을 담아 말했다.

"잘 됐네요." 노아는 유리 테이블 반대쪽 의자에 앉으며 물었다. "그런데 여기는 어떻게 오게 됐나요?" 노아는 엔젤린과 가볍게 대화를 시작했다.

"세도나에요?"

"보스리조트에요."

"이 근처 주유소 직원에게 추천받았어요." 엔젤린은 벨락을 마지막으로 등반하며 만난 루스터, 이어서 만난 행운의 레프레콘 요정을 가진 앨리슨, 세 개의 복권 당첨 그리고 앨리슨에게 받았지만 갑자기 결제가 안 된 수표에 대한 이야기까지 모두 했다.

"그것 때문에 리셉션에서 직원과 말다툼을 하고 있었던 건가요?"

"네, 수표로 지불했는데 계좌에 돈이 없다고 나와서 깜짝 놀랐어요. 아니, 도대체 어떤 사람이 기껏 복권을 사주고 나서, 같이 이겼다고 기뻐해주고 나서, 그 다음엔 편하게 해준다고 하면서 당첨 복권을 훔쳐가요?" 엔젤린은 격분했다.

"내가 보기엔 아가씨를 도와준 것 같은데요." 노아는 의자에 기대며 말했다.

"네?" 엔젤린은 당황했다.

"그 여자 분이 아가씨 뇌에 있던 한계를 만드는 정보를 깰 수 있게 도와줬어요."

"깨진 것은 정보가 아니라 제 기분 같은데요." 엔젤린의 목소리에 힘이 빠졌다.

"생각해봐요. 만약에 말씀하셨던 일들을 겪지 않았다면 아무 일 없이 L.A.로 돌아가셨겠죠. 저는 아가씨가 로비에서 소란을 피우는 것을 못 봤을 테니, 우리의 만남도 없었겠죠? 당연히 아가씨가 여기서 일할 기회도 없었고요?"

"네, 그렇게 생각할 수도 있겠군요." 마지못해 엔젤린이 말했다.

"원래는 돈이 떨어지면 집에 가려 했다고 하셨는데…… 다른 관점에서 한번 생각해보세요. 사실 우리에겐 무한한 가능성이 있어요. 하지만 '돈이 떨어지면 집에 간다'는 기존의 생각 때문에 다른 선택지가 없는 거죠. 그런데 그 여자분 덕분에 돈이 있다고 잠시 믿게 되면서 선택지가 늘었죠. 그리고 아가씨가 절대로 체험하지 못했을 상황을 접하게 된 것이고요."

"무슨 말씀인지 알겠지만……."

엔젤린이 뭔가를 더 말하려던 순간, 선아가 방으로 들어왔다.

"안녕하세요, 저는……" 엔젤린을 보자마자 선아의 얼굴에서 미소가 사라졌다. 놀란 기색이 역력했다. 노아가 빠르게 일어섰다.

"선아, 이쪽은 엔젤린입니다." 선아가 말을 꺼낼 새도 없이 노아가 먼저 말을 꺼냈다.

"안녕하세요? 엔젤린이에요." 엔젤린은 악수하기 위해서 손을 내밀었다. "만나서 반갑습니다."

"네, 반갑습니다." 선아는 금세 평정을 회복했다. 선아는 엔젤린과 악수를 하면서 노아에게 의문에 찬 눈빛을 보냈다. 물론, 노아는 지금 선아가 무슨 생각을 하는지 알고 있었다. 자신이 했던 것과 같은 생각이었다. 마고 어머니.

"선아, 이쪽으로 앉으십시오. 엔젤린에게 여기서 채용될 수 있는 가능성에 대해 이야기를 하고 있었습니다. 세도나에 새로 왔는데 직장을 구하고 있습니다.”

“네.” 선아는 미소를 지었다. “자신에 대해서 이야기를 좀 해주세요.”

“네, 전 캘리포니아에서는 배우였어요. 스물여섯 살이고, 고양이를 길렀어요. 그리고 제대로 된 직장을 가져본 적은 별로 없어요. 지난 팔 년간은 모델과 연기를 해왔고요.”

“사무직으로 일한 경험이 있는 것은 중요하지만, 여기 우리 보스리조트에서는 직원들에게 바라는 더 큰 가치가 있습니다. 저희는 사명이 있어요. 그게 뭔지 아세요?”

“사람들의 긴장을 풀고 편안하게 해주는 거요?” 엔젤린은 우물쭈물하며 말했다.

“저희는 사람들이 자연스러운 본연의 상태를 회복하게 해주는 프로그램을 제공합니다. 이렇게 몸과 마음이 건강해진 사람들로 세상이 채워지면, 평화로운 지구가 자연스럽게 만들어질 것이라고 봅니다. 그래서 저희는 우리 직원을 위해서도, 손님들을 위해서도 따뜻하고 배려하는 환경을 만드는 것을 중요시합니다.”

“대단하네요.” 엔젤린의 눈빛이 반짝였다.

선아는 엔젤린의 의식 상태를 알아보기 위해 질문했다.

“인류의 상태에 대해서 고민해본 적이 있나요?”

“솔직히 말씀드리자면, 없어요.” 엔젤린은 고개를 숙이며 말했다. “제 자신의 문제로도 너무 바빴던 것 같아요.”

"그건 자연스러운 일이에요." 선아는 엔젤린을 달래주었다.

"그런가요?" 엔젤린은 놀란 표정으로 고개를 들었다.

"영혼이 성장할 때의 자연스러운 과정입니다. 자신의 문제를 해결하는 것이 우선이죠. 그 문제를 해결하는 과정에서 자신의 본성을 알게 되고, 그러면서 탄탄한 심리적 기반이 만들어지죠. 마음에 여유가 생겨서 다른 사람이나 지역 사회의 건강에도 마음을 쏟을 수 있게 되고요. 그런 다음에야 의식이 온 세상을 포용할 수 있을 만큼 커집니다."

"네에⋯⋯" 엔젤린은 이런 정보에 대해서 뭐라 반응할 수 없었다. 엔젤린이 한 번도 생각해 본 적이 없는 넓은 관점이었다.

"아, 엔젤린에게 딱 맞는 일이 있어요!" 선아는 뭔가가 막 떠올랐는지 손뼉을 쳤다. 선아는 노아를 돌아보았다.

"뭔가요?" 노아는 웃음을 지으며 물었다.

"볼텍스(Vortex : 기 에너지가 소용돌이치며 올라오는 현상) 투어를 하시면 되겠네요. 이곳은 풍광도 아름답지만 기운이 충만해서 가만히 앉아만 있어도 힐링이 되는 장소들이 많아요." 선아는 환하게 웃었다.

"볼텍스 투어를 제가요?" 엔젤린이 물었다.

"네." 선아가 말했다. "당신에게 세도나의 볼텍스 에너지를 어떻게 느끼는지 가르쳐드릴게요. 투어에 오시는 손님들에게도 같은 방법으로 에너지를 느끼고, 명상하는 법을 알려주시면 됩니다. 어떠신가요, 마음에 드시나요?"

"네, 아주 좋아요." 엔젤린은 신나서 대답했다.

노아가 끼어들며 말했다. "그리고 나머지 시간은 저와 함께 일하면 될 겁니다. 엔젤린의 시간을 반반 나누면 되겠네요. 어떻게 생각해요?"

"너무 완벽한데요." 엔젤린은 안도의 한숨을 내쉬며 말했다.

세 사람은 함께 웃었다. 엔젤린의 얼굴이 발그레해졌다. 엔젤린은 이렇게 솔직하게 속을 드러내 보인 적이 없었다.

"그러면 면접이 마무리된 것 같습니다." 노아는 자리에서 일어나며 물었다.

"언제부터 시작할 수 있겠습니까?"

엔젤린은 초롱초롱한 눈빛으로 말했다. "내일이요."

"좋습니다. 내일 여덟 시에 사무실에서 만나요." 노아는 그녀와 악수를 했다.

"만나서 반가웠습니다." 선아가 말했다.

"두 분과 함께 일하게 되어서 기쁩니다." 엔젤린은 신이 난 환한 얼굴이었다.

"저희도 마찬가지입니다." 노아는 엔젤린의 어깨에 손을 잠시 올리고, 사무실에서 나가도록 안내해주었다. 로비를 통과해서 객실로 돌아가는 엔젤린의 금발 곱슬머리가 통통 튀었다.

"어떻게 생각하십니까?" 노아는 물었다.

"이제 때가 된 것 같습니다." 선아는 말했다.

그제야 노아도 선아에게 털어놓았다.

"엔젤린을 만났을 때 제 심장이 불규칙하게 뛰었습니다."

노아는 자신의 심장박동과 직감이 예상치 못한 이변을 암시한다는 것은 알고 있었다.

"곧 지나갈 겁니다." 선아는 노아를 안심시켰다. "이제 곧 나머지 두 사람도 오게 될 겁니다."

"엔젤린이 알까요?" 그는 로비쪽을 가리켰다.

"아뇨." 그녀는 고개를 흔들었다. "모르는 것 같아요. 그녀가 기억해낼 때까지 최대한 보호하고 지원해주어야 합니다."

"이런 행운이 있다니……." 노아는 휘파람을 불었다.

"이건 행운이 아닙니다, 노아. 운명이에요."

CHAPTER 25

기내를 가득 채우고 있는 소리들의 조합은 마치 손톱으로 칠판을 긁는 소리처럼 토비의 신경을 거슬리게 했다. 딸깍거리는 쇳소리부터 웅성대는 목소리, 헛기침 소리, 기침하는 사람, 우는 아이 소리 등 수백 가지 소리가 뒤섞여 있었다. 그래서 토비는 민항기는 질색이었다. 그나마 일등석이라 큰 키와 긴 팔다리를 창고 안에 접이식 의자 넣듯 구겨 넣지 않아도 돼서 다행이었다. 토비는 센 술을 한 잔 마시고 빨리 잠들기로 작정했다. 토비가 승무원을 찾으려고 고개를 드는 순간, 덩치 큰 히스패닉 남자가 어깨에는 군대식 녹색 가방을 메고 다리를 절뚝거리며 비행기에 올라 탔다. 그는 잘생기고 거대했다. 곰 같은 남자. 키는 최소한 193센티미터는 돼 보였고, 그 존재감은 부드러우면서도 위엄이 있었다. 무엇보다 토비는 그의 이마에서 눈을 뗄 수가 없었다. 그 남자의 이마에는 보통 사람들의 이마에서 보이는 끊임없는 대화 자막이 아닌, 하나의 특이한 문양이 떠 있었다. 눈썹 사이, 이마 한가운데 백광의 검이 새겨져 있고, 거기서 흘러나오는 빛이 온 얼굴을 환하게 비추고 있었다. 그는 토비 옆에 앉았다. 사막 냄새가 났고, 덩치가 커서 좌석을 다 채우고 토비의 자리까지 5센티미터 정도는 더 차지했다.

"나는 루터스." 그의 목소리는 낮고 걸걸했다. 스페인어식 억양이 강해서 무슨 말인지 이해하기 어려웠다.

"토비입니다." 토비는 루터스를 계속 쳐다보며 자신을 소개했다.

"피닉스?" 루터스는 물었다.

"피닉스, 세도나." 토비는 답했다.

"마찬가지." 루터스는 걸걸한 목소리로 물었다. "렌트 카?"

"그렇습니다." 토비는 여전히 놀란 채 이야기했다.

"같이 탄다." 루터스는 질문이라기보다 마치 기정사실이라는 듯이 말했다.

"그러죠." 토비는 루터스의 직접 화법이 신선하게 느껴졌다.

루터스는 눈을 감고 바로 잠들었고, 토비는 생각에 잠겼다. 토비는 루터스가 마음에 들었다. 심지어 루터스의 코고는 소리는 음악처럼 깊었다. 그 소리는 마치 고양이가 그르렁거리는 것처럼 편안하게 느껴졌다.

* * *

"어디에서 왔어요?" 토비는 엑셀을 밟고 크루즈 컨트롤(설정한 속도로 계속 달릴 수 있게 해주는 기능)을 설정하며 물었다. "멕시코." 루터스는 답했다.

루터스는 토비가 어디에서 왔는지 묻지 않았다.

토비는 개의치 않고 대화를 이었다. "세도나에는 무슨 일로 오셨습니까?"

"붉은 바위." 루터스는 창밖을 보았다. "자네는?"

"신비한 목소리." 토비는 간단하게 말했다.

"흥." 루터스는 혼자서 껄껄거리며 가슴을 한 번 치고 말했다. "꿈."

"정말입니까? 그러면 어떻게 뉴욕까지 가시게 되었습니까?" 토비가 물었다.

"붉은 바위에 있는 검의 꿈." 가방을 열며 엽서를 꺼내어 토비에게 건네주었다. "티마밸리에 갔다. 두 번째 꿈에는 벨락. 그래서 돌아왔다."

토비는 물었다. "티마밸리는 어디 있습니까?"

루터스는 껄껄 웃었다. "이스라엘."

"한참 돌아오셨네요. 처음부터 벨락 꿈을 꾸시는 게 나을 뻔했습니다." 토비는 짧게 휘파람을 불었다.

"그러면 너를 못 만난다." 루터스는 엽서를 다시 받아서 가방에 넣었다.

토비는 그의 답을 생각했다.

"그렇게 생각하는 것도 재미있네요."

"인간은 지구 위에 움직인다. 흐름은 운명으로 이어진다."

"그럼, 우리의 만남이 운명이라고 생각하십니까?"

"지금 함께 있다. 운명이지." 루터스가 대답했다.

토비는 루터스의 이마 위에 보이는 검 모양이 너무 궁금해 애가 탈 지경이었다. 토비는 왜 자신이 루터스의 생각을 읽을 수 없는지 너무나도 물어보고 싶었다. 하지만 토비는 여태까지 사람과의 관계에서 보이지 않는 '갑'의 자리를 놓칠까봐 한 번도 자신의 능력을 드러낸 적이 없었다.

"'갑'은 없다. 물어봐." 루터스는 그의 생각에 답을 했다.

토비는 자신의 생각을 읽은 것에 놀라서 심장마비로 죽을 뻔했다. 얼마나 놀랐는지 차가 휙 꺾여서 길 밖으로 벗어났다. 토비는 핸들을 왼쪽으로 꺾어서 바퀴를 다시 길로 돌리느라고 죽을 힘을 다했다.

"뭐라고 하셨습니까?" 토비가 물었다.

"질문을 해라." 루터스는 명령하듯 말했다.

토비는 거짓말을 했다. "질문이 없는데요."

"그래." 루터스는 인정하고 창밖을 편안하게 보고 있었다.

한 시간 동안 침묵이 흘렀다. 그동안 토비의 생각은 오만 가지 방향으로 뻗어 나갔다. 하나의 질문은 백 가지로 불어났고, 루터스가 그것을 다 읽고 있을 거라고 생각하니 정말 미칠 것 같았다.

"술 필요한가?" 루터스가 침묵을 깼다.

"뭐요?" 토비의 편집증이 폭발할 지경이었다.

"손." 루터스가 운전대를 잡고 있는 토비의 손이 덜덜 떨리고 있는 것을 가리켰다.

"수전증이요." 토비는 손을 털며 거짓말했다.

루터스는 웃었다.

"술을 마시면 수전증이 낫나?" 루터스의 눈이 반짝였다.

"그건 개인적인 문젭니다." 토비는 기분이 상했다.

"개인적인 건 없다. 물어봐." 루터스가 말했다.

토비는 드디어 한 시간 동안 자신을 괴롭히던 질문을 하기로 작정했다.

숨을 멈춘 채로 물었다. "제 마음을 읽으실 수 있나요?"

"머릿속에 들려." 루터스는 답했다.

"힘들겠네요." 토비는 다른 사람들의 생각이 자신의 머릿속을 침범하는 것은 상상도 하기 싫었다. 다른 사람들의 마음을 읽는 것만으로도 충분히 힘들었기 때문이다. 하지만, 자신은 적어도 눈을 돌리거나 거울을 내려놓으면 안 볼 수 있었다.

"혼자가 좋아." 루터스는 인정했다.

그리고 토비가 자신의 가장 큰 비밀을 밝히기도 전에 루터스가 토비의 생각에 대답했다. "알아." 그는 그저 그렇게 말했다.

"네." 토비도 대답했다. "그럴 거 같았어요."

토비는 조용히 운전했다. 두 사람은 고요히 앉아 차의 바퀴가 내는 소리를 들으며, 사막 풍경이 서서히 누런빛에서 붉은 빛깔로 변하는 것을 바라보았다.

CHAPTER 26

"여기서는 한 발짝, 한 걸음, 한 번 깡충 뛰기만 하면 금방 도착이에요." 엔젤린은 열정적으로 노래하듯 말했다. "그리고 이 바위만 돌면……" 그녀는 볼텍스 투어 손님인 메이블 할머니의 손을 잡았다.

"아이구, 엄마야, 세상에!" 메이블 할머니는 에어포트 메사 꼭대기에서 세도나를 삼백육십 도로 아우르는 풍경을 바라보며 숨을 깊이 내쉬었다.

"아이구, 엄마야, 세상에!" 엔젤린도 장난스럽게 동의했다.

"이제 명상을 한번 해보실까요? 지구에서 나오는 기운을 어떻게 느끼는지 알려드릴게요. 여기는 기운이 정말 강력해서 누구나 몸으로 에너지를 체험하실 수 있어요. 정말 대단해요." 엔젤린이 눈을 크게 뜨고 강조했다.

엔젤린은 땅바닥에 앉으며 그 옆에 있는 작은 조약돌 몇 개를 손으로 쓸어냈다. 일흔 살의 할머니인 메이블은 천천히 몸을 숙이며 펑퍼짐한 엉덩이를 땅에 붙였다.

"조금만 지둘려잉." 메이블 할머니는 장난스럽게 말했다.

"지둘리구 있어요잉." 엔젤린도 웃었다.

엔젤린이 명상을 지도하며 마음을 고요히 가라앉히자, 메이블 할머니의 눈에서 눈물이 흘러내렸다. 메이블 할머니는 다중초점 안경을 옆으로 살짝 옮기고, 볼에서 눈물을 닦아냈다.

"참 잘하시네. 아가씨 마음이 얼마나 아름다운지 진심으로 느낄 수 있어요."

메이블 할머니는 자신이 너무나도 쉽게 눈물을 흘린 데 놀라며 웃었다.

"아, 여긴, 정말 좋아!" 메이블 할머니는 한숨을 쉬었다. "벌써 열세 번째로 온 건데, 전혀 질리지가 않아."

"아예 이리로 이사 오시는 건 어때요?" 엔젤린이 제안했다.

메이블 할머니가 웃었다. "아이고, 아가씨…… 집에 있는 우리 할배는 목에 곶감을 걸어줘도 굶어 죽을 양반인데, 한 살림 챙겨서 이 시골 촌동네로 오기는 힘들 거여." 메이블 할머니는 엔젤린의 손을 토닥거리며 말했다. "하지만 아가씨는 여기에 이사 와서 참 좋겠어. 항상 꿈을 따라가겠다고 나한테 약속해줘요."

"네, 약속할게요." 엔젤린은 메이블 할머니가 짠하게 느껴졌다. 할머니의 일상에서는 활력과 영감을 얻기가 어려워 보였다.

"나쁜 남자가 있는 것보다는 남자가 없는 게 낫단다." 메이블은 저 먼 곳을 바라봤다. "네 나이 때에 누군가가 나한테 그런 얘기를 해줬으면 좋았을 텐데." 메이블 할머니는 생각에 잠겨 말했다.

"근데 나랑 내 고민들 얘기는 그만하고, 아가씨는 여기 온 지 얼마나 됐어요?"

"3개월 됐습니다." 엔젤린은 답했다.

"아이고! 그것밖에 안 됐어요? 무슨 염소도 아니고 산 오르는 것 보면 몇 년씩 산 줄 알 거야." 메이블 할머니는 엔젤린의 손등을 다시 토닥였다. "자기한테 좋은 일 한겨."

"네, 드디어 행복해졌어요." 엔젤린이 속삭이듯 고백했다.

"정말 잘됐어. 그것보다 더 중요한 게 없지." 메이블 할머니가 대답했다.

* * *

"안녕히 가세요, 메이블 할머니. 조만간 또 오세요!" 엔젤린이 손을 흔들며 인사했다.

메이블 할머니도 리셉션 창구 앞에서 엔젤린에게 작별인사로 손을 흔들었다. 그리고 프론트 직원에게 살짝 몸을 기울여 속삭였다. "저 아가씨를 어디서 데려왔는지 모르겠지만, 진짜 보석을 찾았구먼요."

엔젤린은 스스로에게 미소 지었다. 그녀에게는 보스리조트의 문을 열고 찾아오는 사람들이 모두 가족처럼 느껴졌다. 엔젤린은 들고 있던 차트를 내려다보고, 뒤로 돌아 다음 VIP손님을 불렀다.

"토비씨?" 엔젤린은 로비에서 큰 소리로 불렀다.

"엔젤린?" 어디선가 깜짝 놀란 여자의 목소리가 들렸다.

엔젤린은 행운의 레프리칸과 아일랜드 억양을 가신 무시개색 옷을 입은 여자가 그녀를 향해 신나게 뛰어오는 것을 보았다.

"앨리슨? 여기서 뭐하세요?" 엔젤린은 팔을 열어 포옹했다.

"나 여기 멤버잖아." 앨리슨은 엔젤린과 포옹한 상태에서도 가만있지 못하고 방방 뛰었다. "여기서 뭐해요?"

"저, 취직했어요." 엔젤린은 마치 돌에서 뽑은 칼을 자랑하듯 차트를 보여주었다.

"세상에, 그 많은 곳 중에서……" 앨리슨은 노래했다.

"장난 아니죠." 엔젤린은 앨리슨의 팔을 잡았다. "안 그래도 다시 만날 수 있길 바랐어요."

"진짜?" 앨리슨이 눈을 반짝였다.

"저한테 잘 해주신 것에 대해서 꼭 감사드리고 싶었어요."

"다 잘됐어?"

"그럼요." 엔젤린은 잠시 망설였다. "사실 처음에 은행에서 조금 문제가 있었는데, 며칠 뒤에 써주셨던 수표가 제대로 입금이 됐어요."

앨리슨이 미간을 좁혔다. "아휴, 미안해. 혹시 그것 땜에 스트레스 안 받았으면 좋겠네."

엔젤린이 웃었다. "사실 그 덕분에 여기서 일할 수 있게 됐어요. 그러니 다 잘 되려고 그런 것 같아요."

"너무 잘됐다." 앨리슨이 말했다.

"그래서 어떤 일로 오셨다고요?" 엔젤린이 되물었다.

"아, 여기 선아님 뵈러 왔어. 나한테 그림 몇 점 주문하셨거든."

"화가세요?" 차림새만 봐도 짐작할 수 있었지만, 엔젤린은 확인차 물어보았다.

"딱 걸렸네." 앨리슨은 명랑하게 웃었다. "우린 일급비밀 프로 젝트를 진행하고 있어."

"일급비밀이요?" 엔젤린은 눈썹을 치켜 올렸다.

"내가 지구 어머니에 대한 시리즈를 그리는데 선아님이 가이드 해주고 계시거든." 앨리슨은 잠시 멈췄다. "그거 알아? 자기 진짜 그 분 닮은 거?"

"선아님이랑요?" 엔젤린은 선아님과 비견된다는 것 자체로 너 무 기뻤다. 선아의 온화한 성품과 굳은 신념은 엔젤린이 만났던 그 어떤 사람과도 달랐다. 그녀는 진짜였다.

"아니, 지구 어머니랑." 앨리슨이 정정했다. "지구 어머니는 구 릿빛 피부랑 검은 머릿결을 가지고 있지만…… 딱 자기 같은 눈 을 가지고 있어."

엔젤린은 장난스럽게 앨리슨을 치고, 어깨를 으쓱이며 말했다. "제가 여기 와서 어머니 닮았다는 말을 몇 번이나 들었……"

말을 마치기가 무섭게, 완벽한 맞춤 정장을 말쑥하게 차려 입 은 삼십 대의 우아한 훈남이 그들의 대화를 방해했다.

"죄송합니다, 아가씨?" 그는 질문했다. "저를 찾으신다고 들었 는데요."

엔젤린은 차트를 보았다. "토비씨?"

"네, 접니다." 토비는 미소 지었다.

엔젤린은 토비의 머리부터 발끝까지 훑어보았다. 토비가 입고 있는 비싼 정장은 야외 활동을 하기에 적합하지 않았다.

"볼텍스 투어 신청하신 것 맞지요?"

"네, 그렇습니다." 토비가 동의했다.

엔젤린은 앨리슨을 돌아보고 사과의 미소를 지었다. "그럼 다음에 얘기해요."

"당연하지." 앨리슨은 고개를 끄덕였다. "조만간 보는 거야. 좋은 시간 보내." 앨리슨은 손을 흔들었다.

엔젤린은 목청을 가다듬고 토비에게 말했다. "죄송합니다."

"괜찮습니다." 토비가 말했다.

"옷 갈아입고 오시겠어요?" 엔젤린이 물었다.

토비는 정장을 내려다봤다. "저는 이런 옷밖에 없는데요."

"야외에 나가면 좀 지저분해질 수가 있어서요. 정장이 망가질 수도 있고요." 엔젤린은 망설였다.

"괜찮습니다."

"정말 괜찮을까요?"

"네, 확실해요!" 토비는 다시 한 번 확인했다.

"그렇다면 이쪽으로 오세요. 일생 최고의 순간을 만날 준비를 하시구요." 엔젤린은 금발의 웨이브를 통통 팅기며 걸어갔다.

걷다가 뒤를 돌아보니 토비가 그녀의 멋지게 그을린 다리를 감상하고 있는 것을 발견했다. 토비는 가볍게 으쓱하고 웃었다. 엔젤린은 토비가 대놓고 몸을 훑어보고 있었다는 사실에 기분이 나빠야 마땅했지만, 사실 별로 기분이 나쁘지 않았다. 덜미를 잡혔지만 가볍게 넘기는 토비의 모습이 왠지 그녀를 무장해제시켰다.

엔젤린은 로비 앞 정문을 열었다.

"앞에서 가세요." 엔젤린은 고개를 내저으며 웃었다. "그쪽이 눈을 어디다 두고 다닐지 믿을 수가 없네요."

CHAPTER 27

"이거 1 : 1 프라이빗 투어인 줄 알았는데 말이죠." 토비는 큰 승합차 안에 앉아 옆 사람에게 투덜거렸다. 토비는 부드러운 아쿠아마린색 눈에 다리가 미끈한 여자 가이드와 단둘이 오후를 보낼 줄 알았던 것이다. 이렇게 일이 꼬일 수가.

"프라이빗 투어는 맞네만." 옆자리에 앉은 노인이 말했다. "보스리조트 회원들하고 그쪽만 가는 거니까."

"보스가 도대체 뭔데요?" 토비는 툴툴거리며 물었다. 토비는 당연히 1 : 1일 것이라고 예상하고 돈을 내고 VIP투어에 참가했다. 토비는 관광객이 가득한 차 안에서 오후 내내 시간을 보내며, 어디서 온 누군지 소개하고 앉아 있을 생각을 하니 몹시 불쾌해졌다.

"보스BOS는 뇌운영 프로그램(Brain Operating System)을 말하네." 노인이 대답했다. "뇌를 컴퓨터와 비교해보면 쉬울 걸세. 컴퓨터에 운영시스템인 OS가 있듯이, 우리 뇌에도 뇌운영시스템인 보스가 있지. 보스를 활용하게 되면 우리는 자기 뇌에 들어 있는 수많은 생각과 감정들에 휘둘리지 않고 그것을 선택할 수 있게 된다네. 예를 들면, 지금처럼 그렇게 짜증난 상태가 싫으면, '기분 나쁨' 프로그램을 끄고 '감사' 프로그램을 켜볼 수 있겠구먼."

토비는 옆으로 째려봤다. "알려주셔서 감사하네요."

"별 말씀을." 노인은 껄껄 웃었다.

"저 아가씨는 어떻게 여기 오게 된 거예요?" 토비는 버스 앞쪽에 서 있는 엔젤린을 살짝 가리켰다.

"엔젤린?" 이번에는 노인이 토비를 흘겨보았다. "그쪽한테는 엔젤린 양이 아깝지."

"왜죠?" 토비는 이런 대접이 신선했다. 토비는 지금까지 살면서 그 어떤 여자도 자기가 원하면 언제든지 가질 수 있다는 것을 증명해왔기 때문에 이 여자도 예외는 아닐 거라고 믿었다.

"엔젤린 양은 반짝이는 게 있다네." 노인이 대답했다.

토비는 노인의 가슴에 붙어 있는 이름표를 보면서 말했다.

"그러면 밥, 저는 반짝이는 게 없단 말입니까?"

"저런 아가씨는 평생에 한 번 만날까 말까 한 사람이야. 난 여기 오십사 년간 있으면서 그런 사람은 딱 하나 봤네, 저기." 노인은 콩깍지가 씐 남학생처럼 버스 앞쪽을 표시했다.

"데이트하려고 줄 서셨어요?" 토비는 능글맞은 웃음을 참았다.

노인은 껄껄 웃었다. "나뿐만 아니라 자네처럼 열렬한 팬들이 줄을 섰다네."

"실례지만 전 데이트를 시도해 봐야겠어요."

"거 한번 볼 만하겠구먼." 그는 웃었다.

"특석에서 잘 보십시오." 토비는 일어나 엔젤린 뒷자리로 가서 앉았다. 그리고 몸을 앞으로 숙여 엔젤린의 귓가에 속삭였다. "저희를 어디로 데리고 가시는 거죠?"

그녀는 고개를 들고 미소 지었다. "벨락에 가요. 들어보셨어요?"

"가본 적 있어요." 세도나 온 날 루터스를 내려줬던 곳이었다.

"아, 잘됐어요." 엔젤린은 미소 지었다. "저 좀 도와주시면 좋겠어요."

"그럼요, 절 마음껏 부려먹으세요."

엔젤린은 토비의 유혹하는 말투에 살짝 멈칫했다. 토비는 자신이 유도한 숨겨진 말뜻을 엔젤린이 알아차렸음을 이마에 떠오르는 생각으로 읽었다. "기꺼이 도와드리죠." 토비는 다시 말했다. 엔젤린의 생각이 조용해졌다. 차츰 얼굴의 긴장이 풀리더니 미소를 지었다. 엔젤린은 토비의 말을 잘못 알아들은 것뿐이라고, 다행이라고 생각했다.

"세도나에는 얼마나 오래 계실 거예요?" 엔젤린이 편안하게 물었다.

"잘 모르겠어요." 토비가 말했다.

"휴가차 오신 거예요?"

"이것저것 정리하러 왔어요."

엔젤린은 숨을 내쉬었다. "저도 그 느낌 알아요. 자신을 재창조하기에 제일 좋은 곳을 선택하셨어요."

"여기서 스스로를 재창조하셨나요?"

"네, 여기서 진짜 저를 찾았어요. 스스로를 만들어내기 이전부터 있던 제 본성을요." 엔젤린은 얼굴을 붉히며 말했다.

토비는 더 알고 싶었다. "발견해보니 뭐가 가장 중요하든가요?"

엔젤린은 한참 생각했다. "그냥, 행복해지고 싶은 것 같아요."

"어떤 것이 당신을 행복하게 하는데요?" 토비는 한쪽 눈썹을 치켜 올렸다.

"다른 사람을 행복하게 해주는 거요." 그녀는 미소를 지었다.

토비는 엔젤린이 미소를 지을 때마다 송곳니가 아랫입술 위로 살짝 튀어나오는 것을 보았다. 매력적인 옥의 티였다.

"쉽지 않은 일이네요. 대부분의 사람들은 자신을 행복하게 하는 게 뭔지도 모르죠." 토비가 말했다.

"대부분은 자신의 새로운 모습을 발견할 때 가장 행복해 해요. 저는 제가 하는 일 덕분에 매일 그 과정을 함께할 수 있어요. 그래서 저도 행복하답니다."

간단하고도 진지한 엔젤린의 대답은 토비에게 깊은 인상을 남겼다.

토비는 물었다. "그쪽이 보기에 전, 저를 아는 것 같나요?"

"만약에 그랬다면, 여기 와 있지는 않았겠지요."

"제가 행복하다고 생각해요?" 토비는 좀 더 밀어붙였다.

엔젤린이 얼굴을 붉히며 아래를 내려다봤다. 토비의 질문이 엔젤린을 곤혹스럽게 만들었다. 엔젤린은 조용히 대답했다.

"당신은 힘든 삶을 살아왔지만, 그것을 숨기려고 하는 것 같아요."

"왜 그렇게 생각하죠?" 이유는 모르지만 토비는 엔젤린이 자신에 대해서 어떻게 생각하는지가 중요하게 느껴졌다.

"당신을 보면, 얼굴은 보이는데 얼이 안 보여요."

엔젤린은 곧바로 말을 이었다. "얼굴은 겉모습을, 얼은 내면의 정신을 뜻해요. 저도 여기 처음 왔을 때는 얼이 보이지 않았어요. 어떻게 보면 마음이 죽어 있었죠. 당신이 스스로 허락한다면, 이곳이 당신에게 다시 생명을 불어넣어줄 수 있어요. 지금 우리는 각자 다 겪어야 할 과정을 거치고 있는 거예요, 저도 그렇고."

토비는 어떻게 반응해야 할지 확신이 서지 않았다. 토비는 더 자세한 내용을 알기 위해 엔젤린의 이마에 떠오르는 생각을 훑어보았다. 엔젤린의 머릿속에는 토비의 행복에 초점이 맞춰진 상냥한 생각들이 지나가고 있었다. 토비는 주제를 바꿨다. "형제가 있나요?"

"외동딸이에요."

"저도 혼자예요."

두 사람의 눈이 마주친 순간, 토비는 처음으로 '눈은 영혼을 비추는 창'이라는 속담을 이해할 수 있었다. 그녀의 맑은 창문 너머로 그녀의 영혼이 어떠한 관념도, 분별심도 없이 세상을 내다보고 있었다.

"투어 마치고 저와 커피 한잔 하실래요?" 토비의 목소리가 부드러워졌다.

엔젤린의 얼굴이 빨개졌다. 그녀의 이마에는 "네"라는 생각이 지나갔다.

"좋아요." 엔젤린이 미소 지었다.

버스가 벨락의 북쪽 주차장에 들어섰다. 엔젤린은 일어서서 차트를 확인하며 사람들에게 말했다. "여러분, 먼저 하이킹으로 시작해서 올라간 후, 삼십 분간 자유 시간을 가질 예정입니다. 썬크림과 물을 잘 챙겨주세요." 그리고 토비에게는 웃으며 목소리를 낮춰서 속삭였다.

"저하고 가까이에 앞쪽에서 걸으실래요? 제가 에너지 명상을 지도할 거예요."

"죽기 살기로 앞자리 안 놓칠게요." 토비는 진심이었다. 엔젤린은 뭔가가 놀랍도록 따뜻하게 사람을 품어주었다. 할머니께서 돌아가신 후 아무도 믿은 적이 없었는데, 이 여자에게는 남들과는 다른 진실함이 느껴졌다. 밥 노인의 말이 맞았다. 이런 여자는 평생에 한번 볼까 말까 한다는 것. 토비는 자신이 꼭 하이킹 줄 맨 앞에 서야겠다고 결심했다.

* * *

"같이 좀 걸을까요?" 토비는 쉬는 시간이 시작되자 마자 엔젤린에게 물었다.

엔젤린은 투어에 온 사람들을 돌아보며 괜찮을지 망설였다. 토비와 시간을 보내고 싶긴 하지만, 또 다른 손님이 질문을 할 수도 있으니 대기하고 있는 것이 좋을 것 같았다. 토비는 엔젤린의 마음을 읽고 말했다. "저, 그래도 VIP패키지 손님이잖아요." 토비는 대놓고 작업을 걸었다. "멀리 안 가면 되잖아요."

엔젤린은 입술 한쪽을 살짝 깨물면서 고개를 끄덕였다. 토비는 엔젤린의 미소가 마음에 들었다. 둘은 서로의 존재에 계속 촉각을 곤두세웠지만 말없이 편안하게 걸었다. 엔젤린은 체온이 올라 덥다고 느꼈지만 그건 단지 오후의 햇살 때문만은 아니었다.

천천히 걷던 엔젤린은 토비에게 물었다. "인생에서 무엇을 원하세요?"

"누구나 마찬가지가 아닐까 싶은데요. 나한테 딱 맞는 여자를 만나고, 집을 사서, 일찍 은퇴하고, 정착하고."

"한번 알아맞춰 볼게요. 그쪽은 변호사죠?" 엔젤린이 물었다.

"증권 중개인이요."

"그리고 어디 엄청 좋은 학교 나오셨죠?"

"하버드 대학."

"그리고 돈도 엄청 많죠."

"차고 넘치죠."

"그런데 그 모든 것을 갖고도 행복하지 않으시고요." 엔젤린이 추측했다.

"행복이란 걸 정의하자면?" 토비의 걸음걸이가 느려졌다.

"행복은 매일 밤 잠자리에 들 때, 오늘 하루가 충분히 만족스럽고, 다음 날 아침에 일어나면 또 새로운 하루를 시작할 수 있다는 사실이 너무 설레는 거예요." 엔젤린의 말이 왠지 모르게 우수에 찬 듯했다. 그런 척하는 것이 아니라, 진실 너머를 바라보는 것처럼.

"당신은 그런 행복한 상태예요?" 토비는 궁금한 표정을 지었다.

그녀는 태양을 향해 얼굴을 들었다. "요즘은 그래요."

"그럼, 이 시골 동네에서 얻을 수 있는 것보다 더 많은 것을 원하지는 않고요?"

"이곳엔 제가 필요한 게 전부 있어요. 제가 사랑하는 일도 있고, 항상 새로운 친구들이 들어오고, 혼자만의 시간도 가질 수 있고, 그냥 둘러볼 수도 있고…… 현실 세계 속 에덴동산 같은 곳이죠."

"돈이 박스로 그득그득 있는 것도 필요 없고?" 토비는 웃었다.

"그건 좋아요."

"곧 돈이 굴러들어올 거예요. 만약 내가 돈이라면, 당신 같은 사람과 같이 있고 싶을 테니까."

"친절하시네요. 그쪽 말이 맞았으면 좋겠어요." 엔젤린이 웃었다.

그때 갑자기 어디선가 돌이 굴러 떨어지는 소리, 남자의 고통스러운 외침 그리고 여러 사람이 고함을 지르는 소리로 그들의 대화가 끊겼다. 엔젤린은 바로 소리 나는 쪽으로 고개를 돌렸다. 회원 한 명이 최소 삼 미터 이상은 되는 산자락에서 미끄러져 떨어졌다.

"밥!" 엔젤린은 소리를 지르며 산을 달려 내려갔다. 토비도 바로 뒤따라갔다.

굴러떨어진 노인의 다리가 부자연스럽게 뒤틀려 있었다.

"어떻게 된 거예요?" 엔젤린은 놀라서 고함치다시피 말했다.

"내 다리……" 밥은 신음했다.

토비가 밥의 고관절을 만졌다. "아무래도 고관절이 부러진 것 같은데."

"누가 911 좀 불러주세요!" 엔젤린은 위에 있는 손님들에게 소리쳤다. "토비, 이 분 다리 좀 받쳐주세요."

토비가 밥의 다리를 만지자 비명을 질렀다. "엔젤린, 생각보다 상태가 심각한 것 같아요. 다리도 부러진 것 같아요." 토비가 말했다.

"밥, 그냥 계속 심호흡을 하세요." 엔젤린은 노인을 진정시켰다. 그러는 사이에 엔젤린의 몸이 뜨겁게 달아오르기 시작했다. 그녀는 곧 무슨 일이 일어날지 알아차렸다. "토비, 주차장에 가서 구급차 안내 좀 해주세요." 엔젤린은 토비가 멀리 떨어지길 바라며 부탁했다.

"안 돼요. 이 상태로 그냥 두고 갈 수는 없잖아요." 토비가 항의했다.

"토비, 어서 가세요!" 엔젤린이 소리쳤지만, 이미 늦었다. 엔젤린의 몸에서 열기가 올라와 주변으로 퍼져나가며 토비와 노인을 둘러싸고 말았다. 에너지 힐링이 시작된 것이다. 노인의 다리가 저절로 진동을 하기 시작하더니, 어긋나 있던 뼈들이 서서히 원래의 위치로 돌아갔다. 토비는 놀라서 손을 떼다가 밥 노인의 다리를 놓쳤다.

"이게 무슨……" 토비는 자신의 눈을 믿을 수 없었다. 노인의 다리 관절이 우두둑거리며 제자리로 들어가고, 부러진 뼈도 붙고 있었다. "아니, 이게 뭐지?"

"제발 아무에게도 얘기하지 마세요."엔젤린은 눈물을 글썽이며 간청했다. 엔젤린의 얼굴이 삽시간에 백지처럼 하얘지고, 이마는 땀방울로 축축해졌다. 기진맥진한 그녀는 노인 위로 쓰러졌다. 반대로 노인은 아주 말짱해진 채로 누워서 토비와 엔젤린을 번갈아보았다. 노인도 토비만큼이나 어리둥절한 상태였다. 위에서 내려오던 사람들이 도착했다.

"비밀 지켜요."토비는 목소리를 낮춰서 얘기했다. "밥은 넘어졌지만 다치지는 않은 거고, 놀라서 비명을 지른 거였다고."토비가 엔젤린의 축 늘어진 몸을 들어올렸다. 노인도 고개를 끄덕이며 동의했다.

"무슨 일이에요?"먼저 온 사람이 물었다.

"엔젤린이 넘어졌어요."토비는 승합차 쪽으로 엔젤린을 옮기며 얘기했다.

"아니에요. 내가 봤는데, 엔젤린이 넘어진 게 아니라……"한 여자가 항의했다.

"넘어졌다고요."토비는 돌아서며 경고의 눈빛을 보냈다. "넘어져서 머리를 부딪혔어요."

"하지만……"그녀는 헷갈리기 시작했다.

"머리를 부딪혔어요."토비는 으르렁거렸다.

"맞아, 그랬소."밥도 소심하게 보탰다.

"괜찮으세요?"그 여자는 밥에게 주의를 돌렸다.

"네, 그냥 좀 놀랐을 뿐입니다."

"하지만, 저는 봤는데…… 아까 다리가……"그녀는 인상을 찌푸렸다.

"저는 괜찮습니다. 자, 보세요."밥은 일어나 앉았다.

"하지만……"

"진짜 괜찮습니다."밥은 어정쩡하게 웃으며 말했다. "엔젤린이 저를 도우러 왔다가 머리를 부딪혔을 뿐입니다."

* * *

여태껏 한번도 보스리조트 로비가 이렇게 소란스러운 적이 없었다. 힘없이 토비의 팔을 잡고 걸어 들어오는 엔젤린 뒤로 놀란 손님들의 무리가 따라 들어갔다.

"저, 괜찮아요. 그냥 좀 쉬면 돼요."엔젤린은 그들을 안심시키려 했다.

"뇌진탕이면 잠들면 안 되는데……"토비는 그녀에게 상기시켜줬다.

"아, 맞아요."엔젤린은 감사의 표시로 토비의 팔을 잠시 꼭 잡았다.

노아와 선아가 달려 나와 그들을 맞았다.

"무슨 일입니까?"노아가 급하게 말했다.

"엔젤린이 머리를 부딪혔어요."토비가 설명했다.

노아는 토비로부터 엔젤린의 팔을 받아 그녀를 부축했다. 노아가 처음으로 토비를 본 순간, 잠시 노아의 시간이 멈추는 듯했다. 머릿속에서 이 상황을 이해하기도 전에, 노아는 다리에 갑자기 힘이 풀린 엔젤린을 지탱하느라 현실로 돌아왔다. 노아는 엔젤린을 번쩍 들어 올려 상담실로 걸어가면서 로비에 서 있는 토비를 돌아보았다. 그 남자는 노아가 계시를 받고 삼 년간 기다려온 그의 형제였다.

CHAPTER 28

노아는 계속 방을 왔다갔다 했다. 엔젤린은 의식을 잃은 채 상담실 소파에 누워 있었다. 선아는 노아의 어깨에 가만히 손을 올려 그를 멈춰 세웠다.

"그렇다면 이제 엔젤린이 자각을 한 걸까요?" 노아가 물었다.

"꼭 그렇지는 않아요." 선아가 대답했다.

"설마 그녀가……" 노아는 말했다.

"가능합니다. 제가 어렸을 때 같이 자란 아이들 중에 비슷한 능력을 가진 아이들이 있었습니다. 하지만 저렇게까지 할 수 있는 집중력을 키우려면 수십 년은 걸릴 텐데……" 그녀는 엔젤린이 소파에서 정신없이 자고 있는 모습을 보았다.

"볼텍스 때문에 일어난 일일까요, 아니면 전에도 이렇게 한 적이 있을까요?"

"저도 모르겠습니다." 선아가 답했다.

엔젤린의 눈썹은 보일 듯 말 듯 파르르 움직였다. 의식이 드는 것 같기도 했지만, 마치 눈꺼풀에 아령이 달려 있는 듯 무거워서 눈을 뜰 수 없었다.

"밥은 엔젤린이 머리를 부딪혔다고 하는데, 다른 사람들이 보기론……" 노아는 고개를 내저으며 다시 왔다갔다 걷기 시작했다. "왜 밥이 거짓말을 했는지 이해가 안 되네요."

"어떤 일이 일어났는지 이해를 못 해서 그랬을 수도 있죠." 선아는 엔젤린 옆의 소파에 앉아 그녀의 이마에다 손등을 대서 체온을 쟀다. 엔젤린은 움직이며 눈을 아주 살짝 떴다.

"사람들이 말했어요?" 엔젤린이 속삭였다.

"뭘 말해요, 엔젤린?" 선아는 부드럽게 물었다.

"제 비밀요." 엔젤린이 조용하게 말했다.

선아와 노아는 서로를 쳐다보았다.

"네, 어떤 비밀 말이죠?"

"황금가루." 그녀는 몽롱한 꿈결에 말했다.

"어떤 황금가루?" 노아는 그녀를 깨우지 않게 조심해서 부드럽게 말했다.

"가루……" 엔젤린은 하품을 했다.

선아는 노아 쪽을 바라보았다. "꿈꾸고 있는 것 같아요." 선아가 엔젤린의 이마를 다시 짚자, 엔젤린은 알아들을 수 없는 말을 웅얼거렸다. "물 한 잔 갖다 주시겠어요?"

"네, 바로 오겠습니다." 노아가 방에서 나갔다.

"엔젤린?" 선아는 엔젤린의 어깨를 흔들었다.

엔젤린은 눈을 뜨고 선아의 얼굴을 보며 미소 지었다. 엔젤린은 지금이 꿈인지 생시인지 구분이 되지 않았다.

"난 알고 있어요." 선아는 엔젤린의 아쿠아마린 색 눈을 깊이 들여다보았다.

"뭘 아신다고요?" 엔젤린은 더 이상 꿈이 아니라는 것을 인식하며 벌떡 일어났다.

"당신의 비밀."

"어떤 비밀이요?" 엔젤린은 토비나 밥이 있는지 방을 둘러보았다.

그들은 어디에도 보이지 않았다.

"괜찮아요." 선아는 약속했다. "저도 비밀이 있거든요. 한번 들어볼래요?"

* * *

'어떤 비밀들은 모르는 게 더 나은데.' 엔젤린은 개울가를 걸으며 생각했다. 오른편으로는 세도나에서 관광객들이 가장 사진을 많이 찍는다는 대성당 바위가 우뚝 서 있었다. 지역 주민들 중에 누군가가 말하길, '대성당 바위의 볼텍스는 과거, 현재 그리고 미래의 생을 통합시키는 데 도움을 준다'고 했다. 엔젤린은 대성당 바위를 바라보며 묻는다.

나는 누구지?
나는 뭐지?

힐링 이후 몽롱한 상태에서 깨어났을 때, 선아는 벽에 걸려 있는 그림을 가리키며 자세히 보라고 했다. 앨리슨이 그린 그림 중 하나였다. 이마에는 달이, 머리카락에는 별빛이 수놓인 여신 같은 존재가 손에 지구를 들고 있었다. 자세히 바라보자, 그 여신의 얼굴에서 자신의 얼굴이 보였다. 선아는 엔젤린이 마고 어머니의 환생일 수 있다고 말했다. 하지만 말도 안 되는 일이었다. 진짜 그랬다면, 엔젤린 스스로가 먼저 알지 않았을까? 어째서 마이너스 통장에서 벗어나지도 못하는 자신이 지구의 어머니와 같은 중요한 사람일 수가 있을까. 엔젤린은 격렬하게 웃었다. 그러다가 어느 순간 미친 사람처럼 웃고 있다는 것을 인지하고서야 멈췄다.

엔젤린의 발이 어느새 개울로 향했다. 그녀는 발걸음을 출렁거리며 강을 거슬러 올라갔다. 머릿속 생각들은 끊임없이 빙빙 돌아, 차가운 물조차 느낄 수 없었다. 그 어떤 것도 엔젤린을 현실로 데려오지 못했다.

"나는 누구지?" 그녀는 하늘에 대고 속삭였다.

"나는 도대체 뭐야?" 강바닥을 발로 두들겼다.

"대답 좀 해!" 엔젤린은 자신의 영혼을 애타게 불렀다.

그녀의 발이 이끼 덮인 돌에 미끄러졌다. 몸이 풍덩 하고 물에 빠지자 장마철 급류 때문에 쉬이 빠져나오지 못하고 하류로 휩쓸려 내려갔다. 엔젤린은 얼굴을 물 밖으로 내밀려고 애를 썼지만 계속 아래로 몸이 빨려들어 갔다. 엔젤린이 과거에 부정했던 모든 감정들, 덮어뒀던 모든 억울한 느낌들까지 갑자기 쏟아져 나오며 물살처럼 강력히 그녀를 휩쓸었다. 엔젤린은 거친 물결과 싸우는 동시에 인생에서의 모든 어두웠던 순간들과도 함께 싸우고 있었다. 실망했던 모든 순간들, 마주쳤던 화난 얼굴들, 자신을 보호하기 위해 잘못을 방관했던 모든 순간들이 눈앞에 환영처럼 스쳐갔다. 자신이 겪었던 불의가 기억나면 날수록 엔젤린은 더 열심히 수영을 했다. 엔젤린은 너무나도 화가 난 나머지, 이 영상들이 죽기 전에 보인다는 주마등이라 하더라도 받아들이겠다는 마음이 들 정도였다.

올라가던 도중 급류가 뚝 끊기면서 강물이 더 부드럽게 흐르는 부분에 이르렀다. 엔젤린의 의식과 에너지도 부드러워지면서 살면서 느낀 모든 기쁨, 마음에 남았던 모든 따뜻한 손길들이 기억났다. 마치 하느님이 폐부를 어루만지고, 폐에서 심장까지 생명의 황금 불길이 공명하는 듯이 가슴에 따뜻한 느낌이 퍼졌다. 엔젤린은 더 이상 물살과 싸우지 않고 힘을 빼고 물에 떠올랐고, 몸의 활력이 완전히 회복되는 것을 느꼈다. 엔젤린의 가슴에, 몸에, 감히 담을 수 없을 크기의 사랑이 가득 차올랐다. 눈에서는 뜨거운 눈물이 뚝뚝 떨어졌다. 모든 것이 이해가 되었다.

엔젤린은 인류를 하늘과 땅의 입장에서 바라볼 수 있었다. 모든 사람들이 아이처럼 사랑스럽고 소중했다. 그리고 아이들이 힘든 사춘기를 겪듯, 모든 사람들이 각자의 방법으로 각자의 때에 맞춰 진화해야 한다는 것을 이해할 수 있었다. 그래서 하늘과 땅은 모든 인간의 파괴를 감내하며, 언젠가 인류가 서로에 대한 사랑과 자신의 근원인 천지부모에 대한 감사함을 기억해내기를 간절히 기다리고 있었다. 모두가 본래는 하나라는 깨달음, 그 깨달음의 사명을 전하기 위해서 이 모든 시간과 노력이 존재했다. 엔젤린은 마치 하늘이 된 듯, 땅이 된 듯 인류를 사랑했다. 그리고 사람들이 자신이 하늘과, 땅, 심지어 자기 내면의 사랑으로 둘러싸여 있다는 사실을 받아들이기만 한다면 얼마나 쉽게 행복할 수 있는지를 보았다. 사람들은 사랑의 바다에 둘러싸여 있지만, 서로서로에게 얽매여 그 사실을 보지 못했다.

엔젤린은 자신이 변하는 것이 느껴졌다. 마치 위에서 내려다보듯 자신이 지구의 어머니로 변하는 모습을 보았다. 지구의 영혼이 마음을 채우자, 이것이 바로 자신의 실체라는 것을 느낄 수 있었다. 엔젤린은 이것 때문에 태어난 것이었다. 그동안 겪었던 모든 것들이 이해가 되는 순간이었다.

생각해보면, 에너지를 받아야 하는 상태의 사람들을 자동적으로 치유해왔던 것은 당연한 결과였다. 그녀는 태어날 때부터 본성의 어머니, 마고의 사랑을 담도록 프로그램이 된 그릇이니까. 그동안은 이 능력이 자신이 지구에 온 유일한 이유라는 것을 모른 채 괴로워했다.

엔젤린은 남들처럼 사회를 구성하는 하나의 톱니바퀴로 사는 것이 정상이라고 착각했다. 하지만 그것은 그녀의 운명이 아니었다. 이 지구에서 이뤄야 할 것은 오로지, 자녀들의 지친 영혼이 완전히 회복될 때까지 사랑하는 것뿐이었다. 어떤 직업을 가져야 할지, 얼마나 돈을 모을 수 있을지 고민하던 날들은 저 멀리 사라졌다. 엔젤린의 직업은 사랑하는 것이었다.

엔젤린의 인식이 멀리, 넓게 확장되었다. 엔젤린은 산과 계곡, 정글과 사막, 온 지구의 표면이 마치 자신의 피부처럼 느껴졌다. 지구를 바라보며 그 원시적 아름다움을 마치 거울에 자신의 얼굴을 비추듯 바라보며 탄복했다. 깊은 무의식 상태에서 엔젤린은 전 지구를 볼 수 있었다. 우주에서 본 지구는 마치 황금 오라가 부처를 둘러싼 듯했다. 사랑의 파동이 엔젤린의 모든 세포, 모든 존재에 메아리쳤다. 따뜻하고, 아늑하고, 부드러운 에너지가 온몸을 구석구석 채우자 가벼운 떨림이 일어났다. 지구도 그녀와 함께 진동하고 있었다. 엔젤린은 지구의 목소리이자, 마고 어머니의 아바타였다.

엔젤린이 삼매경에 푹 빠져 있던 그때, 어디선가 첨벙거리는 커다란 물소리와 함께 거센 물결이 엔젤린의 얼굴로 밀려와 부딪쳤다. 그녀는 기침을 했다. 물 위로 떠오른 뒤에야 엔젤린은 자신을 감싸고 있는 튼튼한 팔을 알아차렸다.

CHAPTER 29

"지금 뭐하는 거예요?" 엔젤린은 물속에서 자신을 건진 고대 로마 검투사같이 생긴 사람을 밀쳐냈다. "나, 너 구했다." 그는 엔젤린을 붉은 바위에 조심스럽게 내려주고 자랑스럽게 가슴을 두들겼다. 그 모습을 보고 엔젤린은 말없이 웃었다. 산 같은 덩치로 물을 뚝뚝 떨어뜨리며 자신을 구했다고 얘기하니, 죽을 뻔한 건 아니라고 도저히 말할 수 없었다. 오히려 이 순간을 만끽하게 해주고 싶었다.

"정말 용감하시네요"하고 엔젤린이 입을 떼는 순간, 그녀는 자기 음성에서 한 번도 느껴보지 못한 힘을 느꼈다. 엔젤린의 목소리는 더 이상 그냥 목소리가 아니라, 마치 무소의 뿔에 대고 얘기하듯이 주변의 대기를 진동시켰다.

루터스는 얼굴을 붉혔다. 단지 엔젤린이 자신을 용감하다고 칭찬해서가 아니라, 엔젤린이 그렇게 말하자 정말로 용감하고, 고귀하고, 의롭다는 느낌이 들었기 때문이다. 평생 동안 그렇게 되려고 했지만 그러한 것들의 실체가 자신의 몸에서 감도는 것을 느낀 적은 없었다. 엔젤린의 말을 듣자 새삼 자각이 된 것이다.

"성함이 어떻게 되세요?" 엔젤린이 부드럽게 바라보며 물었다.

"루터스." 그는 다시 가슴을 두들겼다.

물에 젖은 엔젤린의 몸이 덜덜 떨렸다. 하늘을 보니 해가 졌다. 루터스는 군용 녹색 가방에서 낡은 갈색 후드가 달린 스웨터를 꺼냈다. 옷으로 엔젤린의 어깨를 덮어주고 후드는 머리에 씌웠는데, 치수가 적어도 다섯 사이즈는 더 컸다.

그녀는 작은 몸에 옷감을 꼭 잡았다. 엔젤린은 마치 지구를 둘러싸고 있던 황금빛 부처의 오라와 같은 강력한 에너지장 안에 앉아 있었다. 하지만 가슴 깊은 곳이 여전히 아파왔다. 엔젤린은, 그동안의 자기 삶이 에너지를 너무 많이 빼가는 것 같아서 가슴이 허전했다. 그런데 지금은 그보다 백 배는 더 깊은 아픔을 느끼고 있다. 이 아픔은 너무 주고 싶은데, 사랑을 주고 싶은 만큼 주지 못해서 아픈 것이었다. 엔젤린은 너무나도 절박하게 모든 사람을 돕고 싶었다.

"재밌는 생각 한다." 루터스는 뭔가를 이해하려는 듯이 눈을 가늘게 떴다.

"네?" 엔젤린은 물었다.

"나도 아프다." 루터스가 고백했다.

루터스의 얼굴을 본 엔젤린은 그의 눈빛이 빛나는 것을 보았다. 햇볕에 그을린 얼굴에서는 부드러운 하얀 빛이 나오고 있었다. 아름다운 인간이었다. 엔젤린은 루터스의 심장 위에 손을 얹었다.

"왜 아프세요?" 엔젤린이 물어보았다.

"사람은 노예야. 예전처럼. 아무도 몰라."

엔젤린의 온몸에 전율이 흘렀다. 이것은 밤공기의 싸늘함 때문만은 아니었다. 왜인지 그리고 어떤 연유인지는 모르지만 이 사람이 기억났다. 옛날 옛적에 그가 엔젤린에게 너무나도 귀한 사람이었다는 느낌이 들었다.

"나 알아?" 루터스는 엔젤린의 생각에 대답했다.

"어떻게 한 거죠?" 엔젤린은 질문했다.

루터스는 가방에서 녹슨 청동검을 꺼내어 엔젤린에게 건넸다. 엔젤린의 눈앞에 기억의 장면들이 스쳐가면서 다른 시간, 다른 곳에서 자신이 이 청동검을 루터스에게 주는 것이 보였다. 여왕이 전사에게 주듯이 청동검을 하사하는 모습이었다. 엔젤린은 현실로 돌아왔다.

"이게 뭔가요?"

"유산."

"어디서 받았어요?"

"아버지." 한쪽 다리의 바지를 올리고 의족을 내보였다.

"검 때문에 이렇게 된 거예요?" 그녀는 쇠로 된 루터스의 의족을 만졌다.

"검이랑 하나가 됐어."

"스스로 그런 거예요?"

"동생이."

또 하나의 기억 속 장면. 옛날 이야기 속 부족의 두 형제가 보였다. 이름이 떠올랐다.

"지소?" 그녀는 말했다.

루터스는 고개를 흔들었다. "알레한드로."

"알레한드로 사진 있어요?"

루터스는 고무줄로 묶인 종이 뭉치가 있는 가방에 손을 넣었다. 사진을 꺼내서 엔젤린에게 넘겼다. 영상에서 본 남자였다. 지소였다.

루터스는 혼란스러운 표정으로 말했다. "너 마음 달라."

"기억이었어요."

"언제?"

"모르겠어요. 저도 이해가 잘 안 돼요." 엔젤린은 사진을 돌려줬다.

"나 기억 나?"

"그런 거 같아요."

루터스는 한참 동안 먼 곳을 바라보았다. 엔젤린의 몸이 추위에 떨었다.

"집에 데려다 줄게."

"운전해서 왔어요."

"보호하고 데려간다."

"저는 위험에 처한 게 아니에요." 엔젤린이 웃었다.

"너······" 루터스는 느낌을 말로 표현하려고 했다. "영혼이 부드러워."

"루터스, 당신은 부드러운 신사네요." 엔젤린은 루터스의 손을 다독거렸다. "제가 운전하겠지만, 같이 갈 거면 저녁이나 함께 먹어요. 당신에 대해 더 알고 싶어요."

루터스는 고개를 끄덕이며 말했다. "나, 너 따른다."

엔젤린은 아주 먼 옛날에 이 약속을 같은 사람으로부터 들은 적이 있었다.

당신을 따르겠습니다.
당신을 보호하겠습니다.

이것은 과거로부터 온 메아리였다.

CHAPTER 30

루터스는 보스리조트를 감탄하며 훑어보았다. 루터스가 감동한 것은 보스리조트의 수려한 고급 외관이 아니었다. 그는 공동체의 뜻을 피부로 느낄 수 있었다.

"여기 살아?" 루터스가 물었다.

"네." 그녀는 환하게 웃으며 문을 열어줬다.

"평화 많아." 루터스는 서투른 영어로 말했다.

"이곳은 정말 평화로워요." 엔젤린도 동의했다. 청갈한 로비는 사람들로 가득 차 있었다. 두 명이 함께 들어가자 사람들이 대화를 멈추고 호기심 어린 눈빛을 보냈다.

"너 보고 놀라." 루터스가 씨익 웃었다.

엔젤린은 고개를 떨구고 발만 바라보며 걸었다.

"고개 들어." 루터스는 엔젤린의 어깨를 토닥이며 속삭였다. 루터스는 대중의 눈총을 받는 것이 어떤 느낌인지 알기에 엔젤린의 마음을 이해할 수 있었다.

"그냥…… 오랫동안 비밀로 하고 살아왔던 거라…… 그것 때문에 관심 받는 게 불편해요." 엔젤린은 잠시 말을 멈췄다.

루터스는 엔젤린 팔을 토닥였다. 엔젤린은 심호흡을 하고, 최선을 다해 활짝, 예쁘게 웃었다. 엔젤린은 아무 일도 없었다는 듯 사람들의 이름을 부르며 인사하고 지나갔다. 편안하게 행동하니까 방에 있는 사람들도 한결 편안해진 것 같았다. 프런트에서 일하는 직원이 수화기를 들어 전화로 속삭였다. "노아 박사님? 그녀가 돌아왔습니다."

"토비." 엔젤린은 토비의 얼굴을 보자 안도의 한숨을 내쉬었다.

엔젤린은 토비를 끌어안았다. 또 한 번, 사람들이 모두 쳐다보고 있었다.

"어디 있었죠? 왜 이렇게 젖었어요?" 토비는 엔젤린의 젖은 금발 곱슬머리를 귀 뒤로 넘기며 말했다.

"시냇물에 빠졌어요." 엔젤린이 설명했다.

토비는 엔젤린 뒤에 서 있는 남자를 발견했다. "루터스?"

"토비." 루터스는 토비를 다시 한 번 우연히 만나게 된 데에 전혀 놀라지 않으며 미소를 지었다.

"여기는 웬일이지요? 서로 아세요?" 토비는 엔젤린을 바라보며 설명을 기다렸다.

"흐름이 운명으로 이어지지." 루터스는 토비를 처음 만났을 때와 똑같은 말을 반복했다.

"제가 물에 빠질 뻔했는데 저를 살려주셨어요." 엔젤린은 물에 빠졌지만 사실 죽을 뻔하지는 않았으니 절반의 진실인 셈이었다. 토비는 엔젤린의 이마에 뜨는 생각을 읽고, 루터스는 토비의 생각을 들었다. 둘 다 시선을 엔젤린에게 돌렸다.

"왜요?" 엔젤린은 웃었다.

"엔젤린은 몰라?" 루터스는 토비에게 물었다.

"뭐를요?" 엔젤린이 물었다.

선아가 소리 없이 빠른 걸음으로 다가와서 말했다.

"엔젤린, 걱정했잖아요."

"죄송해요. 생각할 시간이 좀 필요했어요." 엔젤린이 사과했다.

"이해는 하지만 사라지기 직전에 그렇게……" 선아가 말했다.

선아는 사람들이 지켜보고 있다는 것을 알고는 더 이상 말을 잇지 않았다. 대신 이렇게 말했다. "다음에는 뭐든지 필요하면 저한테 말해요."

"그렇게 할게요." 엔젤린은 약속했다.

노아도 숨 가쁘게 로비로 뛰어들어 왔다. 방을 둘러보던 노아의 눈이 엔젤린, 선아, 토비를 거쳐 백 년 먹은 참나무만큼 두꺼운 히스패닉 남자에게 닿았다.

"엔젤린." 노아는 숨을 몰아쉬었다. 루터스가 돌아보았다.

노아는 루터스를 알아보았다. 루터스 또한 삼 년 전에 노아가 마고의 영혼을 들여다볼 때 환영 속에 나왔던 사람이었다. 노아는 선아에게 눈짓했다. "좀 더 조용한 곳으로 가볼까요?"

* * *

그들은 회의실의 마호가니 책상에 둘러앉았다. 무거운 침묵이 감돌았다. 노아가 먼저 말문을 열었다.

"여러분들에게 전할 이야기가 있습니다. 삼 년 반 전에 저는 세도나로 와서 깨달음을 얻었습니다." 노아는 지구의 영혼을 처음 만났던 벨락에서의 영적 체험에 대해 전부 이야기했다. 엔젤린은 어린아이가 부모님의 옛날 얘기를 듣듯 몸을 앞으로 바짝 기울인 채 들었다.

"지구 어머니는 때가 되면, 여러분 모두와 만나게 될 거라고 말씀하셨습니다." 노아는 설명했다.

"왜죠?" 토비는 물었다. 노아의 생각을 읽으면서도 믿어지지 않았다. 거짓말을 하고 있지는 않았지만, 경험에 따르면 미친 사람들도 자신의 환상을 진심으로 믿기 때문이었다. 사람의 생각을 읽는다고 모든 진실을 알 수는 없다.

"왜냐하면, 아주 먼 옛날에 우리는 모두 같은 맹세를 했기 때문입니다." 노아는 말했다.

루터스는 관심을 갖고 몸을 앞으로 기울이며 들었다. "무슨 맹세?"

"인류가 가진 원래의 완전한 본성을 회복하도록 돕자는 약속이었습니다." 선아가 답했다.

"도대체 우리가 그걸 어떻게 하죠?" 토비는 비웃었다.

"우리가 누구인지 기억하는 것으로." 노아가 진지하게 대답했다.

"우리가 도대체 누구요?" 토비는 한쪽 눈썹을 치켜 올렸다.

"신이에요." 엔셀린이 상에서 했던 체험 중 스쳐 지나갔던 영상들을 떠올리며 숨을 크게 들이켰다.

토비는 웃었다. 그는 테이블에 앉아 있는 사람들을 둘러보며 말했다. "진심은 아니시죠?"

"엔젤린의 말이 틀린 것은 아닙니다." 선아는 토비의 팔에 손을 얹었다.

"지금 나한테 여기 앉아 있는 다섯 명을 신이라고 하는 거예요?" 토비는 테이블에 앉은 사람들을 가리키며 말했다. "그렇다면, 여기 커피 한 잔 나와라! 이러면 뿅 하고 나와야 하는 거 아닙니까?"

"토비." 엔젤린은 낮은 목소리로 토비에게 경고했다.

"당신은 잘못 이해하고 있습니다. 제 말은, 우리 모두가, 그러니까 이 지구상에 있는 사람들이 모두 신이라는 말입니다." 선아가 설명했다.

"농담이 지나치시군요. 이 정도면 됐습니다." 토비는 일어섰다.

"앉아." 루터스는 토비를 다시 의자에 앉혔다.

"토비. 제발, 그냥 좀 들어주세요." 엔젤린은 애원했다.

엔젤린과 눈이 마주치자 토비의 기분이 누그러졌다.

"알았어요. 그냥 있을게요. 하지만 여기 이 분을 봐서 있는 거예요." 토비는 엔젤린을 가리켰다.

"당신은 항상 까칠했지." 선아는 못 말리겠다는 듯 고개를 내저으며 말했다. 토비의 저항에도 선아는 전혀 낙담하지 않았다.

"항상이라면, 예전에 제가 신이었을 때 말인가요?" 토비가 눈을 가늘게 뜨며 말했다.

선아는 참을성 있게 설명했다. "우리는 다 하느님의 일부이자 발현입니다. 우리는 여러 생애를 거쳐 여기에 왔죠. 우리는 같은 영혼의 가족이었습니다. 당신의 진정한 이름은 토비가 아니라, 청궁입니다."

"청궁?" 토비는 못 믿겠다는 듯이 되물었다.

"네, 그리고 당신은 제 형제입니다."

"저는 기억이 안 나는데 어떻게 당신은 기억하죠?"

"당신에게도 특별한 능력이 있지만, 아직 의식이 깨어나지 않아서 그래요."

이 말은 토비의 관심을 사로잡았다. "대체 그 특별한 능력이 뭡니까?"

"제 마음을 읽어보세요." 선아는 도전장을 던졌다.

토비와 루터스는 웃었다.

"제 특별한 능력이 당신을 못살게 구는 거면, 저 사람 능력은 뭐에요?" 토비는 루터스를 가리켰다.

"그는 의약계의 연금술사입니다." 선아는 대답했다.

루터스는 단어를 알아듣지 못해 고개를 흔들었다.

"약 만드는 사람." 토비가 루터스에게 설명했다.

루터스는 턱을 문질렀다. 이 여성은 자신을 처음 보자마자 자신의 인생에 대해 족집게처럼 알아맞힌 것이다. 루터스는 의사였지만 자신이 의사로서 처방한 수많은 약물보다 MFS가 더 효과적이라는 것을 발견하고 나서는 서양의학에 등을 돌렸다.

"내 이름은?" 루터스는 물었다.

"흑소. 저는 여러 형제 중에서 제일 상냥한 당신을 좋아했어요." 선아는 미소를 지으며 덧붙였다.

"우리가 얼마나 오래 전에 살았던 거예요?" 엔젤린이 물었다.

"엔젤린은 저희가 있기 전의 시대에서 왔어요. 그게 얼마나 오래 전이었는지는 알 수 없습니다. 그때는 시간을 다르게 체험했기 때문이죠." 선아는 설명을 계속 했다. "우리 넷은……" 그녀는 테이블에 앉아 있는 사람들을 표시했다. "만 년도 더 전에 숨쉬기 시작했습니다. 그 이후로 정말 많은 것들이 바뀌었어요."

"어떻게요?" 엔젤린은 앞으로 기댔다.

"모든 것이 달랐어요. 인류가 이기심과 욕망으로 타락하기 전이었어요. 모든 사람들 안에 법이라는 것이 살아 있었기 때문에 인간은 근원적으로 순수했습니다." 선아가 설명했다.

"법이란 게 뭔데요?" 엔젤린은 물었다.

"하나로 정의할 수 있는 게 아니라……" 선아는 잠시 호흡을 멈춘 뒤 말을 이어갔다.

"모든 것이었습니다. 그 때의 법이라는 의미는 지금과는 달라요. 현대의 법은 가짓수는 많지만 결국 감옥이나 벌금집행과 같은 협박으로 지켜지는 외형적인 질서지요. 하지만 그때의 법은 자율적으로 스스로 지켜지는 법이었어요. 모든 존재가 본능적으로 하나로 연결되어 있는 것을 알았습니다. 즉, 자신과 남을 따로 생각하지 않았죠. 요즘처럼 나라는 있었지만, 모든 사람들은 자신을 한 공동체의 일원이라고 생각했습니다. 그래서 사람들이 온 마음으로 기여했고 공동체도 풍요로웠죠. 또 사람들은 자신의 뜻을 쉽게 실현할 수 있는 특별한 힘이 있었습니다. 오늘처럼 일이 힘들지 않았어요. 밀고 당기는 것도, 권모술수도 없이 모든 것은 순리대로였습니다. 하늘, 땅 그리고 모든 생명이 분리되지 않았기에 텔레파시로 의사소통을 하고 순간이동도 했습니다."

"그러면 무슨 일이 있었나요?" 엔젤린은 물었다.

"밀도가 생기게 된 사건이 있었어요. 이전에는 우리 몸이 지금과 같은 밀도가 없었어요. 선택하면 형태를 가질 수 있었지만, 우리의 실체는 에너지로 구성된 빛의 몸이었습니다. 당신이 상상하는 천사처럼 말입니다." 선아가 대답했다.

토비는 의자에 뒤로 기대앉았다. 지금 들려오는 이야기를 받아들일지는 아직 모르겠지만 일단 들어보기로 했다.

"마을에 지소라는 어린 사내가 있었습니다." 선아는 말했다.

"잠깐만요, 방금 지소라고 하셨어요?" 엔젤린이 말을 끊었다.

엔젤린은 루터스를 쳐다봤다.

"네." 선아는 대답했다.

"지소." 엔젤린은 루터스가 듣도록 반복했다.

루터스의 심장이 빠르게 뛰었다. 그는 가방에 손을 넣어 엔젤린에게 보여줬던 사진을 꺼내 선아에게 넘겼다.

"지소가 여기에." 선아는 놀라서 숨을 들이키며 노아에게 사진을 건넸다.

"믿을 수가 없네요." 노아도 사진을 살펴보며 말했다.

"지소는 복본의 맹세를 하지 않았습니다." 선아는 말했다.

"자신만의 맹세를 한 것일 테지요." 노아는 추측했다. 노아는 루터스를 바라보며 말했다, "그는 당신 부족 사람이었어요."

"부족?" 루터스는 물었다.

"우리는 다." 선아는 엔젤린만 빼고 모든 사람들을 가리키며 말했다. "각자 지구상에 처음 존재했던 네 개의 부족을 책임졌습니다. 지소는 당신 부족의 일원이었습니다." 그녀는 설명했다.

"그런데 이번 생에서는 어떻게 아는 사이입니까?" 선아가 물었다.

"동생." 루터스는 말했다.

"지소가 왜 중요해요?" 엔젤린은 물었다.

"왜냐하면, 지소가 처음으로 법을 어긴 사람이기 때문입니다. 지소는 이 세계에 '분리'라는 환상을 만들었습니다." 선아는 말했다.

CHAPTER 31

달이 뜨지 않은 하늘에 별들이 다이아몬드처럼 영롱하게 빛나고 있었다. 다섯 명의 사명자들은 훨씬 강력해진 사명감을 가지고 벼락을 오르고 있었다. 오늘 밤 그들은 지구 어머니의 영혼을 만나러 수정궁에 들어가는 것을 시도할 예정이다. 벼락을 등반하며, 엔젤린은 몸이 떨리는 것을 느꼈다. 엔젤린은 자신이라는 그릇의 주인이자 창조주를 만나러 가는 것에 대해서 뭐라 형용할 수 없는 느낌을 받았다. 그녀는 흥분과 긴장, 두려움 사이에서 동요하고 있었다.

이틀 전이었다면 선아나 노아가 했던 말을 하나도 믿지 못했을 것이다. 하지만 엔젤린은 대성당바위에서 자신이 어떻게 미약한 인간인 동시에 지구 어머니일 수 있는지에 대해서 구체적인 환영을 보았다. 엔젤린의 뇌간 깊숙이 한 방울의 가장 순수한 신성이 심어져 있었다. 이 신성은 일반적인 신성도 아닌, 그녀의 수호령인 마고 어머니가 직접 심어놓은 지구의 정수였다. 엔젤린이 아직 어머니의 자궁에 잉태되어 있을 때, 지구 어머니는 당신이 이 세상에 현현할 때 쓸 그릇으로서 엔젤린을 선택해둔 것이다. 지구 어머니, 마고는 엔젤린의 진짜 부모님만큼이나 그녀 자신의 일부였다.

토비가 바위를 오르다 발을 헛디뎌 비틀거리며 궁시렁거렸다. 노아와 선아는 엔젤린이 이 산에서 가장 가파른 곳을 잘 올라갈 수 있도록 정성스럽게 도와주었고, 루터스는 한 쪽 다리가 의족임에도 불구하고 여기 있는 누구보다 산을 잘 타고 있었다.

정상에 도착하자 선아가 지시했다.

"엔젤린, 여기 가운데에 서주세요. 노아, 토비, 루터스와 나는 엔젤린을 중심으로 원을 만들 거예요."

선아가 지정한 자리에 서 있는 것만으로도 감각이 예민해지고, 의식이 고양되었다. 그리고 그들이 만든 원을 통해 에너지가 돌기 시작했는데, 가장 약한 고리인 토비에 이르자 흐름이 끊겼다.

"토비, 여기에 왜 우리와 같이 오기로 결심했는지 물어봐도 될까요?" 선아는 바로 문제에 의식을 집중했다.

"전 엔젤린 때문에 왔다고요." 토비가 말했다.

"그럼 본인의 의지로 온 거지요?"

"네." 토비가 대답했다.

"그럼 분별하는 마음을 없애려고 적극적으로 노력해보세요. 조금 기다려보면 이게 진짜인지 아닌지 바로 알 수 있을 거예요. 그때까지는 마음을 열고 저항 없이 모든 것을 경험하도록 허락하세요. 수정궁에 들어가려는 이 시도가 성공하기 위해서 우리는 그리고 엔젤린은, 당신의 협조가 필요해요." 선아가 조언했다.

"왜죠?" 토비가 물었다.

"우리는 각각 마고 어머니께서 주신 신물을 가지고 있습니다.

그 신물이 하나로 모여야지만 수정궁에 접근할 수 있는 권한이 생겨요. 마고 어머니의 마음은 모든 것을 보고 있으며, 어떤 것에도 속지 않습니다. 에너지는 거짓말을 하지 않아요. 가장 진실한 마음을 쓸 때만 가능성이 있습니다."

토비가 고개를 끄덕였다. "시도해 보겠습니다."

"원을 이루고 있는 분들은 다같이 손을 잡아주겠어요? 같이 천부경을 봉독하겠습니다. 만약 천부경을 모르면 최선을 다해 따라 하세요."

그들은 천부경을 봉독하기 시작했다. 몇 초 지나지 않아 토비는 정장 주머니에 있던 청동 거울에서 열기가 나는 것을 느꼈다. 낯선 여인의 목소리가 토비에게 세도나로 오라고 했던 밤과 똑같았다. 토비가 아래를 내려다보자 햇살처럼 강력한 빛이 양복의 옷감 아래에서 일렁이고 있었다. 노아의 목에 걸려 있던 차크라 펜던트도 같이 빛나며 노아의 얼굴을 아래에서 비췄다. 전에는 토비의 눈에만 보였던 루터스 이마 한가운데 검의 문양이 모두에게 보였다. 선아가 카디건 주머니에 넣어두었던 황동 방울도 빛나기 시작했다. 그러자 엔젤린의 뇌간에 심겨 있는 신성의 씨앗이 밝게 빛나며 엔젤린의 머리에 맑고 투명한 푸른 물빛의 아쿠아마린 색 후광을 형성했다. 어두운 그믐밤, 벨락 정상에 오른 다섯 명이 가지고 있는 신물에서 나오는 밝은 빛이 보름달처럼 사방을 비췄다.

천부경 봉독이 계속되자, 청동 거울, 차크라 펜던트, 검의 문양 그리고 황동 방울이 공명하여 그들의 몸을 다른 차원으로 옮겼다.

각자의 몸들이 모두 밀도를 잃고 투명해졌다. 그들은 말 그대로 빛으로 이루어져 있었다. 벨락 또한 차원을 이동하여 마치 단단한 땅이 아닌 붉은 빛의 젤리 같았다. 산봉우리를 이루는 경계가 흔들리고 꿈틀거리더니 이내 그들을 모두 집어삼켰다. 그리고 노아가 전에 그랬듯이, 그들은 벨락 내부의 수정궁으로 이동했다.

수정궁은 마치 지구의 성전처럼 신성한 기운으로 가득 차 있었다. 삼층 높이의 수정궁은 아쿠아마린 기둥들이 받치고 서 있었고 세도나의 자연풍경과 똑같은 모양의 보석들이 반짝이고 있었다.

"이제 믿어지시나요?" 선아는 토비에게 물었다.

그제야 수궁을 한 토비가 찌푸리고 있던 이맛살을 풀었다. 살아오면서 모든 종류의 집에서 쫓겨났지만, 처음으로 정말 집에 온 것처럼 안전한 느낌이 들었다. 토비는 감정이 벅차올라, 무릎을 꿇고 손가락 끝으로 땅을 만져보았다. 그러고는 눈을 감고, 고향에 돌아온 듯한 느낌을 만끽했다.

"그 분께서 계신가요?" 토비는 방을 둘러보며 물었다.

노아는 중앙으로 가서, 마고 어머니의 영혼의 정수를 담고 있던 수정구에 손바닥을 조용히 얹었다. 그의 손이 투명한 수정에 닿는 순간, 수정구 가운데에 있던 아쿠아마린에서 빛의 기둥이 레이저빔처럼 천장을 쏘며 뻗어나갔다. 그리고 그들의 머리 위로 마치 무지개처럼 찬란한 빛이 번쩍거리더니 동굴 반대편으로 빠져나갔다. 그 순간, 엔젤린이 자신의 목소리가 아닌 지구 어머니의 목소리로 말하기 시작했다.

"나의 사랑하는 아이들아."

달라진 엔젤린의 목소리에 다들 깜짝 놀라 돌아보았다. 어느새 엔젤린은 마고 어머니의 옥좌인 다이아몬드 대성당바위 위에 앉아 있었다. 아쿠아마린색의 빛은 그녀의 정수리 위로 깔때기처럼 빨려 들어가고 있었고, 엔젤린의 눈은 바다보다 더 파랗게 빛났다. 마치 안에서 빛이 뿜어져 나오는 듯했다.

"마고 어머니?" 토비가 숨을 몰아쉬었다.

"그렇단다." 토비가 뉴욕에 있던 마지막 날 들었던 음성과 같은 목소리였다. 그때 목소리는 이렇게 말했다.

'네 잘못이 아니란다. 네가 한 모든 일들은 운명의 일부였다. 너는 위대한 인간이다. 누구보다도 귀하고 소중한 보석이야. 이제 너의 진정한 정체성을 깨달을 때가 왔다."

"청궁." 토비는 자신의 고대의 이름을 속삭였다. "기억납니다." 토비는 흐느꼈다.

"청궁아, 왜 우느냐?" 마고 어머니가 물었다.

"왜냐면……" 토비는 깊은 곳에서 끓어오르는 오열에 말을 잇지 못했다.

"그 눈물은 기쁨의 눈물이냐, 아니면 슬픔의 눈물이냐?"

"둘 다 입니다." 토비가 울부짖었다. "이제 당신을 알았던 때의 기쁨과 완전함을 기억합니다. 하지만 제 마음이 수치심으로 찢어질 듯합니다."

"왜 너는 수치스러우냐?" 마고 어머니의 부드러운 음성이 동굴 안에 울려 퍼졌다.

"당신 앞에서 제가 당했던 모든 일들 그리고 제가 무엇이 되어 버렸는지를 보이고 싶지 않습니다." 토비가 자백했다. 토비는 그가 얼마나 많이 타락했는지 느낄 수 있었다. 토비는 눈물을 흘리며 말을 이었다. "그리고 제가 무엇을 했는지 보이고 싶지 않습니다. 저는 순수함과 법을 지키지 못했습니다. 너무 힘들었어요. 정말로 차마……"

마고 어머니는 옥좌에서 일어나 토비 옆에 무릎을 대고 앉아 어머니의 품으로 그를 감싸안았다. 토비는 그의 힘겨웠던 삶, 어머니의 죽음, 아버지의 학대 그리고 아무도 조언해주지 않았던 무절제한 타락의 시간들에 대한 애도의 눈물을 흘렸다. 마고 어머니는 토비의 귀에 속삭였다.

"해냈구나." 마고 어머니가 말했다. "너의 영혼이 감당할 수 없는 고통을 넘어 네가 해냈다. 내가 다시 너의 영혼에 날개를 달아줄 것이다." 마고 어머니는 토비의 머리를 쓰다듬었다.

"제가 했던 그 모든 짓들을 아신다면." 토비가 흐느꼈다.

"나는 네가 한 모든 일들, 네가 겪은 모든 고통을 느꼈단다. 나는 늘 너와 함께였다." 마고 어머니가 말했다. "이제 과거를 바라보지 마라. 앞으로 다가올 일들이 많단다. 이제 우리는 함께 간다."

토비는 엔젤린의 눈을 들여다봤지만, 그 눈은 엔젤린이 아닌 마고 어머니의 눈이었다. 토비가 평생을 만나길 기다려왔던 유일한 분이었다. "당신을 이렇게 뵙게 되다니 정말 꿈만 같습니다.

당신이 안 계신 제 삶이 얼마나 공허했는지 모릅니다."

"나 또한 그랬단다, 청궁." 그녀는 올려다보았다. "너희들을 모두 그리워했다. 수천 년간 나의 마음이 얼마나 아팠는지 아느냐?"

"마음이 아프셨나요?" 토비는 자신이 아닌, 사랑의 정수를 담은 존재가 겪은 고통을 생각하며 눈물을 흘렸다.

"아들아, 나는 너무나도 지쳤단다." 마고 어머니는 토비의 볼을 쓰다듬었다.

"왜요?" 토비가 물었다.

"내가 창조한 이 세상이 너무나도 고역스럽구나. 너희들의 고통이 나의 고통이다. 모든 아이들의 배고픔이 나의 슬픔이다. 내가 모두에게 제공한 자원을 놓고 너희가 다투는 것을 보면 애통하다. 이 지구상에 존재하는 모든 고통이 내 고통이다. 나는 모든 것을 보고, 모든 것을 느끼지만 아직도 왜 지구가 이 지경이 되었는지 이해할 수가 없구나. 나의 아이들의 마음은 왜 돌처럼 굳었는지도." 마고 어머니는 토비의 눈을 들여다보며 말했다. "그러나 이 모든 것은 내 탓이다." 눈물 한 줄기가 마고 어머니의 뺨을 타고 흘렀다.

"어떻게 이것이 어머니의 탓입니까?" 루터스가 스페인어로 말하며, 어머니의 어깨에 손을 얹고 그녀의 옆에 앉았다. 마고 어머니의 자녀들이 모두 그녀의 곁으로 다가와, 아이처럼 그녀의 어깨와 무릎, 팔에 자신들의 몸을 기댔다.

"나는 너희들을 창조했다. 나는 이 세상을 창조했다. 나는 모든 사랑으로 너희를 만들었지만 하나의 작은 흠을 발견하지 못했단다. 그 흠을 고치기 위해선 너희들을 다 파괴하고 다시 만들어야 했지만 나는 그렇게 할 수 없었어. 그래서 지금 이 지경에 이르고만 거야. 차마 내 자식들을 내 손으로 파괴하지 못해서."

"그래서 저희가 어머니를 파괴하는 것을 감내하셨나요?"

"그래, 너희가 서로를 파괴하는 것도." 마고 어머니는 눈물을 흘렸다.

"무슨 일이 있었습니까?" 노아가 질문했다. "그 흠이 무엇이었습니까?"

"그것은 아주 작은 욕망이었지." 마고 어머니가 말했다. "그 작은 욕망이 셀 수 없는 죽음과 파괴로 이어졌어. 나의 사랑하는 아이들아, 너희들에게도 이제 어둠이 닥치는구나. 지금 세상에 존재하는 모든 어둠이 너희들을 찾아올 것이다."

마고 어머니의 눈에 다시 눈물이 고였다.

"어머니, 저희에게 이야기를 해주실 수 있습니까?" 노아가 물었다. 마고 어머니는 예전에 노아에게 먼저 이야기를 해주었지만, 노아는 다른 사람들도 이 이야기를 직접 듣는 것이 중요하다고 생각했다.

"이 모든 것은 마을에 있던 지소라는 젊은이에게서 시작되었단다." 마고 어머니가 이야기를 시작했다.

CHAPTER 32

지소는 방금 마을에서 맡은 임무를 끝냈다. 최근 들어 공동체 인구가 너무 많아져서 일을 마치고 나면 마을의 중심부에서 멀리 떨어져 있곤 했다. 지소가 선택한 직업은 예술가였다. 그는 에너지를 식물에게 불어넣어 마을을 아름답게 꾸미는 일을 했다. 지소가 돕지 않아도 식물은 자라지만, 그의 에너지가 닿으면 꽃잎은 더 환하게 빛나고, 줄기는 더 튼튼해지고, 꽃가루는 불꽃놀이 하듯 꽃의 중심에서 퐁퐁 터져 나왔다. 지소는 매일 몇 시간씩 마을을 돌아다니며, 자신을 둘러싼 황금빛 오라의 에너지로 식물들에게 그 광채를 더했다.

사실 지소는 몇 시간 전에 마을에 도착해야 했다. 하지만 마지막으로 그가 하던 일에 너무 빠져서, 자신을 둘러싼 오라가 줄어드는 것을 생각하지 못했다. 미래의 동반자인 니아네 가족이 곧 이사를 오기로 했고, 지소는 가족들이 침실 창문 밖을 바라볼 때마다 아름다운 색으로 조화를 이룬 식물들을 볼 수 있기를 바랐다. 진실한 사랑이 담긴 작업이었다.

지소는 금방이라도 사라질 것처럼 몸이 가벼워진 것을 느꼈다. 가장 가까운 샘이 오십 걸음만 가면 있었다. 지소는 샘물에서 나오는 지유地乳를 마셔서 생명의 오라를 다시 충전해야 했다. 지유는 마고 어머니의 정수 그 자체였다. 이 샘들은 지구의 자오선을 따라 나 있었고, 수직권과 만나는 곳마다 샘이 솟아났다. 지소는 이렇게 먼 곳의 지유를 맛본 적이 없어서 어떤 느낌일지 궁금했다. 강과 평야, 허니써클 빛깔의 땅. 각각의 지유의 샘들은 샘이 솟아나는 땅의 정수를 닮아 있었다. 지소는 입맛을 다셨다. 생각할수록 더 목이 말랐다.

지소는 줄을 서서 기다리며 발을 동동 굴렀다. 지소 앞에 아직 다섯 명이나 더 있었다. 지소는 이렇게 생명 에너지가 떨어진 적이 없었기 때문에 초조함을 느꼈다. 그런데 앞줄에 서 있던 사람들이 흩어졌다.

"무슨 일이죠?" 지소는 지나가는 여인에게 물었다.

"샘이 말랐어요." 여인이 말했다.

"말랐다고요?" 지소가 되물었다. 한 번도 들어본 적이 없는 일이었다.

"네. 아무래도 지맥에 무슨 문제가 생긴 모양이에요. 저기 이백 걸음 정도 가면 샘이 하나 더 있어요." 그녀가 손가락을 가리키며 알려줬다.

"응, 고마워." 지소는 그녀가 알려준 방향을 바라보았다.

지소는 점점 몸이 약해지는 것을 느꼈다. 그는 말라버린 샘물가에 앉아 힘을 회복하려고 안간힘을 썼다. 샘물을 순간이동 해서 수월하게 생명 에너지를 채울 수 있으리라 믿었는데 지구의 에너지와 너무 오랫동안 연결을 끊고 있었다. 지금은 다음 지유의 샘까지 버틸 수 있을지조차 의문이었다. 그는 눈을 감았다. 감긴 눈앞에 빛의 물결이 지나갔다. "할 수 있어." 지소는 숨을 들이마셨다.

지소가 일어나자, 또다시 은빛 물결이 의식을 훑고 지나갔고, 그는 기절했다. 지소가 눈을 떴을 때는 이미 해가 진 상태였다. 지소는 텔레포트를 써서 이동하려고 했지만 에너지가 모자랐다. 몸을 지탱해서 일으키려 하니 몸의 밀도를 만들 수가 없어서 자꾸 땅을 통과했다. 지소는 도와줄 수 있는 사람이 없는지 주위를 둘러보았다. 밤은 깊고, 사방이 고요했다.

지소는 샘물가에 자라고 있는 포도덩굴을 발견했다. 전에 자신의 오라를 통해서 생명에너지를 불어넣었던 것이었다. 달빛에 비친 포도는 생명에 가득 차서 반짝거렸다. 지소는 손가락을 내밀어 통통한 포도알을 하나 따려고 했지만, 손가락이 포도를 통과해서 지나갔다. 그는 온몸의 에너지를 손끝에 집중해서 다시 잡아당겼다. 포도알이 포도송이에서 떨어져 나왔다.

"먼저 하늘에 감사를 올립니다." 지소는 말했다. "이 포도는 제 생명에너지를 불어넣은 것이니, 이제 다시 받아가도록 하겠습니다." 지소는 과연 그의 생각대로 될지 반신반의하며 포도를 입에 넣고 깨물었다.

"세상에." 지소가 포도를 깨물자 얇은 포도껍질을 뚫고 포도알맹이가 그의 입으로 들어갔다. 그는 숨을 들이쉬었다. 생명의 에너지가 가득 찬 액체가 터져 나와 그의 혀를 달콤하게 감쌌다. 그의 모든 의식과 에너지가 입 속에 있는 포도에 집중되었다. 지소의 몸이 황홀함으로 진동했다.

"천지가 크고 아름답구나. 허나 내 기운을 능가하지는 못하는 구나. 이 모두가 포도의 힘이로다!" 지소는 숨이 가쁠 정도로 흥분하며 속삭였다. 포도는 아주 작았지만 포도의 힘은 지소의 오감을 사로잡았다. 익숙하지 않은 감각이 온몸을 훑고 지나갔다. 쏟아지는 열감, 세포들의 융합, 모든 세포들 사이로 새로운 느낌이 발산되었다. 지소는 능히 천 명의 힘을 가진 듯 느꼈고, 그의 예민해진 감각은 고통스러울 정도의 쾌감으로 가득 찼다. 지소는 전에 상상도 못 했던 방법으로 보고, 듣고, 냄새 맡고, 맛보고, 느낄 수 있었다. 그는 벌떡 일어나 달렸고, 멈출 수 없을 만큼 끓어오르는 힘을 느꼈다.

다음날 아침, 지소는 엄청난 죄책감을 느꼈다. 그는 다른 생명체의 삶을 빼앗은 것이다. 직관적으로, 지소는 자신이 생명의 질서를 위반했다는 것을 알았다. 영혼을 저미는 죄책감을 조금이라도 덜기 위해서는 자신의 행동을 합리화해야 했다. 지소는 다시는 이런 일을 벌이지 않고, 누구에게도 이야기하지 않기로 했다.

그리고 몇 주가 지났다. 하지만 지소의 머릿속에는 포도와 포도를 먹었을 때의 경험에 대한 생각이 떠나질 않았다. 지소는 머릿속 질문들 때문에 예전처럼 집중을 할 수 없었다. 하늘과 땅의 마음과 소통하는 대신, 그는 자기 마음속에 갇히기 시작했다. 지소는 다른 식물도 포도와 같은 힘을 가지고 있을지 궁금했다. 모든 식물에 에너지를 불어넣을 때마다 그 식물을 섭취하면 어떤 느낌일지 궁금했다. 그는 이런 생각을 조절하려고 했지만, 그럴수록 생각들에 휘둘리고 있었다. 지소는 그 생각들에 중독된 것이다.

어느 날, 주니퍼 나무에 생명력을 불어넣던 지소는 결국 호기심에 지고 말았다. 그는 열매를 하나 땄다.

"지소! 지금 뭐하는 거야?" 니아가 소리를 질렀다.

그는 재빨리 돌아보며 열매를 손 안에 꽉 쥐고 등 뒤에 숨겼다.

"안녕, 니아." 지소는 니아가 못 봤길 바랐다. 하지만 그녀는 이미 본 상태였다.

"지소, 왜 그랬어?"

"뭐를?"

"열매를 땄잖아."

"안 그랬어."

"그랬잖아. 방금 나무가 떨리는 걸 봤어." 니아가 추궁했다.

지소는 딱 걸렸다는 것을 알았다. 그는 지유의 샘이 말랐던 밤에 포도를 따먹은 이야기며 주니퍼 나무 열매도 비슷한 효과가 날지 궁금했다는 해명을 했다.

"하지만 지소, 이건 잘못됐잖아." 니아는 주변을 둘러보며 말했다.

"누가 잘못됐대?" 지소가 물었다.

"음…… 누가 말한 건 아니지만, 잘못됐다고 느껴지는걸." 니아는 망설이며 말했다.

"그건 네가 이게 얼마나 맛있는지 몰라서 그래."

지소는 열매를 두 손가락으로 잡아서 들어올렸다.

"반반씩 나눠서 먹어볼래?" 그리고 반을 이빨로 뜯어먹은 후 니아에게 내밀었다.

"아니." 니아는 좌우를 둘러보며 망설였다.

지소는 몸을 기울여 니아에게 입을 맞췄다. 눈깜짝할 사이에 열매의 즙이 니아의 혀에 닿았다. 니아는 지소를 밀치고 그의 눈을 들여다보았지만 이미 열매의 맛에 놀란 상태였다. 그들은 한 번도 경험해본 적이 없는 격정을 느끼며 입을 맞추었다. 지소는 그녀에게 남은 열매 반쪽을 마저 먹였다. 두 명은 열매로 인해 격양된 감각의 힘으로 모든 굴곡과 감촉을 음미하며 나무 아래에서 사랑을 나눴다. 새로운 감각의 만화경 같은 인식의 세계가 열렸고, 그들은 오감에 완전히 사로잡혔다.

CHAPTER 33

"나는 인류의 수가 늘어나면 언젠가는 지유에서 졸업하고 다른 것을 먹게 되리라는 것은 늘 알고 있었단다. 그것은 예정된 것이었지. 하지만 지소가 법을 버리고 그 감각에 빠져서 마약처럼 탐닉하게 되는 것은 예상하지 못했다." 마고 어머니가 말했다. "그는 정신을 놓아버렸어."

"정신을 놓았다는 말은, 지소가 미쳤다는 말인가요?" 선아가 질문했다.

"지소는 자신이 중독된 상태에서 빠져나오려 하지 않고 덧없는 감각만을 좇았단다."

마고 어머니가 잠시 말을 멈추고 토비를 돌아보았다. 마고 어머니의 말투와 눈빛을 보면 이 이야기의 교훈이 토비를 위한 것임이 자명했다.

"그래서 그는 늘 자기 밖에 있는 새로운 먹을거리, 새로운 자극, 새로운 감각을 계속 추구할 수밖에 없었다. 만일 그가 그 감각들을 관리할 수 있었다면, 자신의 육체에 느껴지는 그 감각에 빠지는 것이 아니라 그대로 관찰할 수 있었다면, 그 상황을 조금 더 성숙한 수준에서 처리할 수 있었다면, 이 세상은 매우 다른 방향으로 발전했을 것이다. 타락도, 에고와 진아의 불균형도 없었겠지."

"너무 오래 전의 일입니다. 지소에게 지금의 저희 세상에 대한 책임을 지우는 건 무리가 아닐까요?" 루터스가 스페인어로 말하자, 역시 모든 사람들이 다 내용을 이해할 수 있었다. 수정궁은 언어의 구분이 없는 차원이었다. 비록 자신의 모국어로 이야기하더라도 텔레파시로 모두 이해할 수 있었다.

"지소는 이 중독을 니아와 나누고자 하는 욕망에 사로잡혀, 자신의 수준에서 주니퍼 열매를 소개한 것이다. 음식으로서가 아니라, 마약으로 소개한 거란다. 지소는 니아의 감각을 자극시켰고, 사랑과 존중 없이 주니퍼 나무 아래에서 감각적인 교합을 했지. 지소는 주니퍼 열매를 '먹듯' 니아를 '먹은' 것이고, 대대로 같은 패턴을 창조한 것이란다.

"그리고 다른 이들에게 먹을 것을 전파할 때도 그런 감각적 차원에서 전파한 것인가요?" 노아가 추측했다.

"그렇단다." 마고 어머니가 말했다. "이 감각들은 그들이 찾아서 가져야 하는 것으로 인식되었지. 사람들이 자기 밖에서 무언가를 찾아야 한다고 여기기 시작하면서 인간에게 '욕구'란 것이 새로이 만들어졌단다. 사람들은 자기 내면의 질서인 법을 무시하게 되었고 더 큰 자극을 계속 추구했다. 우리가 함께 살았던 공동체, 마고성은 그런 법의 부재로 점점 오염되기 시작했단다."

"이때 에고가 만들어졌군요?" 노아가 질문했다.

"그때 사람들은 현재라는 순간을 잃고, 더 많은 자극과 감각을 위한 욕구로 그 빈 자리를 채웠단다. 그러니, 네가 에고라고 말한 것이 미래지향적이고 소비만을 원하는 의식이라면, 그래 맞다, 그때 에고가 탄생했단다."마고 어머니가 대답했다.

"그때 상황을 되돌리기 위해서 무엇이라도 했다면 좋았겠습니다."선아가 말했다.

"선아야, 너는 그때도 그걸 바랐단다. 나와 같은 마음을 지녔지."마고 어머니가 선아의 손을 잡았다. "마을의 조화가 깨졌을 때, 네가 가장 먼저 나를 찾아와 사람들이 감각을 조절할 수 있도록 돕는 수련법을 알려주실 수 있는지 물어보았지. 네가 배운 걸 너의 부족에게 가지고 가서 사람들이 관찰자 의식을 기를 수 있도록 가르쳐주었단다."

"하지만 잘 안 됐던 건가요?"노아가 질문했다.

"잘 됐으면 이랬겠어?"토비가 비웃었다.

"얼마 동안은 수련의 효과가 있었단다. 하지만 중독에 빠진 마음을 되돌리기는 쉽지 않았고, 너무나도 많은 사람들이 이미 감각의 경험에 빠져 있었지."

"그러면 왜 저희에게 오감을 주셨습니까?"루터스가 질문했다.

"그것은 사실 선물로서 준 것이었단다."마고 어머니가 말했다.

"선물이 아니라 저주가 됐네요."토비가 궁시렁거렸다.

"지금 이야기의 핵심을 놓치고 있구나."마고 어머니가 단호하게 말했다. "감각을 즐기는 것은 자연스러운 일이란다. 하지만 너의 경우에는, 토비야, 저주는 감각을 충족시키려는 너의 욕망에서 나온 거란다. 그것은 나의 탓도, 포도의 탓도, 지소의 탓도 아니다. 너는 너의 본성에 어긋나는 행동을 했다. 전세계를 날아다니고, 돈으로 살 수 있는 모든 것을 가지고, 술을 마시고, 마약을 하고, 셀 수 없는 여자들과 관계를 가지며 말이다."

"그랬습니다." 토비가 마고 어머니의 질책에 깜짝 놀라 고개를 떨구며 인정했다.

"너는 살면서 한 번이라도 영혼이 기쁨으로 가득 차오르거나, 완전한 만족감을 느껴본 적이 있느냐?" 마고 어머니가 이어서 말했다.

"한 번도 없습니다." 토비가 고개를 떨구고 대답했다. 이렇게 훤히 속이 들여다보이게 되자 너무나도 힘들었다.

"토비야, 그것은 끝없는 악순환의 고리란다. 너의 본성대로 사는 삶을 대체할 수 있는 것은 아무것도 없단다."

"압니다, 전 완전히 틀렸었어요."

"그랬기 때문에 내가 너를 위해 준비한 것을 놓쳤던 거야." 마고 어머니의 표정이 부드러워졌다. "네가 본디 경험하기로 되어 있던 것들, 너희 이해 너머로 너를 채워줄 것들을 지금부터라도 찾을 수 있단다. 네가 자극적인 것들을 추구하는 것들을 잠시 쉬고, 자랄 수 있는 틈을 주어야 한다."

"무엇이 자랄 수 있는 틈을요?" 토비가 올려다보았다.

"네 영혼." 마고 어머니가 대답했다. "영혼과 법의 재결합이다. 법이 핵심이야. 법이 없이는 영혼이 자라지 않는단다."

"법을 찾을 수 있도록 도와주실 수 있나요?" 토비가 애원했다.

"법은 항상 네 안에 있단다. 그래서 너희가 온 것이다. 너희들은 세계가 가장 타락한 전환의 시기에 돌아와, 너희들 영혼의 DNA에 새겨져 있는 법을 받고, 다른 사람들을 일깨워 너희들이 태어났을 때처럼 지구를 되돌리기 위해서 왔다. 그것이 너희가 나에게 약속한 것이다."

"그러면 저희 다섯 명이, 전 인류 한 명 한 명이 법을 찾게 해주어야 하나요?" 루터스가 원을 둘러보았다.

"전 인류의 일 퍼센트만 법을 되찾아도 그것은 주류 문화가 될 수 있다. 그 일 퍼센트가 되려면, 이제 사백 만 명만 더 깨달음을 얻으면 되는데…… 그 물결이 시작될 것이다. 다행히 지금 인류는 뭔가 잘못돼 있다는 것을 느끼고 있다. 끝없이 소비하는 삶에 지치면서 진실된 삶을 살 준비가 된 깨어난 영혼들이 많다. 신나는 때이지. 새로운 시대가 단지 몇 년밖에 남지 않았다. 그리고 너희들에게 경고해야 할 것이 있다."

"무엇인가요?" 노아가 물었다.

"너희들은 장애를 만날 것이다. 사람들의 영혼은 자유로워질 준비가 되었지만, 현재까지 만들어진 시스템이 있고, 기득권을 가진 사람들이 있으며, 변화를 두려워하고 변화를 가져오는 이들을 공격할 자들이 있다. 너희들이 세계에 빛을 더 많이 가져올수록, 더 많은 어둠을 견뎌야 할 것이다. 안타깝지만 나는 이 임무를 더 쉽게 만들어줄 순 없다. 하지만 너희들이 극복할 수 있는 힘을 주겠다." 마고 어머니가 약속했다.

＊＊＊

"어떻게 됐어요?" 엔젤린은 눈을 깜박거렸다. 다섯 명은 벨락 정상에 앉아 있었다. 주위는 캄캄했다. 엔젤린이 마지막으로 기억하는 것은 수정궁에 도착한 것이었다. 엔젤린은 수정궁에서 아무런 예고도, 어떤 기억도 없이 벨락 정상에서 깨어나 혼란스러웠다.

"마고 어머니?" 토비는 지금 말하는 것이 누구인지 확인했다.

"저에요, 엔젤린. 하지만 제 마음 속에 마고 어머니가 느껴져요."

"기억이 전혀 안 나나요?" 노아가 물었다.

엔젤린은 같이 있는 사람들을 둘러보았다.

"좀 흐릿해요. 마고 어머니의 실체가 저를 통해 나와서, 제 눈을 통해서 여러분들을 본 것, 그리고 토비가 눈물을 흘렸던 것, 토비를 너무나도 도와주고 싶었던 것이 기억나요." 엔젤린은 토비의 볼을 만졌다. "그러고 나서 여기 와 있었어요." 엔젤린은 어두운 주변을 돌아보며 몸을 떨었다.

노아는 선아의 눈을 보았다. 선아는 어머니처럼 엔젤린의 어깨에 손을 올렸다. "따뜻한 집으로 돌아갑시다. 할 이야기가 많아요."

CHAPTER 34

"오늘은 제가 스승님께 배웠던 것들을 여러분들에게 가르쳐 드리 겠습니다." 선아가 말했다. 마고 어머니의 영혼을 만난 후, 사명 자들은 각자의 능력을 개발하기 위해 아침 일찍 보인튼 계곡에서 만나 수련을 하기로 했다. 그들 중에서 가장 경험이 많은 선아가 첫 번째 수련 지도를 맡았다. 선아는 먼저 에너지가 잘 통하도록 몸을 깨우는 가벼운 스트레칭으로 수련을 시작했다.

네 사람 중에서 루터스가 스트레칭을 가장 즐기고 있었다. 루 터스는 근육이 이완되고 혈액 순환이 되는 것을 느끼며 마음껏 영차 소리를 내고 있었다. 옆에서 토비와 엔젤린이 웃음을 참지 못하고 키득거려도 루터스에겐 별로 방해가 안 되는 듯했다. 한 번 쭉 스트레칭을 끝낸 후 선아는 엔젤린을 먼저 앞으로 나오도 록 불렀다.

"엔젤린!" 선아가 말했다. "엔젤린의 능력을 말로 설명해 줄 수 있나요?"

"때때로 전…… 제 건강이랑 다른 사람의 병이랑 맞바꾸는 것 같아요." 엔젤린이 말했다. 늘 무의식적으로 해왔던 힐링의 과정 을 말로 설명해보긴 처음이었다.

"그러니까, 상대방에게 에너지를 선물하는 게 아니라, 내 에너지를 전달만 해주는 거네요?"

"그런가봐요." 엔젤린이 대답했다.

"그리고 몸이 회복하는 데는 시간이 걸리죠?"

"네." 엔젤린이 답했다.

"왜 그렇게 되냐면, 엔젤린이 자신의 에너지를 쓰기 때문이에요." 선아가 말했다. "중요한 것은 우리 주변에 써주기만을 기다리고 있는 에너지를 어떻게 활용하는가예요. 엔젤린뿐만 아니라 모두가 말이죠. 우리 주변에 있는 이 순수한 생명의 에너지를 '생명전자'라고 부를게요. 이런 생명전자를 활용하면 자기 자신의 에너지 저장고에서 에너지를 빼내지 않고 힐링을 할 수 있어요."

"그럼 생명전자를 어떻게 활용할 수 있나요?" 엔젤린이 질문했다.

"이미 어떻게 하는지는 알고 있어요. 기억만 하면 돼요. 눈을 감고 숨을 들이마시세요. 지금 폐 속으로 들어가는 공기들이 보이지는 않지만 거기 있다는 것을 느낄 수 있지요, 맞나요?"

엔젤린은 고개를 끄덕였다.

"생명전자도 마찬가지예요. 눈으로는 볼 수 없지만 우리는 사실 생명전자의 바다 속에 있는 것과 같아요. 생명전자는 우리의 주변에서 감정이나 생각에 자동으로 반응하고 있어요. 우리들이 어떤 창조를 할 때마다 이미 생명전자를 쓰고 있지요. 하지만 여기서 중요한 건 생명전자를 우리가 원할 때, 의도대로 자유자재로 쓰는 거예요."

"그럼 생명전자를 쓰려면, 그냥 제 생각을 바꾸기만 하면 되는 거예요?"

"그렇습니다." 선아가 대답했다. "엔젤린은 앞으로 항상 자기 자신이 생명전자의 바다 한가운데에 있다고 상상하세요. 생각대로 반응하는 생명전자들 하나하나와 친구가 되세요. 그들에게 당신의 꿈과 희망을 말해주세요. 이 과정을 통해서 결국 진정 이루고자 하는 비전과 소망에 대해서 생명전자의 도움을 청할 수 있게 될 거예요."

"그렇게 할게요." 엔젤린이 약속했다.

"그럼, 다음 주에 어떤 경험을 했는지 다시 한번 들려주세요. 잘했어요, 엔젤린."

선아가 엔젤린의 어깨를 토닥여주었다.

"자, 이번엔 루터스가 앞으로 나와 줄래요?" 루터스가 절뚝거리며 걸어 나왔다.

"루터스의 능력은 무엇인가요?" 선아가 질문했다.

"생각을 듣는다." 루터스가 말했다.

"그게 끝인가요?"

"가끔 사람들의 생각을 바꾸어 다시 뇌에 집어넣는다. 편집자처럼." 루터스가 대답했다.

"그럼 사람들의 생각을 정화할 수 있는 거네요."

"그렇다." 루터스가 대답했다.

"대단한 능력이네요. 만약 누군가 부정적인 생각의 틀에 갇혀 있으면, 루터스는 그 사람을 틀에서 풀어줄 수 있는 거예요. 사람들이 루터스 곁에 있으면 편안하다고들 하는데, 그냥 사람이 좋은 것보다 훨씬 깊은 이유에서였군요. 루터스의 힘은 사람들의 의식이 피해의식에서 신의 의식으로 가는 다섯 단계 중 세 번째의 멋진 예시입니다. 이 능력이 매우 멋진 능력이긴 하지만, 이 또한 우리 모두가 가지고 있는 능력이에요."

"어떻게요?" 노아가 질문했다.

"사람들은 마음을 말로 표현하잖아요. 루터스는 무의식의 수준에서 고칠 수 있지만, 우리는 말로 고쳐줄 수 있지요. 누군가 아프다고 불평하면, 좋아지는 길에 있다고 말해줄 수 있고, 그 사람들이 당신을 충분히 신뢰한다면 그 사람들의 운명도 바꿀 수 있지요."

"신의 의식에 다다르기까지 몇 단계나 있는 거예요?" 엔젤린이 질문했다.

"다섯 단계요." 선아가 대답했다.

"다섯이요?" 엔젤린이 놀라워 하며 되물었다.

"생각한 것보다 적어서 그래요?"

"네, 훨씬 못 미쳐요." 엔젤린이 말했다. "이런 것들에 대해서 어디서 배우셨어요?"

"나의 스승님으로부터 배웠답니다." 선아가 말했다. "스승님께서는 깨달음이 한 종교나 조직에서 나오는 게 아니라 사람들이 뇌를 개발하면 된다고 하셨죠. 그래서 깨달음의 시스템을 구축했어요. 사실 깨달음도 뇌의 한 기능이니까요."

"나는 능력을 어떻게 키우나?" 루터스가 질문했다.

"최고의 선생님은 경험이지요. 매번 생각을 들을 때마다 그게 도움이 안 되는 방향으로 가는 생각이면 약간씩 긍정적으로 수정해주세요. 다른 분들도 누군가 부정적인 말을 내뱉으면, 편안하게 긍정적인 방향을 제시해주세요." 선아가 제안했다. "이제 토비 차례네요. 앞으로 나오시겠어요?"

루터스와 토비가 자리를 바꾸었다.

"토비의 능력은 뭐예요?"

"할머니께서 물려주신 거울을 가지고 있을 때, 사람들의 생각을 읽을 수 있어요."

토비는 설명하면서 작은 청동거울을 안주머니에서 꺼냈다.

"꼭 들고 있어야만 하는 게 확실해요?"

"꽤나요." 토비가 말했다.

"잠시 거울을 줘보시겠어요?" 선아가 손바닥을 내밀며 물어보았다. 토비는 살면서 단 한 번도 할머니의 유물을 다른 사람에게 넘겨본 적이 없었다. 토비는 거울을 선아의 손바닥 위에 올려놓았다.

"자, 그럼, 사람들을 바라봐주세요." 선아가 지시했다.

토비는 환하게 웃고 있는 루터스를 바라보았다. 루터스의 이마 위에 밝은 검이 여전히 떠 있었다. 엔젤린을 빨리 훑어보니, 응원의 생각들이 이마 앞을 흘러 지나가고 있었다.

"뭐지?" 토비가 놀란 나머지 숨을 들이켰다.

"이제 더 이상 거울이 필요하지 않아요. 이미 내면의 힘이 깨어났으니까요." 선아가 거울을 토비에게 돌려주었다.

"의미가 있는 물건이니까 계속 가지고 다녀도 좋지만, 더 이상 꼭 필요한 건 아닙니다. 이번 주에는 토비가 자신의 능력의 한계를 확장해서 집단의 에너지를 읽는 연습을 했으면 합니다. 세 명 이상 모여 있는 사람들을 볼 때마다 집단의 의식을 읽어보세요."

"하지만 사람들이 모였다고 집단 생각을 하는 건 아니잖아요. 각자 개인들의 생각이 있지."

"그렇게 확신하긴 힘들 텐데요." 선아가 말했다. "사람들이 모여 있는 걸 보세요. 잘 보면, 사람들이 가끔 비슷해 보이지 않나요? 모여 있는 사람들의 에너지 패턴이 비슷해지죠. 그건 사람들이 집단의 의식에 연결되었기 때문에 그래요."

"시도해볼게요." 토비가 약간 자신 없어 하며 말했다.

"단순히 시도하는 것보다는 더 해야 합니다. 마고 어머니는 우리에게, 전 인류의 일 퍼센트가 주인의식을 가질 수 있도록 변화를 가져와야 한다고 하셨어요. 토비가 이 능력을 기른다면 우리가 목표에 얼마나 가까운지를 바로바로 알 수 있습니다. 원할 때마다 바로 지구의 의식과 접촉할 수 있어야 합니다. 중요한 일이에요, 토비."

"알겠습니다." 토비가 말했다.

"노아도 앞으로 나와 주시겠어요?" 선아가 질문했다.

"난 내 능력이 뭔지 잘 모르겠네." 노아가 앞으로 나오며 고백했다.

"아직은 잘 모르시겠지만, 노아님은 사람들의 차크라에 막힌 부분을 재조정할 수 있는 능력이 있어요. 목에 걸린 신물을 한 번 보세요." 선아가 말했다. "그곳에 박힌 차크라 수정들이 빛나듯이, 당신은 사람들의 차크라를 고치는 거예요."

"그럼 선아님의 능력은 무엇입니까?" 노아가 질문했다.

"제 능력은 저의 목소리입니다. 제가 천부경을 봉송하면 가장 높은 수준의 의식에서 생명전자와 공명하여 사람들이 가진 다른 파장이 커지도록 하죠. 제 가까이에 있는 모든 사람들은 그 파장에 영향을 받습니다." 선아가 설명했다.

그들은 천부경을 봉송하며 주변에 있는 생명전자를 조정해보고, 깊은 호흡을 통해 생명전자의 에너지를 아랫배로 불러오는 연습을 했다. 수련이 끝나자 다들 얼굴이 생명력으로 반짝였다. 노아는 기시감을 느꼈다. 우주의 힘에 접근하는 방법이 이렇게 쉽다면, 이러한 기술을 만나는 사람마다 전해줌으로써 지구상의 변화를 만들어나갈 수 있을 것이다. 너무 쉽게 생각하는 게 아닐까 싶을 정도로 간단한 일이었다.

CHAPTER 35

차 안은 조용했다. 사명자들은 각자 오늘의 경험에 대한 생각에 잠겨 있었다. 토비는 사람들이 자기 내면의 소리를 나침반 삼아 삶의 방향을 잡을 수 있도록 일깨워주는 일의 전망에 대해서 생각하고 있었다. 상당히 어려운 주문이었다. 이전에도 수많은 사람들이 시도했지만 실패한 일이었다. 노아가 깜빡이를 켜자, 차 안은 깜빡거리는 소리만이 메아리쳤다. 노아는 SUV를 보스리조트 주차장에 주차했다.

"저 여자분인가요?" 엔젤린은 로비에 들어서자 마자 한 남자의 목소리가 멀리서 울려 퍼지는 것을 들었다. 여러 대의 카메라 플래시가 엔젤린 앞에서 터져서, 목소리의 주인공을 볼 수가 없었다.

"실례합니다." 노아가 카메라를 밀어내며 말했다. "이게 대체 무슨 일인가요?"

"이 여자분인가요?" 카메라맨이 옆의 동료를 손짓으로 오라고 부르며 질문했다.

"이 여자분이 뭐요?" 노아가 질문했다.

"그 예수처럼 치유를 해준다는 분이요." 카메라맨이 대답했다.

"뭐라고요?" 선아가 놀라서 기침했다. "그쪽은 누구신가요?"

황갈색의 캐시미어 카디건을 입고 있는 매력적인 남자가 멀리서 뛰어왔다. "안녕하십니까?" 그가 악수를 청하며 말했다. "저는 뉴스라인에서 나온 제레미 워터스입니다."

루터스와 토비가 엔젤린 앞을 가로막았다.

"아이, 그런 게 아니고요." 제레미가 웃었다. "제가 흥미로운 제보를 들어서요. 여기 이 여성분께서…… 특별하시다고 들었습니다. 그래서 좀 더 자세히 알고 싶어서 왔습니다." 제레미는 사람들을 무장해제시키는 매력적인 미소를 지으며 엔젤린 쪽을 바라보았다.

"뉴스라인에서 말입니까?" 노아가 재차 물었다. 뉴스라인은 최고의 시청률을 자랑하는 텔레비전 뉴스 프로그램 중의 하나였다.

제레미가 웃으며 고개를 끄덕였다. 선아가 노아의 팔에 손을 얹으며 귓속말을 했다. "우리가 기다리고 있던 기회예요."

노아가 제레미를 돌아보며 질문했다.

"저희에 대해서 어떻게 알게 되셨습니까?"

"이메일로 제보가 들어왔어요. 어떤 분이 등산을 하다가 뭔가 기적적인 일을 목격하셨다고 하시더군요." 제레미가 대답했다.

제레미는 이십 대 후반에 백만 불짜리 미소를 가진 남자였다. 훤칠한 이마와 세상을 편견 없이 받아들이는 듯한 꿀 색깔의 눈, 믿음직스러운 각진 턱에 옆집 이웃처럼 편안한 분위기의 사람이었다. 사위 삼기 딱 좋은 사내였다.

엔젤린의 뇌간에서 기운이 솟구치고, 척추를 따라 전율이 흘렀다. 엔젤린은 마고 어머니의 존재가 마치 장미꽃이 피어나듯 자신 안에서 활짝 피어나는 것을 느꼈다. 엔젤린은 자신인지, 마고 어머니인지 정확히 알 수 없는 존재가 한 발짝 앞으로 나아가서 미소 짓는 것을 관찰했다.

"안녕하세요." 엔젤린이 악수를 청했다. "전 엔젤린이에요."

"제레미입니다." 제레미도 손을 잡으며 대답했다. 엔젤린은 자신의 심장에서 황금빛 기운이 일어나서 팔을 통해 제레미의 손으로 들어가는 것을 느꼈다. 예전에는 치유를 할 때만 일어나던 금빛 오라가 제레미를 감싸자, 제레미의 몸이 즉시 이완되었다.

"저와 이야기를 하고 싶으시다는 말씀이시죠?" 엔젤린이 질문했다.

"아, 네!" 제레미는 마치 따뜻한 담요처럼 그를 감싼 사랑의 기운에 매료되어 말했다. 제레미는 배 쪽에서 빙글빙글 도는 열감을, 그리고 손이 따뜻하고 촉촉해지는 것을 느꼈다. 제레미의 몸에 기운이 돌면서, 몸 상태가 최고조였던 미식축구 청소년 선수시절로 돌아간 것처럼 건강하게 느껴졌다. 땀 한 방울 안 흘리고 팔굽혀펴기를 백 개는 할 수 있을 듯했다.

"그럼 취재 전에 잠시 따로 이야기를 나눠도 될까요?" 엔젤린이 제안했다. "당신의 질문에 대답해드리겠습니다." 엔젤린은 제레미의 눈동자를 깊이 들여다보았다.

"당신이 얼마나 이 삶을 지루해 하고 있는지 보이네요." 엔젤린이 제레미의 에너지를 리딩하며 미소 지었다.

"이 회색빛 단조로운 세상에서 그래도 당신의 영혼은 밝고, 크고, 역동적이에요. 만약 궁금하시다면, 제가 무엇을 보았는지 알려드리고 싶군요." 엔젤린이 말했다.

"네, 정말 궁금한데요." 제레미는 완전히 매료당했다.

엔젤린이 동료들을 돌아보았다. "선아님, 상담실을 잠시 써도 될까요?"

"당연하지요. 제레미씨, 차 한 잔 드릴까요?" 선아가 대답했다.

"네, 감사합니다." 제레미가 대답했다. 제레미도 카메라맨들을 돌아보았다. "더그씨, 배경 영상에 들어갈 리조트 풍경을 먼저 찍어주시겠어요?"

"그럼요, 제레미. 여기 손님들과 직원들 인터뷰도 할까요?" 더그가 카메라를 어깨에 얹으며 대답했다.

"네, 그렇게 해주세요." 제레미는 노아가 고개를 끄덕이는 것을 확인한 후 대답했다.

* * *

"저렇게 엔젤린이 기자랑 얘기하게 둬도 돼요?" 토비가 불안해하며 커피 테이블에 발을 올렸다. 토비는 시계를 바라보았다. "거의 한 시간 넘게 있었어요."

"마고 어머니를 막을 수는 없다. 믿어야 한다." 루터스가 토비의 어깨에 손을 올리며 말했다.

"그건 맞지만, 그 기자가 뭘 물어볼지 전혀 모르잖아. 유도 심문을 해서 자기가 원하는 말을 하도록 속일 수도 있고……." 토비는 그러한 상황들이 너무 훤히 보였다. 토비가 짜증이 나서 얼굴을 벅벅 문질렀다. "엔젤린이 자기도 모르게 얘기할 수도 있고…… 윽, 이거 정말 아닌 거 같아."

"엔젤린 특별하다. 세상도 알 거다." 루터스가 말했다.

"난 세상을 안 믿어." 토비가 궁시렁거렸다.

"세상에, 아까 엔젤린을 예수한테 비교하더라고. 그럼 사람들이 십자가에 결국 못 박는단 말이지."

"엔젤린은 예수라고 말 안 한다. 엔젤린은 엔젤린이라고 말한다." 루터스가 토비를 안심시켰다.

토비는 루터스를 흘겨보았다. 루터스가 토비의 현실적인 고민에 대해 전혀 감이 없는 것이 자명했다. "노아님한테 얘기해봐야겠어."

토비는 테이블에서 발을 던지듯 내리고 소파에서 몸을 일으켜 노아의 사무실로 직진했다. 토비는 노크도 없이 들어갔다. 노아가 올려다보았다.

"걱정 안 되세요?" 토비가 닫혀 있는 상담실 문을 가리키며 감정적으로 말했다.

노아는 고개를 저었다. "안 되는데." 노아가 말했다.

토비는 자기편을 찾아서 선아를 돌아보았다. 선아는 크게 웃고, 토비 곁으로 다가와 어깨에 손을 얹었다.

"토비는 걱정이 너무 많아. 이번 건은 좋은 일이 될 거야. 세상을 구하기 위해 최선을 다하는데, 아무도 몰라서야 되겠어?" 선아는 약간 씁쓸한 미소를 지었다. "엔젤린의 능력은 어차피 소문이 날 것이기도 했고." 선아가 말했다.

"세상에, 선아님마저." 토비가 신음했다. "여기서 제정신인 사람은 저밖에 없습니까?"

"믿음을 좀 가져봐." 선아가 낮게 웃었다.

"이건 좋은 게 아녜요." 토비가 신음했다. 토비의 속에 불편한 느낌이 있었다. 토비는 뭔가 잘못될 거라는 걸 확신했다. 토비는 모든 자원과 인맥을 동원해서 이 방송이 못 나가게 해야겠다고 다짐했다. 토비는 엔젤린을 보호하기 위해서라면 어떤 대가든 지불할 것이다.

* * *

엔젤린은 제레미가 바닥의 요가 매트에 앉도록 안내했다. 그들은 가부좌를 하고 마주 앉아 아주 작은 동양풍의 찻잔으로 차를 마셨다. 엔젤린이 찻잔을 바닥에 내려놓았다. 엔젤린의 움직임은 차분하고 절도 있었다. 엔젤린은 앞으로 몸을 기울여서 제레미의 무릎에 손을 얹었다. "절 알아보시겠어요?"

"저, 저는……" 제레미는 말을 더듬었다. "전에 직접 본 적은 한 번도 없지만, 그래도 왠지 본 기억이 나는 것 같아요."

"지금, 우리는 영원한 시간의 중심에 있어요." 엔젤린이 말했다. "모든 과거, 모든 미래가 이 현재의 시간에서 만나고 있습니다. 그래서 제가 기억이 나는 듯 느껴지실 거예요. 왜냐하면 지금 당신은 온전히 이 순간을 느끼고 있고, 이 순간은 영원하기 때문입니다. 당신은 절 많이 도와주실 거예요. 하지만 언젠가는 절 만난 게 실수였나 하는 느낌이 들 때도 있을 거예요. 제가 오늘 당신을 만났기 때문에 겪어야 하는 일들로 속이 상하실 거고요. 하지만 앞으로 일어날 일은 일어나야만 하는 일이고, 제가 그걸 선택한 것이란 걸 기억해주길 바라요. 당신 잘못이 아니에요. 제가 이 장소에, 이 여성의 모습으로 오기 훨씬 이전에, 저는 제 운명을 선택했습니다."

"무슨 말씀이신지 잘 이해가 안 되는데요." 제레미가 말했다.

엔젤린은 제레미의 손을 잡았다. "이해하시게 될 거예요."

"사실인가요?" 제레미가 물었다. "엔젤린씨는 예수처럼 메시지를 전하는 사람인가요?"

"저는 저일 뿐이에요." 엔젤린이 웃었다. "예수님은 죽은 후에 만날 세계에 대한 메시지를 가지고 오셨죠. 저는 지금 이 세상에 대한 메시지를 가지고 왔어요. 이 지구상에 있으면서도 하늘을 만날 수 있는 길을 알려주는 메시지입니다. 우리가 이곳에서 행복한 세상을 만들 수 있는데 군이 행복을 찾아서 떠나야 하는 건 아니라고 생각합니다."

CHAPTER 36

"오늘 모이자고 한 것은 이제 전략이 필요한 때이기 때문일세." 노아가 말했다.

뉴스라인 인터뷰가 방영된 이후, 그들이 감당하기 힘들 정도의 수많은 방문객들이 보스리조트를 찾아왔다. 모든 사명자들이 각각 강의와 개인수련 그리고 다양한 일들로 스물네 시간도 부족할 정도로 전력으로 일하고 있었다.

"마고 어머니 말씀에 따르면 우리는 이제 삼 년 안에 사백 만 명의 사람들을 깨우침에 이르게 해야 하네. 이제 그것을 어떻게 달성할 것인지에 대해서 진지하게 계획을 세워야 하는 시점이야."

"우리 매우 바쁘다." 루터스가 말했다.

"맞아요." 엔젤린도 동의했다. "이런 식으로 어떻게 계속할 수 있을지 모르겠어요. 그리고 우리가 어떻게든 한다고 해도 리조트가 수용할 수 있는 공간에는 한계가 있어요. 지금 우리는 우리가 가진 힘으로 할 수 있는 건 다하고 있어요."

"일주일에 평균 몇 명이 리조트를 방문하고 있지?" 노아가 토비에게 질문했다. 토비가 이제 회계 업무를 도맡아서 하고 있었다.

"약 천 명 정도 옵니다." 토비가 대답했다.

"우리가 지금 속도로 앞으로 삼 년간 하더라도, 백오십 만 명 정도밖에 볼 수 없다네. 전체 목표의 절반도 안 되지. 사백 만 명을 통해서 모든 사람들이 제대로 된 가치를 가질 수 있도록 해주어야 하지 않겠나. 하지만 지금 속도로는 우리가 아무리 열심히 하더라도 부족하네."

"지금 제안하고 싶으신 게 있나요?" 선아가 질문했다.

"우리는 이제 온라인으로 가야 해." 노아가 제안했다.

"지금도 웹사이트는 있어요." 토비가 항의했다.

"그냥 웹사이트가 아니라, 온라인으로 학교를 운영하는 게 좋겠네. 지구상 어디에 있는 사람이든 이 온라인 공간을 통해서 더 큰 에너지를 만나고, 직접 힘을 쌓아서 자신의 생활에서 변화를 창조할 수 있도록 해주어야 하네. 우리는 강의를 할 수도 있고, 의식이 높은 연예인들을 통해 토크쇼를 운영하거나, 자연 친화적 요리 강의도 할 수 있어. 가능성은 무한하지. 하지만 우리 힘뿐만 아니라 도움이 필요해."

"새로 사람들을 고용해야겠네요." 토비가 제안했다. "거기에 대해서라면 제가 또 아낌없이 투자할 수 있지요."

"그럼 이 프로젝트의 책임자를 자네가 맡아주겠나?" 노아가 질문했다.

"믿고 맡기십시오." 토비가 대답했다.

"이틀 만에 백 만 뷰를 찍다니!" 선아가 휘파람을 불었다.

노아는 옆자리에 앉아 있던 루터스의 등을 두드리며 말했다.

"정부가 MFS를 만드는 건 불법이라고 했지만, MFS 가르치는 걸 불법이라고는 안 했다." 루터스가 껄껄 웃었다. 루터스는 근처에서 쉽게 구할 수 있는 재료들로 MFS 유사 약물을 만드는 방법에 대해 텃밭에서 동영상을 찍었다. 영상에서 그는 매우 조심스럽게 이 약물은 현재 정부의 제재로 인해서 사람이 섭취하면 안 된다고 명시했다는 사실을 알려주었다. 또한 이 약물이 합법이 될 경우, 어떤 약효를 기대할 수 있는지에 대해서도 상세히 설명했다. 루터스는 보스웹사이트에 이 영상을 올리면서도 큰 기대는 하지 않았는데, 어떻게 입소문을 탔는지 몇 시간 만에 유튜브에서 대유행을 하기 시작했다.

"최근에 엔젤린이 만든 '영혼이 행복한 창업하기' 영상보다 더 빠른 기록인데?"

"하하." 루터스가 웃었다. 많은 사람들에게 주목을 받는 것은 생각보다 기분 좋은 일이었다. 아주 따뜻한 행복감이었다. 루터스는 예전부터 누군가에게 도움이 되는 일을 해오고 있었지만 언제나 약간 부족하다고 느꼈다. 어쩌면 그것은 자신이 잘 하는 일보다 남늘이 잘 하는 일을 맹목적으로 따라 했던 탓도 크다. 루터스는 이번 일을 계기로 자신의 목소리를 듣고, 자신이 잘 하는 것을 나누어줄 때 좋은 결과를 얻을 수 있다는 것을 깨달았다.

"큰물에서 놀게 된 걸 환영해요." 엔젤린이 루터스의 뒤로 가서 어깨를 주물러주며 말했다. "루터스, 이제 완전히 유튜브 스탄데!" 엔젤린이 웃었다.

"영혼의 진도계(Richter sacle)에서, 우리는 지금 어느 정도 와 있나?" 노아가 토비에게 질문했다.

"아직 이백 만 정도 남았습니다." 토비가 대답했다. 토비는 지난 이 년 동안 이 답변을 매주 두 번씩 했다. "이제 절반 정도 달성했고, 일 년 남았습니다." 토비는 희망적이었다.

"작년에 우리 웹사이트에 총 몇 명이 들어왔지?"

"일억 명 정도 들어왔습니다." 토비가 노트를 참조하여 말했다.

"그리고 우리 프로그램을 온라인으로 접하거나, 오프라인 리조트에서 이수한 사람의 총 숫자는?"

"전 세계적으로요?" 토비가 질문했다.

"전 세계적으로." 노아가 확인해주었다.

"삼억 명이 조금 넘습니다." 토비가 대답했다.

"하지만 우리가 시작한 이래로 정말로 영적으로 밝아진 사람들의 숫자는 이백만 명뿐이라는 거지?" 노아가 눈썹을 치켜 올리며 말했다.

"네, 그렇습니다." 토비가 대답했다.

노아는 자못 심각해진 얼굴로 직설적으로 말했다.

"우리가 삼억 명에게 우리 프로그램을 알렸는데도 불구하고,

정말 개인의 삶에 변화를 겪은 사람이 이백만 명밖에 안 된다면, 정말 우리가 제대로 하고 있는지 다른 각도에서 살펴봐야겠네. 우리가 지금 하고 있는 것들이 충분하지 않다는 거야. 프로그램이 변해야 하네. 우리도 변해야 한다네. 우리가 대안을 세울 때까지 이 방에 있는 그 누구도 잠 잘 생각은 마시게."

CHAPTER 37

"여러분 자체가 신이 존재한다는 증거입니다."

엔젤린이 최근에 개장한 LA의 보스리조트 회원들을 대상으로 한 특강에서 참가자들에게 말했다. 엔젤린과 선아는 매일같이 밤 비행기를 타고 전 세계를 누비며 빡빡하게 잡힌 면담과 강의 일정을 소화했다. 오늘처럼 비행기를 타고 온 직후의 새벽 강의는 더 피곤했지만, 엔젤린만 바라보고 있는 이천오백 명의 청중을 마주하니 더없이 행복했다. 엔젤린은 '선아님과 같이 강의를 할 수 있었다면 좋았을 텐데' 하고 생각했다. 그러나 선아는 이미 독일에서 강의를 맡은 터였다.

"여러분 내면에 있는 신성의 빛이, 아무런 방해도 받지 않고 오롯이 빛날 수 있다면, 여러분 안에 있는 '신의 의식'이 여러분의 몸을 통해서 구현된다는 증거입니다. 이 세상이 만들어 놓은 구렁텅이에서 빠져나오기 위해 무엇이든 할 준비를 하십시오. 먼저 자신이 만든 무의식적 감정의 하수구에서 나올 수 있어야 합니다. 여러분은 자신이 보통 사람이고, 소소한 걱정이나 하는 하찮은 존재라고 느낄지 모릅니다. 하지만 그렇지 않습니다. 잠시라도 신성이 빛날 수 있는 틈을 준다면, 여러분 스스로가 '깨달은 신'이라는 사실을 보게 될 것입니다. 그때 우리가 만들어온 역사들은 의미가 없어지고, 우리가 역사를 만들고 있으며 미래를 변화시킬 수 있는 주체임을 깨닫게 됩니다."

엔젤린은 기조 연설을 하며 이년 전, 보스리조트에 돈 한 푼 없이 찾아왔던 때를 떠올렸다. 그때는 자신이 이런 연설을 하는 강연자가 되리라고는 상상도 하지 못했다. 뉴스라인 방송이 방영된 후, 수천 명이 치유를 받기 위해 보스리조트를 방문했다. 또한 뜻을 같이한 사명자들은 전 세계로 초청 강연을 다녔다. 그러는 사이에 엔젤린은 실망스러웠던 과거를 잊고, 춤추듯 세상을 날아다니고 있었다. 엔젤린은 진정한 자아를 찾은 것이다.

엔젤린은 무대 중앙의 의자에 앉았다.

"이것은 배워야 하는 것이 아닙니다. 교과서나 암기해야 할 것도 없어요. 신앙의 대상이 되거나, 믿어야 하는 것도 없습니다. 여러분을 깨달음으로 인도해줄 유일한 것은, 이미 여러분 내면에 존재하고 있는 '신성'을 체험하는 것입니다. 여러분은 이미 그것을 가지고 있어요."

엔젤린은 주의를 환기시키기 위해 잠시 좌중을 둘러보았다. 그리고 질문했다.

"지금 이 순간, 내가 깨달을 만한 자격이 있다고 생각하시는 분은 잠시 손을 들어주세요."

몇몇 사람들만이 주저하며 손을 들었다. 그러나 대부분은 자신이 신성을 얻을 만한 가치가 있는지에 대해 생각조차 해본 적이 없었고, 이런 질문 자체를 불편해 했다. 그들은 주위를 둘러보며 누가 손을 드는지 쳐다보았다. 엔젤린은 손을 든 사람 중 앞줄에서 세 번째 앉은 남자를 지목했다.

"당신에게 질문하겠습니다. 당신은, 자신이 깨달음을 얻을 만한 가치가 있다고 절대적으로 확신하십니까?" 엔젤린이 대답을 기다렸다.

남자는 절대적이란 단어가 걸리긴 했지만 고개를 끄덕이며 동의했다.

"그럴 만한 가치가 있다고 생각하시는 이유가 있나요?"

엔젤린이 호기심 어린 얼굴로 한 번 더 물었다.

"지난 십이 년간 그것만을 위해서 살았습니다." 남자가 대답했다.

"와, 십이 년이요? 대단히 긴 시간이네요!"

"네, 그렇습니다." 남자가 동의했다.

"하지만 영원이라는 시간 속에서 십이 년은⋯⋯." 엔젤린이 웃었다.

"한 회사에서 이십오 년간 재직해도 선물로 받는 건 고작 금시계 하나뿐이죠."

엔젤린의 대답에 남자는 불편해 하며 의자에서 몸을 움직였다. 그는 자신이 아까 한 주장에 대해 슬슬 자신이 없어진 것처럼 보였다.

"괜찮습니다." 엔젤린이 그를 안심시켰다. "여러분이 핵심을 잘 이해하도록 하기 위해 일부러 한 질문이었어요."

엔젤린은 갑자기 몸에 소름이 돋는 걸 느꼈다. 강연장에서 유황 냄새가 났다. 코가 따끔따끔했다. 마치 모래 폭풍 속에 있는 것처럼 유황 냄새가 엔젤린을 덮쳤다. 피부가, 전신이 따끔따끔했다. 엔젤린은 어두운 의식이 자신을 제압하려는 것을 느꼈다. 다른 사람들의 눈에는 보이지 않는 이 힘이, 그녀가 다음 말을 잇지 못하게 방해한다는 것을 너무나도 잘 알고 있었다. 하지만, 그럼에도 불구하고 다음 말을 이어나갔다.

"깨달음에서 중요한 것은 여러분이 깨달음을 얻을 만한 가치가 있느냐가 아니라, 여러분한테 깨닫고 싶은 의지가 있느냐는 것입니다. 여러분이 진짜 의지를 낸다면, 깨달음은 한순간에 일어날 수도 있습니다."

엔젤린의 의식은 마고 어머니와 하늘의 기운 그리고 이 방을 정화시킬 수 있는 영적 동지들을 간절히 불렀다. 엔젤린은 먼 곳에서 선아님의 방울 소리를 들었다. 엔젤린은 강의장을 둘러보았다. 방울 소리가 한 번 더 들렸다. 엔젤린은 집중력이 흩어져서 잠시 말을 멈추었다. 엔젤린은 이 소리가 다른 어떤 소리가 아닌 선아님의 방울 소리라고 확신했다. 선아님의 방울 소리는 천상의 소리처럼 섬세하면서도 강하고 깨끗한 울림이 있었다.

"여러분은 다들 깨달음에 관심이 있어서 이 자리에 오셨습니다. 다행히도 여러분들의 질문은 질문으로만 끝나지 않을 수 있습니다. 오늘 이 방에서 나갈 때, 완전히 깨달은 상태로 나가실 수 있죠. 중요한 것은, 여러분이 얼마나 가치 있는 사람이었는지가 아니라, 여러분이 얼마나 의지를 내서 자신이 알고 있다고 생각해온 기존의 '틀'을 내려놓고, 새로운 방법을 배울 수 있느냐입니다."

엔젤린은 선아님의 의식이 그녀를 캡슐처럼 감싸는 것을 느끼며 안도의 한숨을 내쉬었다. 지구 반대편에서 선아가 엔젤린의 부름에 응답한 것이다. 엔젤린은 그 어느 때보다도 굳건한 의지를 내어 강의를 계속했다.

"대부분의 사람들은 더 좋은 직업, 더 좋은 관계, 더 강한 자신감을 갖기 위해 깨닫고 싶어 합니다." 엔젤린은 강당을 둘러보며 자신을 바라보고 있는 모든 영혼들을 느꼈다.

"분명한 것은, 여러분이 깨닫는다면 모든 방면에서 더 나아진다는 것입니다. 여러분의 의식이 바뀐다면 영향을 받지 않는 분야가 없지요."

"만약 여러분에게 이 세상이 더 나은 곳이 되길 바라는 꿈이 있다면, 여러분의 내면에서부터 변화가 시작됩니다. 그리고 변화는 지금 이 순간에 시작됩니다. 이 방에 들어온 순간부터 여러분의 운명이 바뀐 것입니다. 그리고 여러분이 이 방을 나가는 순간, 세상이 바뀔 것입니다." 엔젤린이 말했다.

CHAPTER 38

"샌디에이고의 컨퍼런스가 댈러스에서 생긴 이십삼 일 행사랑 겹치는군."

노아가 그의 독서용 안경의 위치를 바로잡으며 말했다.

"내 생각엔, 선아님이 샌디에이고의 강의를 하고, 댈러스에는 그 다음날 와서…… 행사 촬영 이튿날부터 합류하면 어떨까?" 노아가 토비를 올려다보았다.

"왜 우리가 댈러스에 전부 모여야 하죠?" 토비가 질문했다.

"제레미가 후속 인터뷰를 하러 오기로 했어. 그날 우리 다섯 명 모두 대기하고 있는 게 좋을 거야."

"샌디에이고를 취소할 수 있나요?" 루터스가 질문했다.

"한 달 전에 이미 매진된 행사네. 신의를 지켜야지." 노아가 말했다.

"선아님은 이번에 이틀 내내 댈러스에 꼭 계셔야 해요." 엔젤린이 항의했다.

"스케줄이 불가능할 것 같은데." 노아가 일정표를 검토했다.

"그럼, 노아님이 샌디에이고에서 강의를 하시면 어때요?" 엔젤린이 제안했다.

노아는 독서용 안경을 벗고 엔젤린을 쳐다봤다.

"내가?" 노아가 말했다.

"네." 엔젤린이 말했다.

"하지만 나는……" 노아가 말을 더듬었다.

"나는 별로…… 나는 뒤에서 운영을 하는 사람이지, 앞에 나서서 강의를 하는 사람이 아니야."

"수련은 계속 하고 계시지요?" 엔젤린이 질문했다.

"물론 하고 있지." 노아가 대답했다.

"그리고 노아님의 개인 능력도 완전히 마스터하셨고요?"

"대부분은." 노아가 주저하며 말했다.

"그리고 그 능력은 인류를 돕는 데 쓰려고 하셨지요?"

"그래, 언젠가는. 하지만……."

"그럼, 지금이 무대에 서실 수 있는 완벽한 기회네요."

"내 능력은 음성으로 하는 게 아니잖아. 내가 무대에 가만히 앉아서 사람들의 차크라 시스템을 고쳐주고 있으면 관중들이 퍽이나 좋아하겠어." 노아가 자리에서 몸을 어색하게 움직이며 말했다.

"아니, 노아님은 이때까지 억겁의 시간과 공간을 지나, 역경과 고난을 극복해서 이곳에 오셨는데…… 그깟 무대 공포증 때문에 복본의 맹세를 지키기 힘들다고 하시는 건가요?" 엔젤린이 눈썹을 치켜뜨며 질문했다.

모두가 큰 소리로 웃었다.

"그냥 무슨 말을 해야 할지 잘 모르겠단 말일세." 노아가 주저하며 고백했다.

"사람들은 노아님이 애국가를 부르든, 민요를 부르든 신경도 안 쓸 거예요. 노아님 능력은 우리 중에서도 제일 특별하잖아요. 사람들이 일생 동안 느낀 모든 경험을 단번에 바꿀 수 있는 능력! 사람들이 몸으로 변화를 느끼게 해주면, 말씀은 어떻게 하시든 상관없을 거예요."엔젤린이 용기를 주었다.

"알았네. 해보겠네. 그럼, 댈러스에서 보세!"노아가 말했다.

* * *

밝은 조명이 엔젤린의 얼굴을 발갛게 달아오르게 만들었다. 스타일리스트는 엔젤린의 머리카락을 손가락으로 말아서 조심스럽게 엔젤린의 귀 뒤로 넘겼다. 선아는 엔젤린 옆에 앉아 입술 화장을 수정받고 있었다. 완벽하게 매끄러운 피부 위에 담자색 볼터치를 더한 선아는 마치 천국에서 온 도자기 인형 같았다. 토비는 잡지를 읽으며 의자에 기대앉았고, 루터스는 눈을 감고 허리를 곧게 펴고 앉아 단전에 집중하여 호흡을 하고 있었다. 제레미가 그들의 상태를 확인하러 분장실로 들어왔다.

"다들 준비됐어요?"제레미가 질문했다.

"노아님이 아직 안 왔어요."토비가 잡지를 보고 있던 얼굴을 들고 대답했다.

제레미는 시간을 확인했다. "혹시 연락 왔어요?"

"이십 분째 연락이 안 돼요." 엔젤린이 스타일리스트를 방해하지 않으려고 머리가 움직이지 않게 조심하며 말했다.

"제시간에 올 겁니다." 선아가 제레미를 안심시켰다.

"알겠습니다." 제레미가 의자를 끌어 엔젤린 옆에 앉으며 말했다. "자, 기본적인 부분만 한 번 되짚어볼게요. 자기 소개, 첫 방송이 나간 이후 어떤 변화가 있었는지, 그리고 현재 본인의 비전에 대해 말씀해주시면 됩니다. 편안하게, 쉽게 하시면 돼요." 제레미가 약속했다. "엔젤린씨가 끝나면 이어서 노아씨, 선아씨, 루터스씨 그리고 토비씨 인터뷰를 한 후 행사 영상을 찍을 겁니다. 하지만 여기서 포커스는 엔젤린씨 인터뷰예요."

노아가 어깨 위에 노트북 가방을 걸친 채 헐레벌떡 뛰어 들어왔다. 선아가 놀라서 돌아보았다.

"노아, 도착했군요!" 선아가 소리쳤다.

노아가 몸을 내밀어 선아의 얼굴에 입을 맞췄다.

"미안합니다, 늦었어요."

제레미가 일어나서 노아와 악수를 했다.

"걱정 마세요, 아직 시간은 많으니까요. 자, 이제 메이크업을 하시면 되겠습니다."

제레미는 스타일리스트와 메이크업 아티스트를 가리켰다.

노아가 자리에 앉자 크고 작은 수많은 붓들이 노아의 머리와 얼굴을 스치고 지나갔다.

"데뷔 무대는 어땠어요?" 엔젤린이 물었다.

"스릴 넘쳤다네." 노아가 미소 지었다. "완전 스릴 넘쳤지."

"애국가 불렀어요?" 토비가 히죽거리며 말했다.

노아가 웃었다. "내 버전의 애국가를 불러줬지."

"그러셨으리라 믿어요." 선아가 노아의 손등을 다독거렸다.

CHAPTER 39

"엔젤린씨, 작년 인터뷰 이후로 이 년간 대단한 변화가 있으셨다고 들었어요." 제레미가 공식적으로 엔젤린을 소개하며 녹화가 시작되었다.

"네." 엔젤린이 미소 짓자, 그녀의 립글로스가 조명에 반짝였다.

"어땠는지 이야기해주실 수 있나요?"

"최고의 해였어요." 엔젤린이 말했다.

"왜 최고였나요?"

"제 자신의 진정한 모습과 만났고, 그것을 통해서 많은 사람들의 삶도 변화시켰어요."

"그 진정한 자신은 정확히 누구인가요?"

"신입니다." 엔젤린이 말했다.

"지금 자신이 신이라고 말씀하시는 건가요?"

"네." 엔젤린이 미소 지었다.

"아직 간판은 안 걸었지만, 우리는 모두 신의 발현이기 때문에 신성하다고 할 수 있습니다. 제가 이것을 깨닫는 순간 모든 것이 바뀌었어요. 먼저 제 자신을 신성하게 존중하게 되었습니다." 엔젤린이 잠시 말을 멈추었다. "그리고 다른 사람 또한 신이기 때문에 동등하게 존중하게 되었습니다."

"이러한 내용의 가르침은 많은 성인들께서 해주셨습니다." 제레미가 말했다. "하지만 많은 사람들이 이 말의 의미를 이해하기는 어려워 하는데요. 저처럼 아예 처음 듣는 사람들을 위해 자세히 말씀해주실 수 있나요?" 제레미가 눈썹을 치켜 올렸다.

"그냥 상상해보세요." 엔젤린의 눈에 영감이 가득 샘솟아서 반짝거렸다. "오늘 밖에 나가면 가시는 곳마다 - 슈퍼마켓이든, 학교든, 직장이든 - 다들 당신을 알아보고, 당신을 신성하고 더없이 중요한 사람으로 대해요. 그렇게 하루가 끝날 때 기분이 어떨까요?"

"아주 좋은 하루였다고 느낄 것 같은데요." 제레미가 웃으며 대답했다.

"일 년 내내 이런 식으로 소통한다면 어떨 것 같으세요?"

"아주 좋은 삶을 살고 있다고 느끼겠죠." 제레미가 대답했다.

"바로 그거예요. 만일 모든 사람들이 이런 식으로 소통할 수 있다면 이 세상은 정말 살기 좋은 곳이 될 거예요."

"너무 쉽게 말씀해주시는 것 아닌가요?"

"그게 사실이니까요."

"그러면 왜 아직 이런 유토피아 같은 세상이 오지 않았나요?"

"왜냐하면, 사람들이 기분이 나쁠 때는 변화를 선택하기 어렵기 때문입니다. 일반적으로 저희는 사람들과 스트레스 가득한 소통을 하지요. 우리의 몸이 무겁고 지칠 때, 우리는 주변 사람들을 행복하게 만들 에너지가 모자라게 됩니다."

"그러면 엔젤린씨가 내리는 처방은 자기 자신을 먼저 행복하게 만드는 건가요?"

"제 처방은 먼저 건강해지는 겁니다. 행복은 여러분이 근원적으로 에너지가 넘치면 뒤따라오게 되어 있습니다."

"그럼, 제대로 먹고 운동 잘 하고 이러면 되는 건가요?"

"건강이란 것은 반드시 몸의 건강만을 말하는 것은 아니에요. 잘 먹고, 운동도 잘 하고, 여러분을 긴장시키고 괴롭게 만드는 것에는 '아니'라고 말하고, 여러분을 행복하게 만드는 것에는 '네'라고 말하는 것, 그리고 가장 중요한 것은 마치 신이 인간을 창조하는 것과 같은 정성으로 스스로를 보살피고 가꿀 자기만의 시간을 갖는 것입니다."

"아, 왜 많은 분들이 당신에게 감동을 받았는지 잘 알겠습니다. 그렇지만 비판하는 사람들도 있어요."

"네." 엔젤린의 목소리가 차분해졌다. "저는 너무나도 상식적이라고 생각하는 관점이지만, 어떤 분들에게는 논란의 여지가 있기도 합니다. 저에게 신은 종교적으로 섬기는 대상이 아니라 각각의 개인에게 내재돼 있으며, 활용하는 대상이라고 이야기하기 때문입니다."

"이러한 논란 때문에 상처받지는 않으셨나요?"

"물론 힘들죠. 제 마음은 조화를 원하니까요. 하지만 제가 이 세상에서 자유롭게 창조할 권한이 있듯이, 반대하는 분들도 그럴 권한이 있습니다. 그래서 저는 저대로, 그분들은 그분들대로 살아

가는 거지요. 하지만 다른 사람들이 제 영혼이 노래하는 멜로디를
좋아하지 않는다고 해서 제 노래를 바꾸지는 않을 겁니다."

CHAPTER 40

"인터뷰, 잘 한 거 같아." 노아는 엔젤린이 다리를 잘 넣었는지 확인하고 차 문을 닫으며 말했다. 노아는 시동을 걸고 주차장 출구 쪽으로 향했다. 렌트한 차가 강연장 주차장을 나서는 순간, 바깥의 소란스러운 소리에 사명자들은 모두 바깥을 바라보았다.

"무슨 일입니까?" 토비가 창밖을 보며 물었다.

백여 명의 무리가 야외 주차장에서 피켓을 들고 북적거리고 있었다. 차가 주차장 게이트를 지나자 사람들의 무리가 성난 벌떼처럼 몰려들었다.

"마녀야!" 십자가가 그려진 피켓을 든 여자가 소리쳤다.

"마녀! 마녀! 마녀!" 사람들이 시끄럽게 외쳤다.

"뭐지? 무슨 얘길 하는 거지?" 엔젤린이 숨을 몰아쉬었다.

그리고 엔젤린은 보았다. 엔젤린의 얼굴을 닮은 마고 어머니의 그림에 '마녀'라는 단어가 빨간 페인트로 적혀 있었다.

"젠……장!" 토비는 질린 표정으로 사람들을 바라보았다.

"어떡하죠?" 엔젤린이 물었다.

"대화로 풀어야죠." 선아가 차의 창문을 내렸다.

"아니, 그건 아닌 것 같네." 노아가 운전석 쪽의 창문 버튼으로 다시 창문을 올리며 말했다.

"그냥 무시하고 운전한다." 루터스가 낮은 목소리로 제안했다.

노아가 엑셀을 살짝 밟고, 앞으로 전진했다.

"조금만 가면 호텔이 나와요." 토비가 말했다.

그들이 호텔에 도착하자 비슷한 부류의 사람들이 그곳에도 진을 치고 있었다.

"어쩐다, 이 사람들 조직적이네. 그건 알아줘야겠어." 토비가 휘파람을 불었다.

노아가 발레 파킹 쪽에 차를 세우자, 호텔 직원이 차 문을 열었다. 시끄러운 소리로 차 안이 금세 가득 찼다. 노아는 서둘러서 차에서 내려 직원 쪽으로 뛰어갔다.

"호텔 측 경비를 불러주시오." 노아가 요청했다.

"가까이 있어요." 토비는 엔젤린에게 긴급한 목소리로 말했다.

"가려." 루터스는 갈색 스웨터를 엔젤린의 머리 위로 덮고 안심시키는 몸짓으로 그녀의 어깨를 토닥거렸다.

엔젤린은 떨리는 몸을 멈추려 노력했다. 그녀는 두려움에 휩싸였다.

"이곳은 사유지입니다." 호텔 직원이 크게 소리 질렀다. "손님이 아니면 떠나셔야 합니다!"

토비는 문을 열고 엔젤린을 차에서 내리게 했다. 루터스는 바로 따라왔다.

"저기 있다!" 누군가가 소리쳤다.

"사탄!" 남자가 계란을 던지며 외쳤다. 계란이 엔젤린을 간발의 차로 스치고 지나갔다.

누군가가 엔젤린을 거칠게 밀쳐서 땅에 넘어졌다.

"악마 들린 사탄의 딸아! 유일한 구세주이신 주님께 참회해라!"

루터스가 엔젤린을 보호하기 위해 앞으로 나섰다. 그리고 엔젤린을 밀친 남자를 사람들 쪽으로 밀쳐서 날려버렸다. 루터스는 태산 같은 덩치로 엔젤린을 가린 후, 엔젤린이 일어날 수 있도록 부축했다.

"어떤 놈이 여자를 치냐, 이 미친놈아!" 토비는 소리치며 그 남자를 쫓아 들어가 주먹질을 했다. 노아가 뛰어 들어서 토비를 끌고 나오고, 루터스와 선아는 붐비는 로비쪽으로 엔젤린을 데리고 들어갔다.

"저 사람들은 저 여자를 숭배해!" 마고 어머니의 그림 사본을 들고 있는 남자가 외쳤다. "악마!"

엔젤린은 눈물을 흘렸지만, 자신을 위한 눈물이 아니었다. 엔젤린은 그 사람들조차 사랑했다. 그녀의 가슴이 사랑으로 넘쳤다. 그들은 두려움에 갇혀서 계란을 던지며 엔젤린을 악마라고 부르고 있을 뿐이다.

노아는 프런트 데스크에서 일하는 직원에게 소리쳤다.

"당장 경찰을 불러요!"

"노아 박사님, 이미 전화했습니다. 지금 오고 있는 중입니다." 직원도 놀란 상태였다.

당황한 직원을 본 노아의 표정이 부드러워졌다.

"저희 스위트룸으로 지배인을 불러주세요."

"네, 그러겠습니다, 노아 박사님." 직원은 전화기를 집어 들며
말했다.

CHAPTER 41

"정신적 폭력 아닙니까, 저건?" 토비는 계속 자리에서 왔다갔다 했다.

"사람들은 다 시위할 수 있는 권리가 있긴 하지." 노아는 소파에 앉아서 모닝커피에 크림을 넣어 저었다.

"어떻게 가게 할 수 없나요?" 엔젤린이 물었다.

"연락해보니 그쪽도 노력하고 있다고 하네. 지배인이 경찰에 전화를 했는데, 경찰서에서 저쪽 인도는 공공재산이라고 했다더군." 노아는 바나나의 껍질을 벗겼다.

"다들 뭣 좀 들어요. 안 먹고 안 챙겨서 자기 몸 상하면 도움될 거 하나도 없어요. 체력 관리를 잘 해야 합니다."

엔젤린은 분노한 시위대가 웅성거리고 있는 창밖을 바라보았다.

"우리가 바다에 유해물질을 퍼붓는 것도 아니고, 부정적인 정보를 공중파로 보내서 사람들을 세뇌시키는 것도 아니고, 무언가를 믿으라고 사람들 목에 칼을 대고 강요하는 것도 아닌데. 그런 짓을 하는 사람보다 더 홀대받는 것 같아요." 엔젤린이 한숨을 쉬었다.

노아는 엔젤린의 뒤로 가서 어깨에 손을 얹었다.

"집단 의식에 새로운 생각이 출현할 때마다, 기존의 의식은 저항을 하기 마련이지."

엔젤린은 뒤를 돌아 노아를 마주보았다.

"야만적이에요."

"사람들이 이때까지 믿고 살아온 근간을 뒤흔들었기 때문에 당연한 거라네. 갈릴레오가 지구가 돈다고 말했을 때 사람들의 반응을 생각해보게. 또 백인이 흑인을 노예로 부리는 게 부당하다고 생각하기 시작할 때 남북전쟁이 일어난 것도."

"사람들은 이상해요." 엔젤린이 말했다.

"그래서 우리가 도우러 온 거야. 우리가 반드시……"

토비의 핸드폰이 신들린 듯 요란하게 진동하며 날뛰었다. 토비는 화면을 살펴보았다.

"어, 이건……?" 토비는 놀란 목소리로 말했다.

"뭐지?" 방 반대편에서 선아와 명상하고 있었던 루터스가 갑자기 눈을 뜨고 일어섰다. 토비의 생각이 들렸던 것이다. 토비는 루터스에게 맞다고 고개를 끄덕이고 말없이 소파에 주저앉았다. 충격을 받은 상태였다.

"무슨 일인가?" 노아는 허리를 세우고 루터스와 토비를 번갈아 보았다. 둘 다 말이 없었다. 노아는 일어나서 토비의 전화기를 집어들었다. 계속 시끄러운 소리와 진동이 울리고 있었다. 노아는 화면을 보았다.

"선아!" 노아는 손짓으로 선아를 불렀다.

"무슨 문제예요?" 엔젤린이 급히 물었다.

"이번엔 토비 차례야. 아주 안 좋아." 루터스가 말했다.

"뭐가 토비 차례라는 거죠?"

선아는 노아한테 전화기를 받았고, 화면에 뜬 내용을 큰소리로 읽었다.

"토비, 주식조작 후 실종, 영장 발급, 조사중! 토비, 이게 사실인가요?"

"잘 모르겠어요." 토비는 뒤로 기대어 앉았다.

"어떻게 잘 모를 수가 있지요?" 선아는 물었다.

"제가……" 토비는 할 말이 없었다. "그랬을 수도 있어요. 제가 능력을 좋지 않게 썼거나 잘못인 줄 알면서도 반복했을 수 있어요. 하지만 아직 한 번도 실질적으로 법을 어긴 적은 없다고요."

"실질적으로?" 선아가 질문했다.

"그때는 모든 것이 달랐어요." 토비가 말을 더듬었다. "전, 제 정신이 아니었어요. 법을 둘러가서 법의 허점을 찾아 이용하긴 했지만, 불법적인 일을 한 적은 절대 없어요."

"그러면 지금 누명을 쓰고 있는 건가?"

"그럴 수도요." 토비가 대답했다.

"누가 검찰이랑 협상을 하면서 저를 넘겼을 수도 있습니다. 어찌되었든 간에, 상황이 안 좋아요."

"그럼 이제 어떻게 해야 하지요?" 선아가 물었다.

"저를 빼고 이 일을 계속 하세요." 토비가 대답했다.

"다들 정신 똑바로 차려야 하네." 노아는 침착하게 말했다.

"마고 어머니께서 이런 문제에 대해서 경고를 해주셨지. 사방에서 공격이 들어올 거야. 우리가 맹세한 사명은 과거에 무슨 일을 했든, 현재 법 제도가 어떻든지 이뤄내야 해." 노아는 루터스에게 말했다.

"토비를 경찰로부터 보호해야 한다. 세상의 운명이 달려 있는 일이다."

루터스는 고개를 끄덕였다. "잘 지키자."

노아가 토비에게 물었다.

"자네가 여기 와 있는 걸 아는 사람이 있나?"

"여기에 와서 신용카드를 썼어요." 토비가 말했다.

"그럼 이곳을 떠나야겠군." 노아가 말했다.

"일반 비행기를 타고 갈 순 없겠네. 토비, 텍사스 쪽에 전용기를 가지고 있는 사람을 혹시 아는가?"

"네, 저한테 부탁 하나 들어주기로 한 사람이 한 명 있습니다." 도니 오일의 도니 앤더슨, 토비의 부탁을 들어줘야 할 사람 중 하나였다.

"믿을 수 있는 사람인가?" 노아가 토비의 옆에 앉았다.

"네." 토비가 한숨을 쉬었다. 백지 수표에 맞먹는 비장의 카드를 고작 전용기를 빌리는 데 쓰다니. 하지만 다른 선택의 여지가 없었다. 그들은 빨리 이곳에서 벗어나야 했다. "그런데 누가 조종을 하죠?" 토비기 물었다.

"루터스가." 노아가 대답했다.

"언제 그런 걸 배웠어?" 토비가 놀라서 물었다.

"아프리카." 루터스가 대답했다.

"어디로 가죠? 수사당국 쪽에서는 저희가 보스리조트로 갈 거라고 예상하고 있을 텐데요." 엔젤린이 물었다.

"저희가 갈 수 있는 곳이 있습니다." 선아가 말을 이었다.

노아가 제안했다. "빠르게 움직입시다." 노아는 방을 둘러보았다. "이십 분 후에 로비에서 만납시다. 다들 짐을 싸오십시오. 그리고 무엇보다도 조용하게 움직이세요."

심각한 분위기가 안개처럼 방을 채웠다. 아무도 말을 하지 않았다.

* * *

엔젤린은 짐 가방을 끌고 로비로 나왔다. 노란 글자로 FBI가 찍혀 있는 파란 재킷을 입은 연방정부요원이 엔젤린의 길을 막았다. 엔젤린은 심장이 멎을 뻔했다. 엔젤린은 토비가 혹시 눈에 띄는지 사방을 둘러보았다.

"실례합니다, 아가씨." FBI 요원은 신분증을 보이며 말했다. "여기 손님이십니까?"

"네, 여기 있어요." 엔젤린은 정보가 새어나가지 않게 최대한 말을 아꼈다.

"이 사람 봤습니까?" 그가 사진을 보여줬다.

루터스 사진이었다.

"아뇨, 도움이 못 돼서 죄송해요." 엔젤린이 정중하게 미소 지었다.

FBI 요원은 엔젤린에게 명함을 넘겨주며 말했다.

"보시면 이 번호로 연락 부탁드립니다. 국제적 범죄자입니다."

엔젤린은 고개를 끄덕인 후 가방을 끌고 로비를 통과했다. 심장이 정신없이 뛰고, 신경은 미칠 듯이 곤두선 상태였다. 게다가 토비, 루터스, 노아, 선아 아무도 보이지 않았다.

"어디로 가야 하지?" 엔젤린은 혼잣말을 했다. 로비에는 경찰과 국제경찰, FBI 요원들이 바글거렸고, 밖에는 그녀를 화형에 처하고 싶어 할 듯한 광신도 백여 명이 시위를 하고 있었다. 엔젤린은 사방을 둘러보았다.

"노아! 다들 어디 계세요?" 엔젤린이 안도의 숨을 쉬며 물었다.

"차에 있다네." 노아는 조용하게 대답했다.

"근처 주차장에서 기다리고 있어." 노아가 엔젤린의 팔꿈치를 잡고 정문 밖으로 인도했다.

"루터스도 찾더군요." 엔젤린은 아까 자신에게 말을 건넨 FBI 요원 쪽을 눈짓했다.

"알고 있어." 노아가 확인하며 엔젤린이 나갈 수 있게 문을 열어주었다.

"가까이 붙어. 계속 땅을 보고." 노아가 소용하게 말했다.

노아는 엔젤린을 감싸고 집회를 하는 사람들 사이를 뚫고 지나갔다. 그들의 집중포화가 시작되었다.

"마녀다!" 누군가가 외쳤다.

"범죄자!" 다른 사람이 소리 질렀다.

"다 지옥에서 불타리라! 이 불경스러운 이단자들!"

"구세주를 마음으로 받아들이고 죄를 참회해라!"

"구세주를 부정하고 인간이 신이라고 주장하는 짓을 당장 그만둬!"

묘한 집단적 광기가 사람들에게 더해지고 있었다.

"저런 열정으로 전쟁을 멈추고 전 세계 굶는 아이들을 먹이는데 애를 쓰면 얼마나 좋을까요." 엔젤린은 조용히 노아에게 투덜거렸다.

"계속 앞만 보고 가." 노아가 낮게 말했다.

광신도들의 집단이 그들의 뒤를 쫓아갔다. 엔젤린은 앞으로 가는 발걸음에만 집중했다. 뒷통수에 뭔가가 픽 하고 부딪혔다.

"앞만 보고 가." 노아가 반복했다.

엔젤린은 갑자기 순간적으로 자신을 둘러싼 공기가 바뀌는 것을 느꼈다. 엔젤린은 마고 어머니의 기운이 연결되는 것을 느꼈다. 엔젤린으로서의 의식은 머릿속 뇌간 깊숙이 들어가고, 마고 어머니가 자신의 눈으로 세상을 바라보고 있었다. 엔젤린은 마고 어머니께 제발 자신의 몸으로 소란을 피우지 말고 그냥 차로 가자고 간청했다. 마고 어머니는 용납하지 않았다.

마고 어머니는 돌아서서 사람들을 직시했다. 이십여 명의 사람들이 엔젤린을 저주하며 눈으로 쏘아보고 있었다. 마고 어머니는 엔젤린에게 선택할 수 있도록 해주었다. 엔젤린을 비난하는 사람들을 비웃음으로 대할지 사랑으로 대할지. 엔젤린은 이 사람들에게 연민을 느꼈다. 엔젤린은 세상이 이렇게 사람들의 내면에서 신성을 앗아갔다는 사실이 안타깝게 느껴졌다.

"사랑이요." 엔젤린이 큰 소리로 말했다. 그 즉시 엔젤린의 마음이 열리고 마고 어머니의 에너지가 꽃처럼 피어 나왔다. 엔젤린은 마치 자신을 중심으로 스피커에서 음파가 나가듯이 웅장한 흰 빛이 파도처럼 나가는 것을 느꼈다. 엔젤린은 머릿속에서부터 만들어지는 마고 어머니의 생각을 말로 전달했다.

"나는 모든 것을 보았다." 마고 어머니는 당연한 것을 말하듯 편안하고 부드러운 목소리로 말했다. "나는 그리스도 이전에 존재했고, 그 이전의 모든 선지자들이 존재하기 전부터 있었다. 나는 지구의 영혼이다." 엔젤린이 말했다. "내가 너희들을 사랑하는 것은 피어나는 모든 꽃봉오리에서, 너희들을 숨쉴 수 있게 해주는 모든 숲에서 볼 수 있다. 하지만 너희들은 그래도 사랑이 모자라서 믿는 자만을 사랑하고 다른 이들은 미워하는 상상 속의 신을 만들었구나. 이런 상상게임을 할 시간이 이제 더 이상 없다. 너희들이 진정한 영혼을 찾지 못한다면 이 행성은 이제 끝이다. 너희들의 욕망을 나의 피로는 더 이상 감당할 수 없구나. 제발 마음을 열고 너희를 조종하는 인공적인 시스템에서 벗어나라. 너희들이 내면에서 사랑을 찾기만 한다면 내가 그 사랑을 수천 배로 키

위줄 수 있다. 약속한다.”

다가오던 사람들은 엔젤린의 몸에서 뿜어져 나오는 거대한 에너지로 인해 움직임을 멈추었다. 마치 태풍을 마주하듯이 몸을 움직이는 것이 힘들게 느껴졌다. 의식이 깨어날 준비가 되어있던 소수의 사람들은 마고 어머니의 사랑을 에너지로 받아들였고, 그 빛의 에너지로 인해 깨어나 눈물을 흘렸다. 다른 사람들은 사랑의 에너지를 받아들일 만큼 준비가 되지 않았다. 그들은 핸드폰을 꺼내 동영상을 찍기 시작했다. 엔젤린은 자신의 에너지를 받아들인 사람들을 위해 계속 말을 이었다.

“너희들은 내가 하느님이 너희들 뇌에 있다고 선언했기에 불경죄를 저질렀다고 하지만, 하느님이 자신과 분리됐다고 생각하는 너희들이 불경죄를 저지르는 것이다. 너희 뇌의 그 정보를 바꾸지 못하면, 이 세상이 결국 너희들 손에 죽을 것이다.”엔젤린이 말했다.

“얼마나 많은 어린이들이 울어야 밥을 줄 것이냐? 얼마나 하늘이 어두워져야 대기를 오염시키는 독을 그만 뿜어댈 것이냐? 얼마나 많은 돈을 긁어모아야 그것이 진짜가 아니라는 것을 깨달을 것이냐?”

엔젤린의 몸에 갑작스럽게 들어왔던 마고 어머니의 에너지가, 나갈 때도 갑작스럽게 몸에서 빠져나갔다. 엔젤린이 말을 멈추고 눈을 깜빡였다. 차가 ‘끽’ 소리를 내며 옆에 와서 섰다. 노아가 문을 열었다.

"타세요!" 노아가 외쳤다.

엔젤린이 급히 차에 들어갔다. 노아는 문을 닫고 앞좌석에 뛰어들었다.

"방금 그건 다 뭐였어요?" 토비는 물었다.

"마고 어머니께서 하실 말씀이 있으셨어요." 엔젤린은 대답하며, 창밖에 방금까지 멈춰 있던 사람들을 바라보았다. 한 목적으로 모였던 무리가 이제 둘로 나뉘어져 있었다. 눈물을 흘리며 서로를 껴안는 사람들, 그리고 마고 어머니의 에너지를 받아들이지 못하고 화내는 사람들이 공존했다. 하지만 화내는 사람들조차도 눈물을 흘리는 사람들의 극적인 변화를 보며 무엇 때문에 이렇게 극적인 마음의 변화가 왔는지 궁금해 했다.

"기억나?" 루터스가 물었다. 전에 마고 어머니가 엔젤린을 통해 이야기했을 때, 엔젤린은 아무것도 기억하지 못했다.

"대부분은 나요." 엔젤린이 말했다. "좀 흐릿하긴 하지만."

"조용하게 도망치는 건 물 건너갔네요." 토비가 시원하게 웃었다.

선아는 액셀을 거칠게 밟았다. 공항은 몇 분 안 되는 거리에 있었지만 그들에게는 시간이 얼마 없었다. 정부와 경찰들이 그들의 뒤를 쫓고 있었다.

CHAPTER 42

알레한드로는 깜짝 놀랐다. 알레한드로는 어젯밤에 텔레비전을 켰을 때 형 루터스가 미국 뉴스라인 방송에서 공개적으로 MFS에 대해서 인터뷰하는 것을 보리라고는 상상도 하지 못했다. 알레한드로는 당장 인터폴에 전화해서 루터스가 있는 곳을 제보했다. 루터스는 다른 나라로 출국할 당시 보호 관찰 기간을 다 채우지 않고 떠났다. 알레한드로는 루터스가 당국에 잡혀 들어가는 것을 두 눈으로 볼 심산으로 당장 밤 비행기를 타고 댈러스로 갔지만, 용케 인터폴의 눈을 피한 모양이었다.

알레한드로가 호텔 로비에서 대기하던 중, 그는 루터스와 같은 프로그램에서 인터뷰를 했던 노아와 엔젤린을 발견했다. 가슴이 두근거렸다. 알레한드로는 노아와 엔젤린을 미행하며 시위대 사이로 끼어들었다. 알레한드로는 그들이 타고 간 차의 번호판을 찍었을 뿐만 아니라, 형을 괴롭힐 수 있는 또 하나의 방법을 찾았다. 알레한드로는 핸드폰에 찍힌 엔젤린의 영상을 보고 크게 웃었다. 완벽했다. 자기가 지구의 어머니라고 주장하는 이 금발여자와 엮여 있다는 사실을 알리면 형에게 새로운 강력한 적이 생기리라. 지금 이 지구에는 세 개의 종교만큼 강력한 단체가 없었다. 그리고 이 단체들은 신을 모독하는 이 여인과 루터스에게 신을 사칭

한 죗값을 물을 때까지 쉼 없이 그들을 찾아낼 것이다. 알레한드로는 주머니에 핸드폰을 집어넣고 호텔로 다시 걸어갔다. 오늘은 아주 좋은 날이었다.

CHAPTER 43

루터스는 숙련된 솜씨로 조종간을 당겨 비행기를 간이 공항에서 띄웠다. 토비가 전용기를 가진 사람과 연락이 되어 천만다행이었다. 방금 그들이 이륙하기 직전, 지상에 있는 사람이 무전을 받고는 이륙을 연기시키려 했다. 루터스는 수사당국 쪽에서 온 연락이 아니길 바라며 조마조마한 마음으로 기다렸다. 하지만 다행히도 지상 근무단 쪽에서는 고개를 끄덕인 후 손을 흔들어 이륙해도 좋다는 신호를 보냈다. 드디어 운명이 그들의 손을 들어주는 것으로 보였다.

"도착하려면 얼마나 오래 걸려요?"

"한 시간 반." 루터스는 항로를 응시하며 답했다.

"카타테님이 착륙장으로 마중 오실 겁니다." 선아가 말했다. 카타테는 선아의 멘토다. 그녀를 어릴 적부터 키우고, 지금의 선아가 아는 모든 것을 가르쳐준, 가족보다도 더 가까운 사람이었다. 게다가 카타테는 자급자족을 하며 은둔하여 살고 있었기 때문에 경찰의 추적이 거의 불가능할 터였다.

"이런 상황에서 말하긴 좀 그렇지만, 선아님이 자란 곳을 본다고 생각하니 설레네요." 엔젤린이 말했다.

"아주 특별한 곳이에요." 선아가 말했다.

"그럴 것 같아요." 엔젤린은 선아처럼 자유로운 사람을 키워낸 환경이 어떨지 상상도 할 수 없었다. 선아는 나이를 가늠할 수 없는 지혜를 지녔고, 얼굴에서는 선하고 자애로운 본성의 빛이 은은히 흘러나오는 듯했다. 선아의 몸에는 이기심이라는 세포가 존재하지 않는 것 같았다.

"카타테님이 저희가 다음 계획을 세우는 것을 도와주실 겁니다." 선아가 말했다.

"이 상황에서 어떻게 재기해야 할지 감도 못 잡겠어요." 엔젤린이 한숨을 쉬었다.

사명자들은 침묵했다. 그들은 각자 고민에 빠져들었다. 엔젤린은 한참 동안 이 상황을 어떻게 해결해 나가야 할지 생각하느라 비행기를 탄 시간이 얼마나 흘렀는지도 모르고 있었다. 갑자기 커다란 쇳소리가 '쾅' 하고 꼬리 쪽에서 나더니 엔진에서 잉잉 소리가 났다.

"무슨 문제예요?" 엔젤린이 깜짝 놀라 자리에서 벌떡 일어났다. 비행기가 출렁거려서 다시 엔젤린이 자리에 엉덩방아를 찧었다.

"안전벨트 매!" 노아가 지시했다.

엔젤린은 떨리는 손가락으로 벨트를 맸다. 기체가 한 번 더 덜컹 흔들렸다. 루터스는 스페인어로 욕하며, 기체를 최대한 안정적으로 몰기 위해서 애를 썼다.

루터스가 외쳤다. "꽉 잡아!"

기체가 완전히 옆으로 기울었다. 엔젤린은 머리가 핑 도는 것을 느끼며 좌석을 꽉 붙잡았다. 지금 루터스로서 할 수 있는 최선은 기체의 전면부를 하강시켜 수상 착륙을 하는 것이었다. 그들은 간신히 그랜드캐년 사이로 흐르는 강 위쪽에 다다랐다. 루터스는 안전하게 불시착하려 시도했다.

"온다!" 노아가 외쳤다.

다시 한 번 거대한 쿵 소리. 날개 한쪽이 나뭇가지에 걸려 두 동강이 났다. 기체가 앞으로 튀어나가 물에 텀벙 빠졌다.

* * *

노아는 기체에 물이 들어차기 전에 크게 숨을 들이마셨다. 그는 힘겹게 벨트를 찾아 풀었다. 노아는 외과의사로서 다년간 기른 집중력을 통해 위급 상황에서 생각과 감정 없이 바로 행동할 수 있었다. 노아의 머리가 물 위로 나왔다. 귀청이 터질 듯한 엔진 소리와 비명소리가 들렸다.

토비도 물 위로 올라와 있었다.

"엔젤린!" 토비가 외쳤다. 토비는 물속으로 잠수했다가 잠시 후 다시 나왔다.

"엔젤린 어딨나?" 노아가 소리쳤다.

토비는 고개를 흔들었다.

"루터스!" 노아가 소리 질렀다. "선아!"

토비가 어질어질한 표정으로 둘러보았다. 노아는 다시 물속으로 들어가 가라앉아 있는 기체로 헤엄쳤다. 선아의 창백한 몸이 아직 안전벨트에 묶여 있었다. 노아는 빠르게 벨트를 풀고 선아를 안고 수영하여 강가에 도달했다. 선아의 맥박을 확인했다. 맥박이 뛰지 않았다. 노아는 심폐소생술을 하고, 가슴을 규칙적으로 압박하며 입에 호흡을 불어넣기를 반복했다. 선아가 물을 토해냈다. 선아는 눈을 떠서 깜박거렸다.

"말할 수 있어요?" 노아는 다급하게 물었다.

"선아님, 뭐라도 말해보세요!"

"무슨 일이 있었어요?" 선아가 물었다.

"비행기 사고가 났어요."

"뭐라고요?" 선아의 목소리가 당황해서 높아졌다.

"저희가 탄 비행기에 사고가 났어요." 노아는 반복했다.

선아의 관자놀이로 눈물이 한 줄기 흘렀다. "엔젤린은?"

"토비가 찾고 있습니다. 움직일 수 있습니까?" 노아가 말했다.

"해볼게요." 선아는 힘없이 윗몸을 팔꿈치로 받쳐 올렸다.

노아는 안도의 숨을 내쉬며 말했다.

"괜찮으실 겁니다. 가서 다른 사람들을 찾겠습니다."

선아는 고개를 끄덕이고, 다른 사람을 같이 찾기 위해 일어나려 했다.

"잠시라도 몸을 추스르세요." 노아가 말했다.

"좀 성신이 들고 나면 합류해 주시고요." 노아는 선아의 어깨를 토닥거리고 벌떡 일어섰다.

토비는 머리가 어질어질한 상태로 강가를 걸었다. 눈도 잘 보이지 않았지만 루터스와 엔젤린이 보이는지 찾아 헤맸다. 토비의 귀에 루터스의 비명소리가 들렸지만 찾을 수가 없었다.

"어딨나?" 노아는 외쳤다.

"몰라요!" 토비는 나무들을 보며 소리쳤다.

또 비명소리가 들렸다.

"이쪽이요!" 토비는 소리쳤다.

노아가 강가 쪽으로 뛰어갔다.

"여기!" 토비는 손을 흔들었다.

루터스는 부서진 잔해 아래에 깔려 있었다. 루터스가 다시 비명을 질렀다.

"조금만 기다려요." 토비가 루터스를 안심시키려 했다. "우리가 왔어요."

"괜찮을 거야." 노아는 말했다.

"다쳤어요?" 토비가 루터스에게 물었다.

루터스가 고통 속에서 잠시 자기 몸의 상태를 점검했다.

"두 다리가 다 깔렸어. 그리고 왼쪽 어깨도."

"반대쪽 다리는 움직일 수 있는가?" 노아가 물었다.

루터스는 잠시 조용했다.

"발가락 움직여져."

"좋아, 조금만 기다리게." 노아가 말했다.

토비와 노아는 잔해를 살펴보았다. 겹겹이 쌓인 철근이 복잡하게 찌그러져 얽혀 있었다.

"자넨 저걸 들게. 나는 다리를 뺄 테니." 노아가 루터스의 어깨를 누르는 금속을 가리켰다.

"자, 이제 셋까지 세면 힘을 줘서 이 밑에서 빠져 나와야 하네."

루터스는 고개를 끄덕였다. 노아는 자신의 어깨로 강철을 받치고 토비와 눈을 마주쳤다.

"하나, 둘…… 셋!" 그는 '끙' 하고 강철을 들어올렸다. 루터스의 어깨는 빠져 나왔지만 강철 재질의 잔해 일부가 루터스 다리 위로 떨어졌다.

"으악!" 루터스는 비명을 질렀다.

노아는 받치고 있던 기둥을 내리고 얼른 달려왔다.

"내 다리!" 루터스가 충격에 휩싸여 소리쳤다.

노아는 엎드려 잔해 밑의 상황을 확인했다. 루터스의 남은 한쪽 다리가 파편에 찔려 뼈까지 잘렸다. 혈관과 신경다발이 절단면에서 대롱거렸다. 노아의 숨이 멈추는 듯했다. 루터스는 피를 철철 흘리고 있었다. 피는 빠르게 몸 밖으로 빠져나갔다.

"괜찮을 거야." 노아는 침착해지기 위해 스스로에게 되뇌었다.

루터스의 얼굴이 창백해지고 입술은 퍼렇게 질렸다. 몸은 벌벌 떨리고 있었다.

"루터스, 정신 차려!" 노아는 그의 볼을 툭툭 쳤다.

투터스가 고개를 놀렸다. 그의 눈꺼풀이 경련하고 있었다.

"아버지, 사랑한다, 말한다."

"괜찮을 거야. 버틸 수 있어." 노아가 말했다.

"고맙다, 사랑한다." 루터스는 힘들게 말을 했다.

"네 다리는 반드시 고쳐줄 거야." 노아가 약속하며, 다급하게 토비를 불렀다.

"토비, 이쪽으로 건너와 봐. 내가 루터스를 뺄 테니, 자네가 이쪽을 받치게."

토비는 노아가 서 있는 쪽으로 뛰어갔다. 강철 밑에 어깨를 받쳤다.

"지금!" 노아가 소리쳤다.

토비는 일어서면서 철제 잔해를 들어올렸다.

"버티고 있어!" 노아는 루터스 팔 밑으로 손을 넣어 그의 몸을 잔해에서 빼냈다. 떨어진 쪽 다리와 붙어 있는 혈관 몇 개마저 끊어졌다.

"으아악!" 루터스는 고통으로 얼굴을 일그러뜨리며 소리 질렀다. 그리고 기절했다.

"들고 있어!" 노아가 토비에게 외쳤다. 그리고 루터스의 잘려 나간 다리를 주워오기 위해 잔해 밑으로 기어들어갔다.

"못 버티겠어요." 토비는 이를 악물고 끙끙거리며 기를 썼다.

"이제, 됐어." 노아가 나오자마자 철판들이 천둥 같은 소리를 내며 땅으로 떨어졌다.

"토비, 선아님을 모셔오고 엔젤린을 찾아봐! 그리고 엔젤린을 찾거든……도움을 구해!" 노아는 명령한 후, 바로 허리띠를 풀어서 루터스의 허벅지를 묶어 지혈했다.

* * *

선아가 일어나 비틀거리며 강가 쪽에서 올라오고 있었다. 토비는 절박한 마음으로 엔젤린을 찾아 헤맸다.

"엔젤린 어딨어요?" 토비가 물었다. 선아는 고개를 저었다. 그들은 숲으로 들어가 나무 사이를 헤집고 다니며 엔젤린을 찾았다.

"엔젤린!" 토비가 불렀다.

"엔젤린!" 선아도 외쳤다.

토비가 엔젤린을 먼저 찾았다. 엔젤린은 의식이 거의 없는 상태로 땅에 누워 있었다. 눈을 약간 뜬 상태였다.

"찾았어요! 이쪽이요!" 토비가 선아를 불렀다.

토비는 엔젤린의 이마에 엉켜 붙은 머리카락을 치웠다. 엔젤린의 피부는 차갑고 축축했다.

"엔젤린." 토비의 눈에 눈물이 그렁그렁했다.

"엔젤린, 일어나야 해."

토비와 눈을 마주치기 위해서 엔젤린의 눈이 약간 움직였지만 초점을 맞추지 못했다.

"일어나요." 토비가 더 강하게 말했다.

"엔젤린, 괜찮아요, 일어나세요."

엔젤린의 얕은 호흡이 목에 걸려 있었다.

"토비?" 엔젤린이 힘들게 말했다.

"나야." 토비의 목소리는 애절했다.

엔젤린은 미소를 짓다가 움찔했다.

"어디가 아파요?" 토비가 물었다.

"어떻게 된 거예요?" 엔젤린은 혼미한 상태로 물었다.

"비행기 사고가 났어요. 이제 괜찮을 거예요." 토비가 말했다.

선아가 뛰어와 그들 앞에 미끄러지듯 멈췄다.

"어때요?" 선아는 엔젤린 옆에 무릎을 꿇고 앉았다.

"모르겠어요." 토비는 말했다.

"엔젤린? 일어나야 해!" 선아가 말했다.

"선아?" 엔젤린이 미소를 지었다.

"그래. 자, 한번 일어나볼래?" 그녀는 말했다.

"항상 선아님이 너무 예쁘다고 생각했어요." 엔젤린이 엷은 미소를 지었다.

"너도 그렇단다. 넌 이 세상에게 너무 중요한 사람이야. 이제 일어나자."

"저 피곤해요." 엔젤린이 기침을 했다.

엔젤린은 눈을 감고 숨을 내쉬었다. 그러고는 다시 들이쉬지 않았다.

"엔젤린! 엔젤린! 정신차려!" 토비가 그녀를 거칠게 흔들었다.

"맥박을 확인하세요." 선아가 명령했다.

토비는 그녀의 어깨를 놓았다. 선아는 그녀의 목에 손가락을 대보았다. 그리고 엔젤린의 고개를 젖히고 입 안으로 숨을 불어넣었다.

"가슴을 열 번 압박하세요."

토비는 가슴을 열 번 압박했다. 선아가 맥박을 확인했다. 그러고는 다시 한 번 고개를 뒤로 젖히고 턱을 올리며 입에 숨을 넣고 말했다. "다시 해요!"

토비는 울면서 엔젤린의 가슴을 손바닥으로 눌렀다. 그들은 거의 이십 분 가까이 심폐소생술을 했다.

선아는 맥박을 확인하고 말했다. "죽었어요."

"안 돼요!" 토비는 항의했다. "다시 하세요!"

선아는 토비의 어깨에 손을 올리고 슬픈 눈빛으로 고개를 흔들었다. 선아가 손으로 얼굴을 가리고 눈물을 흘렸다.

"안 돼요. 엔젤린!" 토비가 울었다. 엔젤린의 뺨을 두드리며 깨우려 했다. "제발, 죽지 말아요, 제발!" 토비는 애원했다. "난 당신이 필요해요. 우리는 당신이 필요해요. 제발, 가지 말아요!" 토비는 간청하듯 엔젤린을 다시 흔들었다. "엔젤린! 마고 어머니…… 이대로 가면 안 돼!" 그는 어린 아이일 때 어머니를 잃었을 때처럼, 십 대 때 할머니를 잃었을 때처럼 가슴이 찢어질 듯했다. "제발 날 떠나지 말아요!" 토비가 울부짖었다.

CHAPTER 44

"엔젤린이 죽었어." 토비는 비통한 목소리로 말하며 엔젤린을 품에 안았다. 엔젤린의 실체가 더 이상 느껴지지 않았다. 엔젤린을 살아 있게 했던 것, 엔젤린을 구성했던 것이 없어졌다. 지금 토비가 부여잡고 있는 것이 그녀의 빈 껍데기라는 사실을 알고 있었지만 아직 내려놓을 수가 없었다.

"우리 이제 어떡해야 하죠?" 토비는 눈물을 흘리며 선아에게 답을 구했다.

"모르겠어요." 선아도 눈물을 흘렸다. 토비의 어깨에 손을 얹은 선아의 얼굴에서도 눈물이 흘러 땅으로 떨어졌다. 토비의 가슴 속에 수십 킬로의 절망으로 가득한 구멍이 뚫리는 느낌이었다. "엔젤린이 도와줄 거였다고요."

"엔젤린이 떠났더라도 우리가 계속 해나가야만 합니다."

"엔젤린 없이요?" 토비는 좌절했다. 토비는 너무나도 오랫동안 끝없는 어둠 속을 걸어왔다. 어린 시절부터 겪어온 어두운 환경은 그의 머릿속까지도 침범했다. 엔젤린을 만나면서 토비는 짧으나마 휴식을 취할 수 있었다. 엔젤린의 선한 본성의 태양빛으로 자신의 영혼을 덮었고, 토비는 처음으로 희망을 느꼈다. 밝고 환한 미래를 기대할 수 있다는 것은 너무나도 자유롭고 가벼운 느낌이었다. 하지만 이제 엔젤린의 태양이 더 이상 빛나지 않을 것을 생각하니 너무도 절망적이었다.

"우리는 계속 가야 합니다." 선아가 말했다.

"그래야 하나요?" 토비가 물었다. 엔젤린의 얼굴을 바라보자, 행복에 대해 정의하던 그녀의 희망찬 얼굴이 떠올랐다. '행복이란 온전히 만족한 상태에서 잠이 들고, 다음날 아침에 일어나는 것이 막 기대되는 거예요.'라고 말했다. 하지만 엔젤린에게 다음날은 사라졌다. 그녀는 죽었고, 떠났고, 토비의 희망도 가져가버렸다.

"복본의 맹세를 기억하세요." 선아가 말했다.

"엔젤린의 스피릿이 계속 살 수 있게 우리가 지켜야 합니다. 이제 엔젤린이 떠나갔으니, 사람들이 엔젤린과 마고 어머니를 기억하게 할 수 있는 것은 우리뿐이에요." 선아가 토비의 어깨를 감싸주었다. "가슴 아프지만, 이제 그들에게 희망은 우리뿐입니다."

"그들에게 그녀를 기억할 수 있게 돕는 것." 토비가 거의 속삭이듯이 다짐했다. "그래야죠." 토비의 마음속에 뜻이 섰다. 그는 인류가 인류의 어머니를 기억하게 해줄 것이다. 인류는 토비를 통해서 마고 어머니의 완전하고 무조건적인 사랑에 감응하게 될 것이다. 지구에 사는 사람들을 위해서 토비 자신이 마고의 구현이 되겠다고 결심했다.

"토비." 선아가 조심스럽게 말했다. 토비를 부르는 그녀의 목소리에 깔린 긴장감은 척추를 타고 들어왔다. 소름이 끼쳤다. 토비는 얼굴을 들어올렸다. 퓨마가 조심스럽게 그들에게 접근하고 있었다. 근육질의 몸통이 민첩하게 움직였다.

"토비, 절대 움직이지 마세요!" 선아가 속삭였다.

퓨마는 아주 느리게, 서서히 다가왔다. 퓨마의 눈이 토비에게 고정되어 있었다.

"그녀를 내려놓으라는 것 같아요." 선아가 말했다.

"안 돼요." 토비가 조용히 말했다.

퓨마가 으르렁거렸다. 토비의 온몸에 뻗은 신경이 도망가라고 외치고 있었지만, 그렇게 할 수는 없었다. 그의 양심이 허락하지 않았다. 토비는 우리를 내버려두라는 심정으로 퓨마의 눈을 똑바로 들여다보았다.

"토비, 엔젤린을 내려놔요." 선아가 경고했다.

퓨마가 다시 으르렁거렸다. 토비는 엔젤린을 내려다보았다. 차마 그녀를 두고 갈 수 없었다. 퓨마가 다가왔다. 토비는 등을 숙여 엔젤린의 몸을 감싸듯이 가리고 눈을 감았다. 이것이 그의 마지막 순간이 되더라도, 엔젤린을 놓을 수는 없었다. 엔젤린은 그가 만난 모든 존재 중에 가장 소중한 존재였다. 이대로 그냥 두고 갈 수는 없었다.

또 한 마리의 퓨마가 풀숲에서 나타났다. 마치 영역 표시를 하듯이 엔젤린의 몸 앞으로 다가와 으르렁거렸다. 두 퓨마는 토비를 뚫어지게 바라보고 있었다. 토비는 동물들의 시선을 느낄 수 있었지만, 전혀 움직일 생각이 없었다. 토비는 똑바로 서서 동물들에게 제발 가라고 마음속으로 외치고 있었다. 뒤이어 흰머리 독수리가 날아 내려와서 엔젤린의 어깨에 착지해서는 넓은 날개를 펴고 꽥꽥거렸다.

독수리를 보는 순간 토비는 이 상황을 이해하게 되었다. 동물들은 엔젤린을 먹이로 삼기 위해 온 것이 아니라, 엔젤린의 죽음을 함께 애도하기 위해 온 것이었다. 동물들은 더 이상 그와 다른 두려움의 존재가 아니었다. 그들 또한 한마음으로 모인 것이었다.

방울뱀 두 마리가 기어와 엔젤린의 발목을 둘러쌌다. 사방에서 동물들이 나타났다. 검은 곰, 멋있는 뿔을 가진 엘크, 보브캣, 여우, 사슴, 다람쥐, 쥐 그리고 비버들이 왔다. 하늘에서 온갖 종류의 새들이 무리지어 내려와 그녀의 몸과 그 주변에 모였다. 토비는 엔젤린을 살짝 내려놓고, 동물들이 그녀에게 조의를 표할 수 있도록 예를 갖춰 뒤로 물러났다.

"이게 무슨 일이지요?" 토비가 질문했다.

선아는 그녀의 6번 차크라를 열어 눈앞의 세상을 바라보았다. 장엄한 아쿠아마린 구름이 앞뒤로 소용돌이치며 금빛과 은빛의 가닥이 땅에서 솟구쳤다. 엔젤린의 몸 주변으로 거대한 에너지가 올라와 형상을 취했다. 그 에너지는 바로 엔젤린의 몸에 깃들어 있는 마고 어머니였다. 선아는 토비의 손을 잡았다.

"저도 보여요." 토비가 숨을 몰아쉬었다.

동물들이 예를 표하며 각자의 머리를 조아렸다. 마고 어머니의 입은 움직이지 않았지만, 마고 어머니의 목소리가 천지를 울렸다.

"엔젤린! 지금은 너의 여정이 끝날 때가 아니다. 네가 완수해야 할 사명이 있다."

마고 어머니의 형상이 손을 뻗어 엔젤린의 몸 위로 무한대의 모양을 그렸다. 처음에는 인당에서부터 시작해서 가슴 그리고 아랫배까지 손을 움직였다. 마고 어머니의 손을 따라 두 개의 볼텍스가 형성되었다. 첫 번째 볼텍스는 엔젤린의 인당으로 에너지를 부어넣었고, 두 번째 볼텍스는 엔젤린의 아랫배에서부터 나오고 있었다. 순식간에 주변의 공간이 반짝이는 생명전자로 가득 찼다. 엔젤린의 몸이 서서히 숨을 쉬기 시작했다.

"살아났어요!" 토비가 소리치며, 엔젤린 쪽으로 다가갔다.

토비가 아쿠아마린 구름의 영역에 닿기 전에 선아가 그를 말렸다.

"토비, 잠깐 기다려요." 선아는 토비의 손을 잡아당기며 경고했다.

담쟁이 식물과 잔디가 엔젤린의 몸 아래와 주변 땅에서 자라나서, 엔젤린 아래에 마치 잠자는 숲 속 공주의 침대와 같은 꽃과 풀의 매트리스를 형성했다. 그들의 주변에서 일시에 꽃들이 만개하여 마치 다른 세상의 것만 같은 향기가 사방을 채웠다. 향기가 어찌나 진하던지 입을 벌리며 맛을 볼 수 있을 것만 같았다. 이것은 마고 어머니의 영혼의 향기였다.

어느새 초자연적인 현상들이 멈췄다. 마치 TV의 채널이 바뀌듯, 한순간에 그들의 눈앞에서 기적을 펼치던 마고 어머니의 모습이 사라지고, 그 다음 순간 그냥 정상적인 숲으로 돌아와 있었다. 공기는 청정하고, 모여 있던 동물들도 어느새 사라졌다. 엔젤린은 눈을 뜨고 마치 긴 잠에서 깨어난 듯이 몸을 쭉 스트레칭 했다.

"살아났군요." 토비가 선아의 손을 뿌리치고 엔젤린에게 달려가 그녀를 껴안았다. 토비가 엔젤린의 머리카락에 얼굴을 묻자, 아직 남아 있는 마고 어머니의 향기를 맡을 수 있었다.

"당연히 살아 있죠." 엔젤린이 말했다.

토비가 뒤로 물러나며 물었다.

"무슨 일이 있었는지 기억 안 나요?"

엔젤린은 놀라서 주변을 돌아보았다.

"그러고 보니…… 우리 착륙했어요?"

선아는 엔젤린 옆에 무릎을 꿇고 앉아 손으로 엔젤린의 얼굴을 어루만졌다.

"너는 기적이구나. 네 덕분에 내가 믿을 수 있게 되었어."

"무엇을요?" 엔젤린이 물었다.

"우리가 이번 생애에 반드시 사명을 이룰 수 있을 거란 걸."

"엔젤린, 네가 다시 돌아왔어. 이건 분명이 무슨 뜻이 있을 거야."

"다시 돌아왔다고요?"

"너는 죽었단다." 선아가 엔젤린의 머리카락을 귀 뒤로 넘겨주며 말했다.

"하지만 넌 살아서 돌아왔지. 우리가 이 사명을 잘 완수하리라는 강력한 메시지를 받은 거야."

CHAPTER 45

"도와줄 사람이 왔나?" 그들이 다가오자 노아가 고개를 들며 물었다. 노아는 의식을 잃은 루터스 곁에 사각팬티만 입은 채로 쭈그리고 앉아 있었다. 윗옷으로는 붕대를 만들어 루터스의 허벅지를 감싸고, 바지로는 루터스의 잘려나간 다리를 싸 놓았다. "얼마나 더 오래 버틸 수 있을지 모르겠어." 노아가 말했다. "피를 많이 흘렸고, 맥박이 약해졌다네."

"우리가 도울 수 있어요, 엔젤린?" 선아가 급히 노아의 옆에 가서 앉으며 말했다.

"어떻게 해야 할지 잘 모르겠어요. 루터스 다리가……없어요. 루터스 다리가…….."

엔젤린은 피범벅이 되어 있는 천 뭉치를 보며 말을 잇지 못했다. 선아가 엔젤린의 어깨에 손을 올렸다.

"엔젤린, 집중해야 해. 지금이 바로 정말 한 단계 성장하기 위해서 스스로에게 도전할 수 있는 때야. 어떻게 해야 하는지 너는 이미 알고 있어."

엔젤린은 루터스의 옆에 무릎을 꿇고 앉아 눈을 감았다. 엔젤린은 살아오면서 자기도 모르게 많은 기적들을 행했지만, 이것은 훨씬 더 심각한 상황이었다. 엔젤린은 마고 어머니께 도움을 청하

며 기도했고, 다행히도 마음속에서 반응하는 마고 어머니의 에너
지를 느낄 수 있었다.

나는 법이다. 나는 자연이 작동하는 법칙이며 순리이다. 나는
양자 물리학자들이 분자의 세계에 들어갈 때 마주치는 그 법칙
이다. 그리고 너는 나의 사명자이다. 내가 할 수 있는 일을, 너
도 할 수 있을 것이다.

엔젤린의 몸에 힘이 솟구쳤다. 엔젤린은 눈을 뜨고 루터스의 다리
를 들어올렸다.
"토비, 이걸 강에서 씻어와 주세요."
"바로 다녀올게요." 토비가 다리를 들고 물가로 달려갔다.
"노아님, 토비가 돌아오면 붕대를 풀고 다리를 제자리에 놔주
세요. 그리고 아주 조용히 무념의 상태를 유지해주세요." 그녀가
지시했다.
"그래, 알겠네." 노아는 붕대를 풀며 말했다.
"선아님도 도와주세요."
"뭐든지." 선아가 엔젤린의 옆에 함께 무릎을 꿇고 앉았다.
"루터스의 머리를 손으로 받치고, 루터스의 순환계에 에너지를
집중해서 보내주세요."
"그렇게 할게." 선아는 약속하고 루터스의 머리맡으로 자리를
옮겼다. 그리고 루터스의 머리를 손으로 받쳤다.

"그럼 시작할게요. 최대한 집중할 수 있게 도와주세요."엔젤린
이 눈을 감았다.

때마침 토비가 다리를 들고 돌아왔다. "여기 있어요!"

"쉿!"선아가 토비를 조용히 시켰다.

토비가 노아에게 다리를 넘기고, 노아는 엔젤린이 지시한 자리
에 다리를 놓았다. 노아는 뼈와 신경이 잘 이어지게 다리와 허벅
지쪽의 절단면을 붙이고 단단히 붙잡았다. 노아는 평생 수많은 수
술을 집도했다. 그 자신도 여러 번 신의 자리에 섰던 셈이다. 하지
만 노아는 이런 상황에 대해서는 상상조차 할 수 없었다.

토비는 세 명이 함께 루터스의 몸에 집중하여 힐링하는 것을
뒤에서 바라보았다. 엔젤린은 상처 위에 손을 올리고 있었다. 토
비가 계속 보는 내내 어떠한 초자연적인 느낌도 들지 않았다. 어
떠한 천둥번개나 요란한 일도 없었다. 단지 빠른 속도로 치유가
되었을 뿐이었다. 흉터 하나 없이 다리가 완전히 치유되자 엔젤린
은 손을 루터스의 가슴으로 옮겼다.

"깨어나면 물이 필요할 거예요. 피를 많이 흘렸어요."엔젤린이
눈을 감은 채 말했다.

또다시 토비는 물을 구하러 물가로 갔다.

엔젤린이 루터스의 몸을 가볍게 흔들어 깨웠다.

"루터스, 눈을 떠보세요."

루터스가 눈을 껌뻑거리며 주변을 두리번거리다 갑자기 놀라
서 벌떡 몸을 일으켰다.

"내 다리!" 루터스는 아래를 내려다보고 아무 문제가 없다는 것을 확인했다. 그는 손으로 다리를 만지며 눈물을 흘렸다. "다리 없는 꿈 꿨다." 루터스는 끔찍한 악몽을 꾸다가 깨어나, 단지 꿈이었단 걸 알게 된 다섯 살배기 아이처럼 안도의 눈물을 펑펑 흘렸다. "다리 없는 꿈 꿨다." 루터스는 몸을 앞뒤로 흔들거리며 울었다.

"꿈이 아니었다네." 노아가 말했다.

루터스가 이해를 못 하고 고개를 들었다. 루터스는 다리를 보고 발가락을 움직였다.

"비행기 사고. 다리를 잘랐다. 꿈을 꿨다." 루터스가 말했다. 루터스는 헬리콥터의 잔해를 발견했다. "진짜다?"

"진짜 일어난 일이에요." 선아가 루터스 옆에 무릎을 꿇고 앉았다.

토비는 시냇물을 신발 안에 담아와 루터스에게 건네주었다.

"미안. 이게 그나마 최선이었어."

루터스가 고마워하며 물을 꿀꺽꿀꺽 마셨다. 다 마시고는 신발을 토비에게 돌려주었다. "더?"

"물론이지." 토비는 벌떡 일어나 다시 한 번 물이 있는 곳으로 뛰어갔다.

루터스가 다리를 쳐다봤다. "어떻게?"

선아와 노아가 엔젤린을 쳐다봤다.

"엔젤린, 이거 했다?" 루터스가 물었다.

"루터스 몸이 스스로를 치유한 거예요." 엔젤린이 미소 지었다.

"난 그저 치유의 속도를 조금 빠르게 한 것뿐이에요. 그렇지만 사고 때문에 의족이 부러졌네요." 엔젤린이 말했다. "마고 어머니께서 저희에게 도움을 보내주신다고 합니다." 엔젤린이 고개를 들어 숲 쪽을 가리켰다. 곧 세 마리의 노새가 숲에서 나왔다.

CHAPTER 46

길은 멀고 험했다. 하지만 힘든 여정에도 불구하고 그들의 마음은 신념과 희망으로 다져져 있었다. 말 그대로 기적적으로 그들은 다 같이 함께 이 길을 가고 있었던 것이다. 토비와 노아는 걷고, 엔젤린과 선아, 루터스는 노새를 타고 갔다. 노새가 한 걸음씩 디딜 때마다 몸이 덜컹덜컹 흔들렸다. 그들은 나흘 동안 먹을 만한 것은 눈에 띄는 대로 먹고, 물은 발견할 때마다 마셨다. 드디어 선아가 그들이 거의 목적지에 도착했다고 말했다. 선아는 어릴 적부터 이 협곡들을 탐험했기에 모든 길을 손바닥 보듯 훤히 알고 있었다. 선아는 십 대 때부터 양아버지이자 멘토인 카타테와 함께 그가 만든 자급자족하는 마을에서 살았다.

"카타테님은 어떻게 만났어요?" 엔젤린이 물었다.

"제가 열다섯 살 때 부모님이 돌아가셨습니다. 그때까지만 해도 남한은 아주 힘든 시기의 제 3세계 국가였어요."

"그럼 카타테님을 한국에서 만났나요?" 노아가 물었다.

"아니요. 미국에서 만났습니다." 선아가 말했다. "미국에 먼 친척이 있었는데, 고아가 되자 저를 이곳에 데려와 대학까지 보내주겠다고 했어요. 그런데 학교에 보내는 대신 공장으로 미싱 일을 하라고 보냈지요. 하루 근무 시간은 길었고, 작업 환경은 고됐습니다." 선아가 잠시 생각했다가, 말을 마무리했다. 선아의 목소리가 작아졌다. "친척집에서는 밥값을 해야 한다며 매주 급여를 가져갔고, 저를 옷장만 한 작은 방에 두었습니다. 미국에 오기 전에는 한 번도 만난 적이 없는 친척이었는데, 지금 와서 생각하니 좋은 분들은 아니었습니다."

엔젤린은 동정심이 가득한 표정으로 "음" 하고 소리를 냈다.

"그렇지만 완전히 나빴다고는 할 수 없어요. 덕분에 제가 카타테님을 만날 수 있었으니까요. 그 모든 것을 선물이라 여기고 있습니다. 카타테님을 만났을 때, 모든 것이 바뀌었습니다." 선아가 말했다.

"운명적인 인연이다." 루터스가 말을 이었다. "두 영혼이 힘든 길을 지나 최대한 빨리 만난다."

"네." 선아가 미소를 지었다. "카타테님을 알게 되면서 제 영혼이 고향으로 돌아온 느낌을 받았고, 모든 과거의 짐을 내려놓을 수 있었습니다."

"그 다음에는 어떻게 됐어요?" 토비가 물었다.

"공장에서 일한 지 이 년 정도 지난 어느 날 아침이었어요. 평소처럼 신발을 신고 일하러 갔는데, 마음속에 무언가가 왠지 공장 문을 열고 들어가지 못하게 했어요." 선아가 말했다. "일을 안 하고 집에 돌아가면 맞을 것이 뻔하니, 온종일 동네를 걸었지요. 그때는 칠십 년대 후반이었고, 히치하이킹이 꽤 인기가 있었어요. 그래서 엄지 손가락을 내밀고 제가 갈 길을 운명에 맡기기로 했습니다. 그리고 운명은 저를 카타테님의 조수석에 태웠습니다. 카타테님과의 만남은 제게 엄청난 깨우침을 줬습니다. 그 분은 세상에 대한 열정과 희망으로 넘쳤어요. 인류에 대해서 그 분처럼 이야기하는 사람은 처음 봤어요. 그 분과 얘기를 나누기 전에는 삶이 좋아질 수 있다고 생각해본 적이 없었습니다. 그리고 차를 타고 가면서, 카타테님이 저를 그 분 학교의 학생이 될 수 있도록 해주셨어요."

"어떤 학교였어요?" 토비가 물었다.

"말로 설명하기보다는 가서 직접 보고 체험하시는 것이 어떨까요? 그냥, 그 학교를 가기 전에는 삶을 긍정하는 것은 상상도 하지 못했다고만 말씀드리겠습니다."

"지금 저희가 거기로 가는 거죠?" 토비는 선아를 태운 노새의 갈기를 붙잡고 그녀와 속도를 맞추어 걸었다.

"네. 여러분과 같이 카타테님을 만난다니 마음이 설렙니다." 선아가 말했다.

"카타테님은 어떤 분이에요?" 토비가 물었다.

선아는 생각했다. "진실된 분입니다." 그녀는 한마디로 대답했다.

"설명이 그걸로 끝이에요?" 토비는 한쪽 눈썹을 치켜 올렸다.

"그 분은 맑은 거울과 같은 분이세요. 보는 사람마다 카타테님을 각자 다르게 받아들이지요."

"무슨 뜻이에요?" 토비가 자신의 주머니에 있는 작은 청동 거울을 생각하며 물었다.

"카타테님을 뵐 때에는 자신의 본성을 볼 수 있습니다. 자기 자아의 좋은 면이든 안 좋은 면이든, 카타테님은 있는 그대로 비춰주시지요."

"헷갈리네요." 토비가 말했다.

"어떤 사람들은 그 분을 할아버지 같다고 하고, 어떤 사람들은 깨달은 도인, 또 어떤 사람들은 숲을 사랑하는 히피족일 뿐이라고 합니다." 선아가 설명했다. "하지만 그 분은 그 중 어느 쪽에도 속하지 않으시죠. 그런 건 단지 수식어일 뿐입니다. 카타테님은 단순히 존재함으로써 그 분 앞에 있는 것을 비춰주시죠. 그로 인해 그 분과 함께 있는 사람은 자기 자신을 있는 그대로 여과 없이 볼 수 있어요. 또 그럴 때 진정으로 성장할 수 있습니다. 그러니 사람들의 반응도 제 각각일 수밖에 없습니다. 어떤 사람들은 그 분을 매우 사랑하고, 또 어떤 이들은 그 분을 증오합니다. 하지만 결국에는 거울에 비친 자신의 모습을 사랑하거나 미워하는 것과 마찬가지입니다."

"카타테님과 있을 때 선아님은 어떤 모습이 비춰지나요?"

토비는 이마를 찌푸리며 선아의 멘토가 어떤 분인지 이해해보려고 노력했다.

"저는 그 분이 이 세상에서 가장 마음이 넓고, 생각이 깊고, 사심이 없는 분이라고 생각해요. 그리고 그것은 제 성품이 비쳐서가 아니라, 오랜 시간 동안 카타테님이 사람들이 좋아하든 말든 진실을 있는 그대로 비춰주시는 것을 봐왔기 때문입니다. 모든 순간에 그 분은 자기를 포기하고 에고를 놓으면서 사람들이 성장할 수 있도록 도와주십니다. 카타테님은 고정된 분이 아니에요. 모든 순간 속에서 유연하고, 진심을 담아 움직이시죠. 그분은 스승님이십니다."

"스승님?"

"인도하는 분이라는 뜻이죠."

"어디로 인도하는 거예요?"

"이 세상의 환영에서 벗어나는 길로요." 그녀는 미소를 지었다. "우리를 감싸고 한계 짓는 작은 이야기들 말이죠. 자신의 환상에 더 꽁꽁 묶여 있을수록 카타테님은 더 강하게 반응하기도 하십니다. 하지만 카타테님은 당신의 깨달음을 그 누구에게도 강요하지 않으십니다. 그냥 그 공간 속에서, 성장이란 것이 무엇이고, 어떻게 완성할 수 있는지, 깨달을 수 있는 완벽한 상황을 만들어 주실 뿐입니다." 선아는 노새를 멈추고 뒤돌아서 말했다.

"여기가 협곡의 입구입니다. 노새를 데리고 가기는 어려워요. 여기서부터는 걸어야 합니다."

"하지만 루터스는……" 노아가 말했다. 루터스의 의족은 사고로 부서지고 없었다.

"제가 돕죠." 토비가 제안했다. 토비는 루터스가 노새에서 내려서 남은 한쪽 다리로 일어서는 것을 도와주었다. 루터스는 고마워하며 토비의 등을 두드렸다.

"나도 돕겠네. 힘들면 얘기해." 노아가 말했다.

"네, 형님." 토비가 대답했다.

선아와 엔젤린은 노새에서 내렸다. 선아는 노새 한 마리 한 마리에게 다가가 이마를 맞대고, 코에 입을 맞추며 고맙다고 인사했다. 그러고는 엉덩이를 토닥거려 숲으로 보냈다.

루터스는 체중을 토비의 어깨에 싣고 바위산 같은 지형을 비틀비틀 걸어 내려갔다. 이때까지의 여정을 겪으며 토비는 완전히 새로운 사람으로 태어났다. 이전의 에고를 모두 버리고 원래의 고귀한 전사로서 꽃을 피운 상태였다. 어두운 과거를 잊고, 죄도 용서받았다. 어떤 절대자로부터가 아니라 자신의 영혼으로부터 용서를 받은 것이었다. 다시 태어난 느낌, 삶에 상처받지 않은 원래의 모습이 된 느낌이었다. 본성과 만나고, 자신의 무한함과 사랑에 빠진 것이었다. 항상 되고 싶었던 영웅이 된 느낌이었다.

그들은 경사가 가파른 길을 내려갔다. 선아가 앞장서고, 그 뒤를 엔젤린, 토비와 루터스, 노아 순으로 걸었다. 길을 가는 동안 저절로 말이 없어지고, 생각도 없어졌다. 몸의 움직임만이 그들을 이동시키고 있었다. 어둠 속에서 마지막 굽이를 돌았을 때, 작은 태양열 전구에 비치고 있는 간판이 그들을 반겼다. '지구시민학교', 선아는 갑자기 마음이 놓인 나머지 눈물이 날 듯했다. 마침내 고향에 도착한 것이다.

CHAPTER 47

선아는 얼마나 잤는지 모를 만큼 단잠을 잤다. 네 시간을 잤는지 열두 시간을 잤는지 모를 지경이었다. 이렇게 깊이 편안하게 잠에 든 것도 참 오랜만이었다. 기지개를 켜고 하품하며, 어린 시절부터 느껴온 부드러운 이불의 감촉을 피부로 느꼈다. 선아의 방에서 예전과 똑같은 냄새가 났다. 마치 사막과 같은, 물과 같은, 하늘과 같은 냄새. 선아는 몸을 구르며 다시 잠들고 싶은 충동에 저항했다. 세도나에서 출발한 후 험난한 여정을 겪고 고향에 돌아오니 모든 것이 더욱 달콤하게 느껴졌다. 슬리퍼를 신고 실내복을 입은 채, 부엌으로 가면서 천천히 허리끈을 맸다. 수돗물로 주전자를 채우고 있을 때, 선아의 가슴을 따뜻하게 울리는 목소리가 들렸다.

"선아야!" 카타테가 불렀다.

선아에게 하늘의 마음으로, 태양의 열정으로 사랑하는 것을 가르쳐준 카타테였다. 아무리 성장하고, 세상에 대해서 알게 되고, 생각과 감정의 주인이 되었다고 해도, 카타테 앞에서는 예외였다. 그의 얼굴을 마주할 때 밀려오는 순수한 기쁨과 사랑은 감당할 수 없을 정도였다.

"스승님!" 선아는 주전자를 싱크대에 떨어뜨리고 카타테의 품으로 뛰어들었다. 그리고 카타테의 가슴에 얼굴을 파묻고 온몸의 긴장을 풀었다. 이때까지 감내해 온 어려운 시련들을 잊고 영혼이 쉴 수 있는 안식처를 찾은 것이었다. 카타테의 피부는 아이처럼 탄력이 있었고 언제나처럼 꽃향기가 났다. 시간이 아무리 흘러도, 머리가 하얗게 세도, 카타테의 피부에선 빛이 났다. 신성의 빛처럼 피부에 좋은 것도 없을 것이다.

카타테는 선아의 머리를 토닥거리며 말했다.

"걱정했다."

"네, 스승님. 걱정하실 줄 알고 있었습니다. 죄송합니다. 지난번에 찾아 뵌 후로 많은 어려움들이 있었습니다."

"이제는 도착했지 않느냐." 카타테가 위로하는 말을 건넸다.

"네, 드디어! 정말 그리웠어요." 선아가 말했다.

"나는 항상 너와 함께 있단다." 카타테가 선아를 다독였다.

"직접 뵙는 거랑 똑같지는 않아요." 선아가 말했다.

카타테가 웃었다. 그의 눈빛에서 반짝이는 소리가 들릴 듯했다.

선아는 카타테의 품에서 나와 자신의 볼에 흐르는 눈물을 닦고, 자신의 가슴에 손을 얹었다. 감사한 마음으로 가슴이 따뜻해졌다.

"드릴 말씀이 많아요." 선아가 말했다.

카타테는 선아의 손을 잡고 식당의 작은 테이블로 향했다.

"요즘 계속 힘든 일들이 일어나고 있어요. 상황이 너무 안 좋아요."

선아는 비밀을 털어놓았다.

"얘기해봐라." 카타테가 차분히 말했다.

"사명자들과 함께 벨락에 모여서 복본의 맹세에 대해 각성했습니다. 그 후, 계속 논란의 중심이 되어 저항을 받고 있습니다. 우리의 명예가 훼손되고, 보스리조트가 공격당하고, 두 명의 형제들이 범죄 혐의를 받아 사법기관이 저희를 찾고 있습니다. 교회는 교회대로 언론을 통해, 심지어 재난까지, 모든 방향에서 상상할 수 없는 온갖 시련이 오니, 갈수록 절망스러워지고 있습니다. 한순간도 평화로운 시간이 없고, 다음 위기가 닥칠 때까지 호흡을 고를 새도 없습니다. 그리고 인간의 마음에 평화를 회복해주겠다는 저희의 사명, 기쁜 마음으로 지켜나가야 할 서약도 제가 지쳐서인지 무겁게만 느껴집니다. 스승님, 이런 상황에서 할 수 있을지 모르겠습니다. 무리입니다." 선아는 절망감에 빠져 있는 자신의 마음을 스승에게 드러냈다.

카타테는 선아의 어깨에 손을 얹었다.

"얘야, 선아야! 호흡을 해라." 카타테가 말했다.

선아는 떨리는 호흡을 들이쉬고 내쉬었다. 숨이 간신히 폐의 윗부분까지만 내려갔다. 선아는 모든 시련을 겪으면서도 중심을 유지해왔다. 마음의 준비를 하고 시련에 맞섰지만, 이런 따뜻함 속에서 이완을 하자, 지금까지 자신의 영혼이 얼마나 상처 입었는지 알 수 있었다. 사람들은 깨달은 사람들의 감각 또한 깨어 있다는 것을 잘 모른다. 깨달은 사람들은 괴로운 일들에 영향을 받지 않는 것처럼 보이지만, 오히려 더 깨어 있기 때문에 더 강한 슬픔과 고통을 느끼게 되고 이것을 이겨내야 하는 것이다.

카타테는 그녀의 나눔에 대해서 생각했다.

"네가 마주치는 장애가 무엇이든 너는 이겨낼 수 있단다." 카타테가 미소 지었다.

"너의 조상 신명을 기억해라. 네 핏줄 속에 이미 힘이 잠재되어 있단다."

"알고 있습니다." 선아는 숨을 내쉬고, 어깨의 힘을 뺐다.

"전에는 세도나가 고향처럼 느껴졌지만, 지금은 제가 죽게 될 곳처럼 느껴집니다." 고개를 절레절레 흔들며 말했다.

"죽음은 두려워할 대상이 아니다, 선아야. 여러 번 말했지만 죽음은 존재하지 않는다. 환상일 뿐이야." 그는 말했다.

"지금 제 눈앞에 있는 이 모든 것이 다 환상이죠." 선아는 주위를 둘러보면서 웃으며 말했다. "그렇다고 해서 더 쉬워지지는 않습니다."

"환상은 무상하고, 변화 가능한 것이다. 너는 모든 인류를 위해 이 거대한 꿈에 변화를 가져올 수 있는 힘을 가지고 있단다. 선아야, 상상해봐라." 카타테의 눈이 더욱 빛났다.

"지구상에 모든 사람들이 내면에 하늘이 존재한다는 것을 기억하는 그 순간을 목격한다고 상상해 보려무나. 순식간에 지구상에 고통이 사라지고, 모든 얼굴은 생명에 대한 열의와 감사함으로 빛날 것이다. 지금 네가 맞서고 있는 어려움은 우리가 곧 보게 될 영광에 비해서 너무 작은 것이다. 이것이 우리의 운명이고, 우리는 그것을 완수할 수밖에 없는 것이다."

"스승님 말씀이 맞습니다. 하지만 저는 지쳐 있어요." 선아가 말했다.

"자, 그럼, 쉬든지 울든지 불평할 수 있는 시간을 오 분 주겠다. 네 감정을 정화하고 싶은 방법을 선택하렴. 하지만 그 다음에는, 너의 스피릿을 회복해야 한다." 카타테는 자리에서 일어서면서 선아의 어깨를 토닥거렸다. "지금부터 시작이다."

선아는 웃으면서 일어섰다.

"지금 제게 가장 필요한 것은 사랑하는 스승님과 차를 한 잔 하는 것입니다."

CHAPTER 48

"안녕, 얘야!" 엔젤린은 호숫가에서 반가부좌 자세로 앉아 아랫배를 리듬감 있게 두드리는 소녀에게 말을 걸며 미소 지었다. 아홉 살 정도로 보이는 붉은 머리 여자아이의 얼굴에는 주근깨가 한가득했다.

"카트리나예요." 아이가 밝게 미소를 지으며 말했다. 아랫배를 두드릴 때마다 카트리나의 몸이 들썩거렸다.

"카트리나는 지금 뭐하고 있니?" 엔젤린은 무릎을 굽혀 카트리나 옆에 앉았다. "아침 수련이요."

엔젤린은 호수의 수평선 너머 얼굴을 아직 채 내밀지 않은 태양을 보며 말했다.

"아침마다 이렇게 일찍 일어나니?"

"네." 카트리나는 대답했다.

이 작은 아이는 뭔가 안정되고, 나이에 비해서 지혜로운 느낌마저 들었다. 카트리나는 흰색 운동복을 입고, 호숫가에 반듯하게 놓인 보라색 요가 매트 위에 앉아 있었다. 예비 천사 같아 보였다.

"나도 일찍 일어나는 거 좋아하는데." 엔젤린은 아이를 보면서 말했다. "지금 뭘 하고 있는지 보여줄 수 있니?"

카트리나는 두드리는 속도를 늦춰, 배꼽에서 약 5센티미터 밑을 두드리고 있다는 것을 보여줬다.

"이렇게 하는 거 맞아?" 엔젤린도 같이 박자를 맞춰서 아랫배를 두드리기 시작했다.

카트리나는 잠시 옆을 봤다. "네, 좀 더 세게 치세요." 어린 아이가 아니라 전문가 같았다.

"그런데 이거 왜 하는 거야?" 엔젤린이 물었다.

"여기에 2번 차크라가 있어요." 카트리나가 대답했다.

"여기를 두드리는 것이 2번 차크라에 도움이 되는 거야?"

"몸을 깨워줘요." 카트리나가 말했다. "두드리기는 진동을 강화시켜요, 차가 고장 났을 때 다시 시동을 거는 것처럼요."

"알려줘서 고마워." 엔젤린이 말했다.

둘은 말없이 함께 배를 두드렸다. 엔젤린은 아랫배에 퍼지는 따뜻한 느낌이 너무 좋았다. 참 평온했다. 엔젤린의 폐가 이완되고, 호흡도 차분해졌다. 토닥토닥 리듬감 있게 퍼지는 소리가 마음을 편안하고 고요하게 만들었다. 엔젤린은 눈을 살짝 떴다. 어느새 본능적으로 눈을 감고 두드리는 데 심취해 있었다는 사실을 알아차렸다. "이걸 얼마나 오래 하는 거야?" 엔젤린이 물었다.

"생각이 멈춰질 때까지요." 카트리나는 답했다.

엔젤린이 웃었다. "생각하는 게 나쁜 거야?"

"아뇨. 생각하는 건 좋은데, 생각을 의식 없이 하거나 조절을 못 하는 건 안 좋아요."

"그래." 엔젤린은 하하하 웃었다. "계속 두드려야겠네."

엔젤린은 이 소녀가 친근하게 느껴졌다. 카트리나를 자신의 품으로 끌어다가 엄마가 하듯이 꺼안아주고 싶은 충동을 느꼈다. 아이를 보호해주고, 사랑해주고, 인생에 대해서 모든 것을 가르쳐주고 싶었다. 하지만 엔젤린은 그렇게 하는 대신, 빨간 머리에 삐뚜름한 미소를 가진 완벽한 이 작은 소녀를 사랑하게 된 자신을 조용하게 감상했다.

옆에서 나는 토닥거리는 소리가 서서히 그쳤다. 엔젤린도 같이 두드리기를 멈추고, 손바닥을 무릎에 편하게 내렸다. 호흡 소리를 들으며, 공기가 폐 속으로 흡수되어 몸에 영양분을 공급해주는 그 순간의 기적을 느꼈다. 몸 안에서 일어나는 모든 아름다운 감각을 느끼면서 인간들이 왜 행복을 찾지 못하는지 궁금해졌다. 엔젤린의 몸이 만족스러운 감각으로 가득 찼다. 중독될 만큼 꽤 매혹적인 느낌이었다.

카트리나가 천부경을 봉송하기 시작했다. 엔젤린도 같이 했다.

一始無始一析三極無盡本
일 시 무 시 일 석 삼 극 무 진 본

天一一地一二人一三
천 일 일 지 일 이 인 일 삼

一積十鉅無匱化三
일 적 십 거 무 궤 화 삼

天二三地二三人二三
천 이 삼 지 이 삼 인 이 삼

大三合六生七八九運
대 삼 합 육 생 칠 팔 구 운

三四成環五七一
삼 사 성 환 오 칠 일

妙衍萬往萬來用變不動本
묘 연 만 왕 만 래 용 변 부 동 본

本心本太陽昂明人中天地一
본 심 본 태 양 앙 명 인 중 천 지 일

一終無終一
일 종 무 종 일

마치 온도계 안의 수은이 올라가듯, 엔젤린의 피부에 전율이 흐르며 아랫배에 만들어진 에너지가 척추를 타고 올라가, 빅뱅처럼 뇌에서 폭발했다. 아무런 이유도 없이 웃음이 터져나왔다. 완전히 새로운 감각들이 깨어났다. 카트리나는 귀찮다는 듯이 흘겨봤다. 아침 수련에 방해가 되는 것이 별로 마음에 안 든다는 투였다.

"미안." 엔젤린이 사과했다. 참 재미있는 아이였다.

카트리나는 길게 한숨을 내쉬었다. "괜찮아요. 어차피 이제 거의 다 끝났어요."

"또 어떤 걸 하는 게 좋아?" 엔젤린이 물었다.

"노는 거요." 카트리나가 답했다.

"어떻게 노는데?"

"보여드릴까요?" 카트리나가 제안했다.

"그래, 보여주렴." 엔젤린이 말했다.

카트리나는 요가매트 옆에 땅에 기어가는 작은 개미를 찾았다. 그러고는 개미를 뚫어지도록 쳐다보았다. 엔젤린은 개미가 카트리나의 마음의 힘에 영향을 받아 움직이고 있다는 것을 눈치챘다. 개미는 시계방향으로 작은 원을 그리며 이동하고 있었다.

"카트리나 대단하다." 엔젤린이 박수를 쳤다. "나한테도 한번 해볼래? 내가 어떻게 움직였음 좋겠다 하고 아무거나 생각해봐. 나도 열심히 집중해서 카트리나 생각을 읽을게. 그러고 나서 내가 맞았는지 알려줘."

"네." 카트리나가 대답하고, 몸을 엔젤린 방향으로 돌렸다. 카트리나는 열심히 집중했다.

엔젤린은 웃으면서 코를 찡그렸다.

카트리나는 힘차게 고개를 끄덕였다.

"또 해봐." 엔젤린이 제안했다.

엔젤린의 볼에 찌릿찌릿한 느낌이 있었다. 엔젤린은 복어처럼 볼을 둥그렇게 부풀렸다.

카트리나는 이 게임을 너무 재미있어 하며 까르르 웃었다.

"맞았어?" 엔젤린이 물었다.

"네!" 카트리나는 더더욱 신이 났다.

엔젤린은 배를 세 번 토닥거렸고, 다음에는 손바닥을 맞대고 세 번 둥글게 문질렀다.

"지금은?" 엔젤린이 말했다.

카트리나는 고개를 끄덕거렸다.

"하나 더 해봐." 엔젤린이 말했다.

카트리나는 엔젤린이 맞추기 어려울 만한 것에 열심히 집중했다.

엔젤린은 몸을 앞으로 숙여 엄지와 검지로 카트리나의 갈비뼈를 간질였다. "맞았어?"

카트리나는 웃으면서 몸을 피했다. "아니에요!" 카트리나는 킥킥거렸다.

"확실해?" 엔젤린은 카트리나를 놀리며 간지럼을 태웠다.

"네!" 카트리나는 웃으며 비명을 질렀다.

"잘 모르겠는데…… 하라고 한 거, 이거 맞는 것 같은데. 왠지 손가락이 안 멈추고 계속 이렇게 움직이는데." 엔젤린이 장난치며 말했다. 엔젤린은 카트리나의 볼에 장미꽃이 피고 눈에 반짝반짝 빛이 날 때까지 열심히 간지럼을 태웠다.

"내가 해볼까?" 엔젤린이 물었다.

카트리나는 고개를 끄덕였다.

"잘 봐." 엔젤린이 자랑하듯 말했다. 그리고 엔젤린은 눈을 감고 마고 어머니께 기도를 올렸다. 하늘에서 새가 휘익 날아와서 엔젤린의 손에 내려앉았다. 카트리나는 놀라서 눈이 휘둥그레졌다.

"카트리나도 한 번 해볼래?" 엔젤린이 제안했다.

카트리나가 손을 내밀었다. 새는 엔젤린의 손에서 아이의 손으로 폴짝 뛰어가서 구애의 춤을 추며 쩍쩍거리고 고개를 위아래로 움직였다.

"널 좋아하는 것 같은데." 엔젤린이 말했다.

"저도 너무 좋아요."카트리나는 신기해 하며 말했다.

멀리서 종이 세 번 울렸다. 카트리나는 소리가 온 방향으로 고개를 돌렸고, 새는 손에서 날아갔다.

"무슨 소리야?" 엔젤린이 물었다.

"식사 시간이에요."카트리나는 이야기하면서 요가매트를 걷었다.

"아침식사 때 너랑 네 친구들이랑 같이 앉아도 될까?"

카트리나가 고개를 끄덕이며 대답했다. "네."

CHAPTER 49

노아는 테이프를 내려놓고 그의 작품을 감상했다. 엊저녁에 창고에서 주워 모은 자재들 중 쓰고 남은 것을 작업실 책상 옆 바구니에 담고, 완성품을 소중하게 갈색 포장지에 싸서 들고 긴 복도를 지나갔다. 노아는 복도 끝에 있는 방문을 두드렸다.

"들어와." 루터스가 대답했다.

노아가 문을 열었다.

"아미고(친구), 선물이 있네." 노아가 반갑게 말하며 방으로 들어왔다. 노아는 선물을 루터스의 무릎 위에 올려주었다.

"내 것?" 루터스가 숨을 몰아쉬며 재빨리 포장지를 뜯었다. 그리고 내용물이 무엇인지 이해하기 위해 한참 동안 바라보았다.

"고쳤어." 노아가 자랑스레 말했다.

루터스의 무릎 위에는 의족이 올라와 있었다. 요란하게 은색 이삿짐 테이프로 둘둘 감싼 의족은 인근 쓰레기장에서 찾을 수 있을 법한 모양새였다.

"예쁘다." 루터스가 속삭였다.

"한 번 장착해 보게." 노아가 응원했다.

루터스는 은색 테이프로 감싼 플라스틱 받침대 속에 다리를 끼우고 일어섰다.

"편안한가? 너무 꽉 조이진 않고?" 노아가 물었다.

루터스는 방을 앞뒤로 왔다갔다 한 후, 노아 앞에 서서 팔을 벌리고 곰처럼 끌어안았다. "고맙다. 이제 맘대로 움직일 수 있어." 루터스는 노아를 꼭 끌어안으며 말했다.

노아는 루터스가 너무나도 감사해 하는 바람에 눈물이 차오른 채로 대답했다. "이번 생애에 너무 고생이 많은 것 아네. 더 도움이 못 돼서 미안하네."

CHAPTER 50

정말 믿기지 않도록 멋진 순간이다. 토비는 정원을 따라 걸어 내려가며 생각했다. 정확히 무엇이 멋진지 콕 집어 말하긴 어려웠다. 상당히 평범한 아침에, 평범한 정원에, 평범한 새들이 나무 사이를 오가며 지저귀고 있었다. 하지만 정말 놀라운 것은 토비 자신이 이 순간을 어떻게 살고 있냐는 것이었다. 토비는 어쩌면 태어나서 처음으로 온전히 이 순간을 느끼고 있었다. 그리고 대단히 멋졌다. 현재라는 것이 그가 찾아오던 마법의 약인 것이다. 토비는 바로 이런 느낌을 위해 위스키를 들이켜고, 부를 쌓아올리고, 수많은 여자들의 품을 전전한 것이다. 하지만 그 중에 어느 것도 지금과 견줄 수가 없었다.

토비는 웃었다. 내가 찾던 건 결국 나한테 있었어. 하지만 문제는 왜 오늘 아침에 갑자기 이런 느낌이 찾아왔는지, 어떻게 하면 내일도 다시 느낄 수 있을지 전혀 모르겠다는 것이다. 어쩌면 지금 이 환경이 내가 현재를 느끼는 데 도움을 주었는지 모른다. 토비는 문이 있는 정원 앞의 석판 앞에 멈춰 무엇이라고 적혀 있는지를 읽었다. 지구시민학교라고 새겨져 있었다. 토비는 이 문구의 뜻에 대해서 고민했다. 지구시민이란 게 정확히 뭐지? 토비는 생각했다.

그곳에 들어가 보니 다섯 살에서 열다섯 살까지 다양한 나이의 아이들이 나무 아래 책상에 옹기종기 모여 앉아 있었다. 아이들은 다 아이패드를 들고 누가 더 빨리 타이핑하나 경기라도 하듯 빠른 속도로 손을 놀리고 있었다. 그 중에 가장 능숙하면서도 가장 귀여운 아이는 검은 뿔테 안경을 낀 흑인 남자아이였다. 일곱 살도 채 안 되어 보이는 아이에게 자신감 넘치는 독특한 분위기가 느껴졌다. 토비가 보기에는 미래에 의사가 될, 일곱 살 때의 노아를 보는 듯했다.

다른 무리의 아이들은 호숫가에 모여서 태극권을 닮았지만 더 강해 보이는 무술을 단련하고 있었다. 좀 더 나이가 많고 근육질인 남자아이와 여자아이들은 춤추듯 정확하게 몸을 놀리며 검을 허공에서 부딪치고 있었다.

토비가 둘러보는 곳마다 다양한 활동을 하는 아이들이 조화롭게 모여 있었다. 질서가 있긴 하지만 누군가의 강요 때문이 아니라 아이들이 자유롭게 조화를 선택해서 유기체처럼 움직이고 있었다. 아이들은 토비의 생각을 읽는 능력보다 한 단계 앞서서, 서로 텔레파시로 대화를 나누고 있었다. 대부분의 아이들은 자신의 가슴 속에 있는 '영혼의 새'를 어떻게 키울지에 대해서 대화를 나누거나, 동물과 꽃들에게도 마치 사람과 대화하듯 이야기를 나누고 있었다. 선아의 이 세상 사람 같지 않은 품행도 그제서야 이해가 갔다. 이곳에서 자란 선아는 혼란스러운 세상 속에서도 지구시민학생처럼 잘 헤쳐 나갔다. 아이가 지구시민학교 밖으로 나갈 순

있지만, 지구시민학교가 아이의 마음 밖으로 나갈 수는 없겠구나, 생각하고 토비는 웃었다.

토비는 급히 서둘러 어딘가로 가는 십대 소년을 발견했다. 물 빠진 머리는 어딘지 모르게 헝클어져 있었다. 아이는 겨드랑이에 아이패드를 끼고 어딘가 조용한 공간을 찾고 있었다. 토비는 흥미를 느끼고 아이를 조용히 따라갔다.

토비는 숲 속으로 들어가는 아이를 따라가며, 행여 나뭇가지라도 부러질까 가볍고 조심스럽게 접근했다. 소년은 공터에 도착해서 작은 나무 뒤에 숨겨진 비밀 상자 안에서 돗자리를 꺼내고 바닥에 펼쳤다. 아이는 아이패드의 스크린을 터치했고 숲에 가득한 새 소리 사이로 부드러운 멜로디의 음악이 흘러나왔다. 토비는 지금 무슨 일이 벌어지고 있는지 알 것 같았다. 토비 또한 이런 일이 십대 때 종종 있었다.

약속이라도 한 듯 숲에서 도자기 같은 피부와 검은 머리를 곱게 땋은 소녀가 나왔다. 앵두라도 먹은 듯 입술이 발그스름하고 통통했다. 나중에 크면 고전적인 미인이 될 듯한 예쁜 아이였다.

"안녕." 소녀는 수줍게 소년에게 인사했다.

"안녕." 소년는 미소를 지었다. "준비됐어?"

소녀는 입술을 살짝 깨물며 고개를 끄덕였다. 소년이 소녀의 손을 꼭 잡고 안심시켰다. 토비는 이 아이들의 프라이버시를 존중해서 나가려 했지만, 왠지 모르게 다리가 떨어지지 않았다. 어떠한 사랑 이야기보다도 급하지 않고 달달한 이 아이들의 이야기에

마음이 동한 것만 같았다. 그들은 너무나도 순수했고, 기대에 벅
찬 듯 얼굴이 발갛게 달아올라 있었다.

"이쪽에 누워." 소년이 담요를 가리키며 말했다. 소년은 담요
속으로 폭 묻히는 소녀의 손을 계속 잡고 있었다. 소년은 소녀
의 볼을 부드럽게 만지고, 눈을 지그시 들여다보았다. "천천히 하
자." 소년이 소녀를 안심시켰다. 소녀는 고개를 끄덕이고 눈을 감
았다.

소년은 소녀 옆에 앉아 한 손을 배에, 한 손을 가슴에 얹었다.
토비는 앞으로 몸을 기울였다. 토비의 예상과는 다르게 소년이 접
근하는 방식은 에로틱하다기보다는 영적인 느낌이었다.

"땅의 영혼이시여!" 소년이 조용히 말했다. "당신의 에너지를
부탁드립니다. 칼리의 몸은 당신이 주는 회복의 힘이 필요해요."

소녀의 얼굴 양쪽으로 눈물이 떨어졌다. 소녀는 대기 중의 모
든 에너지를 끌어들이려는 듯이 숨을 깊이 들이마셨다.

"저희가 배웠듯 칼리가 진정 땅의 자손이라면, 그리고 우리가
진정 하늘의 자손이라면 제발 도와주세요. 제발요." 소년이 기도
했다.

토비는 마치 헬기가 추락한 후 엔젤린과 자신의 모습을 보는
듯했다. 토비는 코를 훌쩍였다. 수줍은 미소와 체리 색 입술을 가
진 소녀가 아픈 모양이었다. 소년은 소녀의 몸을 탐험하기 위해
소녀를 부른 것이 아니라 치유하기 위해 불렀고, 토비는 그런 사
랑은 꿈에서나 존재하는 줄 알았다.

토비는 조용히 무릎을 꿇고 같이 기도를 드렸다. 토비도 소녀가 치유되길 함께 빌었다. 토비는 두 아이의 이야기를 꼭 엔젤린에게 알려서 빨리 치유받을 수 있게 해줘야겠다고 다짐했다.

CHAPTER 51

순식간에 엔젤린은 마치 신발 속에 사는 할머니처럼(미국의 전래 민요 속 주인공) 재잘대는 귀여운 아이들 사이에 파묻혔다. 아이들은 엔젤린의 관심을 받기 위해 서로 위에 기어올라가다시피 했다. 엔젤린은 이 지구상에 천국이 존재한다면 어떨까 늘 궁금했는데, 바로 지금이 그 순간 같았다. 환하게 웃는 엔젤린의 얼굴에 눈물이 흘렀다.

엔젤린은 땀에 젖은 아이들의 머리카락을 떼주고, 가볍게 손가락으로 이마를 톡톡 쳐주거나 머리를 쓰다듬어주면서 애정을 표현했다. 그리고 반짝이는 영혼을 가진 아이들 한 명 한 명과 눈을 맞추며 사랑을 전달할 수 있도록 신경을 썼다.

"자 그럼 다들 앉을까?" 엔젤린이 제안했다.

"제가 옆에 앉을 거예요." 카트리나가 자신이 엔젤린을 데려와서 식당에 있는 모든 친구들이 사랑이 꽉꽉 찰 때까지 받게 했다는 사실을 자랑스러워 하며 말했다.

"나도!" 피부가 반짝이는 한국 여자아이도 소리지르며 마고 어머니의 손에 깍지를 꼈다.

"나도 앉고 싶어!" 플라스틱 뿔테 안경을 쓴 흑인 남자아이가 징징거렸다.

"나도 앉아도 돼?" 다른 아이가 소리질렀다. "나도! 나는? 나는? 나는?" 사춘기가 채 안 된 아이들의 높은 목소리가 합창처럼 울려퍼졌다.

"그럼 내가 가운데 앉을 테니 다같이 빙 둘러앉으면 어떻겠니?" 엔젤린이 제안했다.

"식탁 위에 앉으실 거예요?" 카트리나는 네모난 식탁을 쳐다보며 걱정하는 표정을 지었다. 왠지 그러면 혼날 것 같았다.

엔젤린이 키득키득 웃으며 카트리나의 머리를 쓰다듬었다.

"너희들처럼 의자에 앉을 거야. 그리고 그냥 식탁 중간 정도에 앉을 테니까." 엔젤린이 의자를 잡아당기며 말했다. "여기……"

스무 명 정도의 아이들이 '자리 찾기' 게임을 하는 것처럼 정신없이 자리 잡기에 여념이 없었다. 뿔테 안경을 쓴 흑인 아이는 다른 아이들처럼 잽싸게 움직이지 못했다. 결국 식탁 끝에 마지막에 남은 자리에 앉게 되었다. 흑인 아이는 팔꿈치를 식탁에 올리고 앉아서 손에 얼굴을 얹고 불퉁한 표정을 지었는데, 그 모습마저도 너무나 귀여웠다.

"이름이 뭐니, 얘야?" 엔젤린은 혹시라도 아이가 여린 마음에 소외감을 느끼지 않도록 관심을 표현했다.

"안토니예요." 안토니는 기가 살아나서 대답했다.

둘러앉은 모든 아이들이 자리에 바른 자세로 앉아서 집중하고 있었다.

"좋지 않니? 너희들하고 시간을 보내니까 너무 좋구나. 초대해 줘서 고맙다." 엔젤린이 식탁 위에서 팔을 쭉 뻗으며 말했다.

"엄청 예쁘신 거 같아요." 한국인 여자아이가 얼굴을 붉히며 고백했다.

엔젤린이 웃으며 말했다. "어머, 고맙구나. 너도 아주 예쁘단다."

"머리카락이 마음에 들어요. 정말 반짝반짝 해요." 다른 여자아이도 가세했다.

"그래, 네 영혼은 더 반짝반짝 하단다." 엔젤린은 식탁에 앉은 아이들을 둘러보며 말했다. "너희들 모두 나에게 정말 큰 희망을 준단다. 희망이 무슨 말인지 아니?"

"일이 잘 될 거라는 거요?" 검은색 곱슬머리에 보조개가 있는 남자아이가 대답했다.

"그래. 너희들을 보니 모든 일이 다 잘 될 것 같구나." 엔젤린이 대답했다. "이 세상이 너희들을 오랫동안 기다려 왔고, 또 내가 반드시 이 세상을 너희들이 살기에도 제일 좋은 곳으로 만들 거란다."

"우리도 도울 거예요." 안토니가 식탁 멀리 끝에서 말했다.

"그래, 기대할게. 너는 어떻게 돕고 싶니? 꿈이 뭐야?" 엔젤린이 말했다.

"제 꿈은 미국 대통령이 되는 거예요." 안토니는 허리를 펴고 똑바로 앉으며 대답했다.

"저는 채식주의자(Vegetarian, 수의사와 발음이 비슷)가 되고 싶어요."햇볕에 그을린 듯한 금발의 다섯 살배기 남자아이가 말했다.

"동물을 좋아해서요."아이가 자랑스럽게 선포했다.

"채식주의자도 동물을 좋아하긴 하지."엔젤린이 웃음을 참으며 말했다.

"채식주의자가 아니라 수의사(Veterinarian)야."카트리나가 딱 부러지게 고쳐줬다.

카트리나는 단어의 한 음절 한 음절을 강조하며 말해주었다.

"그럼 채식주의자는 뭔데?"남자아이가 물어보았다.

"채식주의자들은 야채랑 견과류랑 과일만 먹는 사람들이란다."엔젤린이 대답했다.

"음식 얘기 하니까 배고파요."다른 아이가 우는 소리를 냈다.

"나도 꽤 배가 고픈걸."엔젤린이 말했다.

"음식을 식탁으로 가져다 주니?"엔젤린이 식당을 돌아보며 물었다.

"우리가 음식을 갖다 먹어요."카트리나가 뷔페 스타일로 찬 음식들과 따뜻한 음식들이 올려져 있는 식탁을 가리키며 말했다.

"그럼, 다들 밥 가지러 가야겠네."엔젤린은 식탁을 둘러보며 말했다. 아이들이 움직이지 않고 엔젤린을 빤히 바라보고 있었다. 엔젤린이 이해했다는 표정을 지었다.

"자, 이렇게 하자. 너희들이 밥을 가져 오는 동안 내가 자리를 잘 보고 있을게."

아이들은 사람이 많은 식당을 둘러보며, 자기들이 밥을 가지러

간 사이 엔젤린이 자리를 잘 사수할 수 있을지 고민하는 듯했다.

"얼른, 너희 자리에 아무도 안 앉게 할게." 엔젤린이 약속했다.

CHAPTER 52

선아와 카타테는 카타테의 집으로 향했다. "지소도 이 시공간에 함께 있어요. 우연이 아닐 가능성이 높습니다. 어쩌면 지소의 영혼이 복수를 위해 온 건지도 모르겠어요." 카타테가 발걸음을 멈추었다. "지소도 이 모든 사실을 아는가?" "아뇨." 선아가 대답했다. "지소는 자신이 형인 루터스에게 화가 나 있다고 믿고 있습니다. 그는 자신의 증오가 얼마나 뿌리 깊은 것인지 아직 모릅니다."

카타테가 선아의 어깨에 손을 얹으며 말했다.

"선아야, 네가 지소에 대해서 걱정할 필요는 없다. 그의 영혼은 구원을 받기 위해서 왔다. 대전환의 시기에 지구에 와 있는 것만으로도 그의 영혼의 짐이 덜어질 것이다. 지금 이 시기에 돌아오다니, 운이 좋은 친구구나."

그들은 카타테의 집에 도착했다. 카타테는 문을 열어 선아를 집무실로 먼저 들어가게 했다. 집무실이라기보다는 명상을 위한 공간 같았다. 특이하게도 팔각형 모양의 방은 라벤더 색 페인트로 정성껏 칠해져 있었다. 여러 선반 위에 다양한 크기의 수정들이 조명을 받아 반짝이고 있었다. 방의 한가운데에는 큰 북이 있었고, 북 주변으로 여러 색깔의 방석들이 놓여 있었다. 미리 그 방에 도착한 노아와 토비, 루터스는 벽에 걸린 초상화와 그림들을 살펴보며 카타테와 선아를 기다리고 있었다. 두 사람이 방에 들어서자 모두들 돌아보았다.

"반갑습니다." 카타테가 말했다. 마치 다른 세계에서 온 듯한 편안한 기운이 그에게서 배어나왔다.

"저의 멘토이신 카타테님이십니다." 선아가 카타테를 소개했다.

"자, 다들 앉게." 카타테가 북 주변의 방석들을 가리켰다.

카타테를 처음 본 노아는 어떠한 고정관념과도 다른, 되려 평범한 그의 모습에 놀랐다. 노아는 선아로부터 그녀의 스승에 대해 많은 이야기를 들었다. 선아는 카타테가 많은 깨달은 이 중에서도 가장 심오한 경지에 도달해서, 마음의 힘으로 하늘의 에너지를 한 곳으로 모을 수 있는 분이라고 말해주었다.

그렇기에 노아조차도 카타테를 생각할 때는 자기도 모르게 마치 신선처럼 옷자락을 펄럭이며 등장하거나, 긴 수염을 기르고 심오한 수수께끼를 던질 것 같은 모습을 떠올리곤 했다. 노아의 눈앞에 있는 카타테는 친절하고 따뜻하며 신뢰감을 주는 사람이었다. 카타테의 인디언계 눈이 삶에 대한 열정으로 반짝였다.

"나는 카타테요. 이곳에 온 것을 환영하오." 카타테는 모든 이들이 자리에 앉자 말문을 열었다.

선아는 둘러앉은 사람들을 차례로 소개했다. 사명자들은 현생의 이름과 고대의 이름, 두 가지로 인사를 했다.

토비는 방에 걸린 초상화들을 감탄하며 둘러보았다. 그 중 한 그림이 토비의 시선을 사로잡았다. 그림 속에는 나이가 지긋한 아시아 계통의 긴 수염의 남자가 신령스러워 보이는 상아빛 예복을 입고 있었다. 상당히 고풍스러운 그림체로 보아 초상화의 주인공은 매우 오래 전 사람 같았다.

"초상화의 주인공을 아는가?"

카타테가 그 초상화 쪽으로 고개를 돌리며 물었다.

"아니오." 토비가 대답했다.

"그 초상화에 특별히 관심을 보이는 것 같네만." 카타테는 앞으로 당겨 앉으며 말했다. "왜 그런지 물어봐도 되겠나?"

"마치 살아 있는 것처럼 느껴져요. 저 초상화 속의 얼굴이 저한테로 튀어나올 것처럼 생생하게요."

"어쩌면 그의 영혼이 지금 이 방에 우리와 함께 있기 때문일지도 몰라요." 선아가 눈을 반짝이며 말했다.

토비는 마치 선아가 말한 영혼을 찾기라도 하는 것처럼 방을 두리번거렸다.

"그가 어떤 사람인지 알고 싶나?" 카타테가 질문했다.

"네, 궁금합니다." 토비가 대답했다.

카타테는 마치 모닥불 옆에서 옛날 이야기를 들려주는 할아버지처럼 이야기를 시작했다.

"오래전, 지금의 한국이 있는 지역에, 마치 리메이라나 아틀란티스의 이야기에서처럼, 영적으로 성숙하고 풍성한 문화를 가진 나라가 있었지. 이 나라는 단군이라고 불린 사십칠 대의 왕들을 거치며 오천 년간 번성했네.

이 이야기는 자신의 지혜를 전할 사람들을 찾아 세상을 여행하던 한 깨달은 왕에서 시작하지. 운명은 그를 곰부족으로 알려진 한국의 한 지역으로 이끌었다네. 그 부족에는 내면의 선함이 막 꽃피어나려고 하는 특별한 여인이 있었지.

왕이 마을에 들어서자 먼 땅에서 온 낯선 사람을 보려고 호기심 어린 많은 사람들이 몰려들었지. 군중들 속에 있던 그 여인이 왕의 얼굴을 처음 본 순간, 눈물이 그녀의 뺨을 타고 흘러 내렸다네. 그녀는 난데없이 흘러나오는 뜨거운 눈물에 놀라서 얼른 눈물을 훔쳤지. 그녀는 그것이 왕의 신성이 자신의 신성에 반사되어 흘러나온, 자기 영혼의 신성한 눈물이라는 것을 몰랐지. 운명이 자신을 어디로 이끌지 알지 못한 채 그 여인은 타는 가슴으로 기도를 했다네.

"제가 어떻게 하면 그 분처럼 될 수 있나요? 부디 제게 길을 보여주세요!"하고.

그녀의 영혼은 간절한 마음으로 하늘에 성장의 기회를 요청했고, 하늘의 정수와 연결되어 있던 왕은 하늘을 대신해 그녀의 기도에 응답했지. 왕은 그녀 안에 있는 선함을 보고 기뻐했어. 그녀의 눈은 순수한 젊음으로 빛났고, 흔치 않은 지혜로 반짝였지. 왕은 그녀의 진지함과 정성에 감동하여 그녀를 자신의 제자로 받아들였고 백 일 수련을 할 수 있도록 안내했네. 백 일 정진 후에 그녀 또한 깨달음을 얻었지. 왕과 곰 여인은 마침내 혼인을 하였고

아들을 낳았네. 그 아들이 바로 첫번째 단군이지.

"곰 여인?" 엔젤린이 웃음을 참으며 말했다. 그녀는 반은 곰이고 반은 사람인 여자의 이미지를 떠올렸다.

"그녀의 부족을 상징하는 동물이 곰이었기 때문에 그렇게 불린 거지. 미국을 상징하는 동물이 독수리인 것처럼." 카타테가 설명했다.

"엔젤린은 아마도 미래 세대들에게 독수리 여인으로 불릴지도 모르지." 그는 몸을 뒤로 젖히며 미소 지었다.

선아는 기쁨으로 눈빛을 반짝이며 웃었다. 그녀는 손으로 엔젤린의 무릎을 만졌다.

"첫 번째 단군의 이야기가 한국의 건국신화로 알려져 있죠. 하지만 이건 단지 신화가 아닙니다. 현실로 존재했던 역사가 신화의 옷을 입고 전해져 내려온 거예요."

카타테가 또박또박 말을 이었다.

"이 단군의 나라에는 '천부경'으로 대표되는 위대한 정신문화가 있었다네. 이 문화 속에는 사람이 하늘과 땅을 품는 웅혼함과, 만인이 만인을 사랑하고 만물을 보살피는 훈훈한 마음이 살아 있었지. 그 정신문화의 뿌리를 거슬러 올라가면 인류의 시원에 대한 위대하고 아름다운 이야기, 우리 모두의 어머니, 마고의 이야기를 만나게 된다네."

카타테는 토비가 눈길을 주었던 아시아계 노인의 초상화를 가리키며 설명했다.

"저 분의 이름은 고열가야. 사십칠 대이자 마지막 단군이지. 고열가 단군이 영혼을 완성하고 하늘로 돌아가기 전에, 그는 성스러운 왕조의 법을 보존하기 위해 스스로 왕위를 버리고 나라를 닫았네. 고열가 단군은 그만큼 강력한 의지와 결단력을 가진 사람이었어. 그런데 그가 물질세계를 떠날 때, 첫 번째 단군이 열었던 정신문명의 장막을 닫고, 물질문명과 정신문명을 서로 분리시켰지."

"왜 그렇게 한 거죠?" 루터스가 질문했다.

깨달은 성인이 스스로 정신문명의 맥을 거두었다는 것이 앞뒤가 맞지 않는다는 의문이 들었다.

"힘든 결정이었지. 하지만 고열가 단군이 그리한 것은 순수한 천법을 보존해야 한다는 큰 책임이 있었기 때문이네. 이전의 왕국에는 물질과 정신의 경계가 없었지. 하지만 천법에 따라 살지 않는 바깥 부족들과의 교류가 잦아지며 문화가 변질되기 시작했어. 사람들이 타락하기 시작하고, 그들이 가지고 있던 홍익 정신이 심각하게 흐려졌지."

선아가 부연 설명을 했다. "홍익은 단군 나라의 건국이념입니다. '널리 사람을 이롭게 하고, 세상을 올바르고 조화롭게 하라'는 뜻이지요."

카타테가 선아의 말에 덧붙였다. "그 뜻이 쉽게 와닿지는 않을 걸세. 요즘 식으로 보자면, 예를 들어 나이키에서 선전하는 '그냥 하자(Just do it)' 캠페인을 생각해보게. 지금은 우리가 그 말을 듣기만 해도, 그 회사의 철학과 캠페인의 정확한 의미를 바로 떠올릴 수 있지. 하지만 구천 년이 지나고, 나이키라는 회사도 잊혀져버린 먼 훗날에 누군가가 이 말을 듣게 된다면, 아마 어깨를 으쓱하며 '뭘 하라고?' 이렇게 생각하겠지?"

다들 한바탕 웃었다. 카타테에게는 오랜 경험에서만 우러나올 수 있는 깊은 지혜와 매력이 있었다. "정말로 특별한 것은 단지 홍익이라는 문구가 아니라 그 뒤에 있는 철학과, 왜 사람들이 그것을 건국이념으로 삼았는가, 하는 것이네. 단군 나라에서는 모든 사람들이 스스로가 공동체의 중요한 일부라는 것을 알고 적극적으로 움직였지. 모든 사람들이 항상 자신과 상대 모두에게 득이 되는 경험을 만들기 위해서 노력했다네. 나만 아는 이기적인 사람이 없었고, 자신의 능력이나 기술 여부를 떠나 다른 사람보다 더 우위를 점하려 드는 사람이 없었지. 공동체라는 단어를 그보다 더 잘 보여줄 수 있는 곳은 없을 거야. 모든 사람들이 자연스럽게 자신의 마음에서 우러나오는 진심으로 서로가 가진 것을 나누기 위해 최선을 다했어." 카타테는 선아와 손바닥을 마주치며 말했다. "이것이 홍익이지."

카타테는 몸을 앞으로 기울이며 아주 낮은 목소리로 말했다.

"이제 홍익 정신이 인류의 마음에 다시 불붙을 때가 왔네. 물질문명의 정점이 우리에게 찾아왔고 이제 여기서 새로운 시대가 열릴 것이네. 물질적 가치와 영적 가치가 하나로 융합되는 새로운 시대, 그것이 정신문명의 시대지. 새로운 시대의 개막과 함께 모든 거짓과 어리석음은 태양과 같이 밝아진 인류의 정신 앞에 구름처럼 흩어질 걸세. 그 일을 이루기 위해 그대들이 이 지구에 다시 온 것이네. 단군의 혈통이 곧 그대들의 혈통이고, 모든 인류가 하나의 뿌리에서 왔다는 것이 이제 곧 밝혀질 거야."

"어떻게 이런 것들을 아시는지요?" 노아가 질문했다. 그는 카타테가 알려준 모든 것을 조용히 경청하고 있었다.

"대부분의 기록은 소실되었지만, 우리 문화에서 이 왕조에 대한 약간의 단서들을 만날 수 있다네. 우리 인디언들의 먼 조상들은 아시아에서 시베리아를 거쳐 베링해를 넘어 이곳 아메리카로 이동했지. 우리의 말과 생활풍습의 뿌리에 그 잔영들이 남아 있어. 하지만 나는 이 모든 것을 지식으로서가 아니라 나의 경험과 깨달음을 통해 알게 되었네. 그대들 또한 나처럼 곧 모든 것을 알게 될 것일세. 우리의 역사를 계속 거슬러 올라가면 단군을 거쳐 자신을 만나게 되지."

카타테는 머리로 노아를 가리켰다.

"나의 육체가 비롯된 조상줄의 끝에는 황궁이 있지. 모든 인류가 여기 있는 네 명의 사명자들로부터 비롯했다네." 그는 노아와 토비, 루터스와 선아를 가리키며 말했다.

"인류의 기원에 대한 수천 가지의 이야기가 전해 내려왔지. 그 중의 많은 이야기는 이미 잊혀졌고. 널리 퍼진 이야기들은 우리가 미처 헤아릴 수 없는 방식으로 우리 종의 정체성에 영향을 미쳐 왔다네. 이 이야기들은 중요하지. 왜냐하면 우리가 어디서 왔고,

우리의 뿌리가 어디이며, 우리 자신과 우리의 행성, 우리의 창조주가 어떤 관계가 있는지를 보여주기 때문이네."

엔젤린이 머릿속의 생각을 꺼내듯 자신의 턱을 두드리며 말했다.

"아주 많은 사람들이 최초의 인간들에 대한 이미지를 떠올릴 때 성경에 나오는 에덴의 이야기를 생각하죠."

카타테가 대답했다.

"그것이 여러 세대에 걸쳐 널리 퍼진 이야기이기 때문에, 우리는 우리의 삶을 이원론적인 필터를 통해 보게 되었지. 선과 악, 밝음과 어둠, 보상과 처벌, 축복과 저주. 그 이야기가 수천 년간 인류 역사에 영향을 미쳐왔어. 우리는 회개하지 않는 사람들을 외면하는, 아버지 신의 사랑과 축복을 되찾기 위해 다투는 실낙원의 자녀들로 살아왔어. 우리는 신을, 한 종족보다 다른 종족을 더 선호하고, 국가간에 구원을 위해 전쟁을 벌이고 피를 흘리도록 몰아넣는 그런 존재로 만들어버렸지. 그 이야기는 우리가 어떻게 행동해야 할지, 우리가 누구인지를 알려주는 본보기였어. 그대들은 외부적인 압력이나 처벌을 받아 쫓겨난 게 아니네. 그대들은 스스로 마고성을 떠났지. 그것은 선택이었어. 그리고 또 다른 선택을 하게 될 때, 우리는 모든 생명의 포옹을 받으며, 어머니 행성의 품으로 돌아가게 될 걸세. 우리는 우리가 진정으로 누구인지를 기억하게 될 거야. 신성은 우리 모두 안에 있어. 단지 그것을 실현하기만 하면 된다네. 이것이 바로 깨달음이야."

카타테의 목소리가 변했다. 신성한 권위가 방 전체로 퍼져나

315

갔다.

"지금 이 자리에 모인 그대들이 처음이자 마지막으로 모든 인류의 영혼의 속박을 끊을 수 있는 기회를 갖고 있네. 선아가 그대들을 나에게 데려온 이유는, 마지막 전투를 준비할 수 있도록 내가 그대들을 도와주길 바라서야. 나는 그대들이 적들의 정체를 알고, 또 무엇을 위해 그 적들과 싸워야 하는지 알 수 있도록 해줄 것이네. 내가 그대들의 영안靈眼을 한 번 열면, 다시는 닫을 수 없어. 한 번 바뀌면 영원히 바뀌는 거야. 이 길을 그대들이 진정으로 선택해야 하는데 그럴 수 있겠나?"

"저희는 모두 결정했습니다. 준비됐습니다." 노아가 모두를 대표해서 말했다.

"좋아." 카타테가 고개를 끄덕였다. "나는 지금 그대들의 여섯 번째 차크라를 열어, 오감을 넘어선 차원과 그대들을 연결하려고 하네. 그대들이 지금 가지고 있는 능력은 최대치로 발휘될 것이고, 이 우주의 시작부터 현재까지의 모든 역사를 기억하게 될 거야." 카타테는 말을 마치고 북채를 집어 들었다.

선아는 자리에서 조용히 일어나 방의 조명을 어둡게 했다. 수정을 비추는 빛만이 어두운 방을 은은히 밝히고 있었다. 카타테는 북을 치기 시작했다. 느리고 규칙적인 북 소리가 사명자들의 모든 세포를 진동시켰다. 카타테는 자신의 부족에서 오랫동안 반복되어 온 음률과 리듬으로 천부경을 노래했다. 카타테는 매번 조금씩 다르게, 하지만 더없이 신성하게 천부경을 외며 스물네 시간 동안 쉬지 않고 북을 연주했다. 그들을 둘러싼 공기가 모두 순수한 생명의 입자로 변했고, 카타테는 사명자들을 순수한 에너지의 세계로 인도했다.

루터스의 호흡은 점점 깊어져, 마치 숨을 한 번 들이쉬고 내쉴 때마다 수십 년씩 지나는 듯했다. 루터스는 들숨과 함께 태어나고, 날숨과 함께 죽으며, 한 명씩 한 명씩 조상줄을 타고 올라가 지구의 시초에 도달했다. 그는 인간의 몸으로는 인지할 수 없는 마고 어머니의 본질을 느꼈다. 마고 어머니는 참으로 거대했다. 루터스의 의식이 아무리 확장되어도 마고 어머니의 끝을 알 수 없었다. 모든 자식들을 무조건적으로 사랑하는 마고 어머니는, 이 생명체들이 현실이라고 착각하며 꾸고 있는 모든 꿈을 품어주고 있었다.

선아는 마고 어머니가 자식들을 위해 어떻게 희생하고 있는지를 볼 수 있었다. 인간이 우주의 기운줄에서 떨어져 나갔을 때, 우주의 근원적인 파동과 주파수가 맞지 않게 되어버렸다. 더 이상 하늘의 에너지를 자유롭게 사용하여 자신의 주변에 강력한 에너지의 회전체인 토러스를 형성할 수도 없었다. 마고 어머니는 끝없는 욕망을 좇아가는 자식들을 기다려주기 위해, 스스로 우주의 완벽한 파동에 주파수를 맞추길 포기했다. 지구 어머니는 자신의 생명 에너지를 소모해가며 지구의 축을 일부러 영점에서 기울어지게 해서 이기적인 인간들의 에너지를 지탱해왔다. 하지만 이제는 그마저도 한계에 다다랐다.

선아는 지구의 자전축이 기울어져 있는 것이, 마고 어머니에게 는 마치 물 아래에서 숨을 참고 있는 것과 같은 일임을 느꼈다. 마고 어머니가 이제 한계에 도달했으니, 다같이 익사하지 않으려면 다시 물 밖으로 나와서 숨을 쉬어야만 했다. 지구가 숨을 쉬기 위해 현재 이십사 도까지 기운 지축을 영점으로 다시 되돌리면 현상태의 인류에게는 치명적일 터였다. 인류가 지축의 변화를 견디려면 자신이 가진 어둠과 집착을 내려놓고 밝은 빛이 되어야 했다. 그리고 빨리 변해야 했다. 더 이상 시간이 없었다. 그래서 마고 어머니가 지금 하늘의 법을 전하러 온 것이다. 마고 어머니는 우주의 파동에 맞추어 다시 완벽한 영점조율을 해야 하는 이 시점까지도 모든 인류를 너무나도 구하고 싶은 것이다.

토비는 엎지른 잉크처럼 지구를 덮고 있는 어두운 안개를 보았다. 사람들의 에고를 살찌우는 소비와 욕망과 같은 어두운 기운들이 이 지구의 영혼들을 좀먹고 있었다. 토비는 지구상의 대부분의 사람들이 이 어두운 기운들에게 조종당하고 있는 것을 보았다.

노아는 지축이 바로 설 때 의식이 밝아지지 못한 영혼들이 어떤 일을 겪게 될지를 느꼈다. 어두운 이들의 영혼은 지구에서 튕겨나가 은하계의 중심에 있는 블랙홀로 빨려들어갈 것이다. 그들의 영혼은 블랙홀에서 압축되고 하나가 되어 우주의 일부가 될 것이다. 그들은 존재하긴 하겠지만 더 이상 인간으로서 존재하지는 못할 것이다.

엔젤린은 그녀 자신의 미래를 보았다. 그리고 그녀가 이루기 위해 태어난 임무를 보았다. 그것은 엔젤린의 삶의 궁극적 목적이 었다. 엔젤린은 단 하나의 사명을 완수하기 위해 이 땅에 왔으며, 그것은 강연을 하고 다니는 종류의 사명이 아니었다. 자신의 운명을 알게 되자, 엔젤린은 환희심과 두려움을 동시에 느꼈다. 엔젤린은 여전히 선택할 수 있었다. 아무리 운명이라고 하더라도, 항상 선택은 본인만이 할 수 있었다. 운명에 따라 엔젤린이 사명을 완수하면, 엔젤린의 영혼은 완전하게 완성되리라. 엔젤린은 위대한 사명을 받은 위대한 영혼이었다. 이 사명을 완수하고자 한다면 엔젤린이 알고 있는 모든 것, 엔젤린을 이루었던 모든 것, 그리고 그녀의 목숨까지 바쳐야 했다.

카타테가 북을 치는 동안 시간은 의미가 없었다. 사명자들은 억겁의 시간과 공간을 지나며 셀 수 없이 많은 기억 속을 여행했다. 그 모든 기억들을 직접 경험했기에 그들은 단 하루 만에 수천 년을 산 것처럼 성숙해졌다.

카타테는 이튿날 북채를 내려놓았다. 귀가 멀 것 같은 침묵이 그들을 감쌌다. 카타테가 처음에 약속한 것처럼, 사명자들은 그들이 무엇에 대적해야 하는지, 그리고 그들이 승리하는 것이 왜 그토록 중요한지를 알게 되었다.

CHAPTER 53

"그대들에게 하늘의 예언을 들려주겠다." 카타테가 우주적인 울림이 담긴 목소리로 말했다.

"그대들의 사명은 마고 어머니의 전달자가 되어 인간의 본성을 막고 있는 어두운 에너지를 절멸하는 것이다. 마고 어머니는 이 순간을 오랫동안 기다려왔다." 카타테가 말했다. "이제 내가 알고 있는 모든 것을 그대들에게 알려주겠다."

"삼 일 뒤, 물질문명과 정신문명 사이의 경계가 가장 희미해질 때, 지구가 다음 별자리의 주기로 넘어가는 순간, 지구의 자기장이 가장 유동적으로 바뀐다. 하늘의 힘이 가장 강한 인시(새벽 4~6시)에 모두 벨락 위에 모여라." 카타테가 말했다.

"그대들은 수많은 강의를 통해 하늘의 기운과 지구의 마음을 전하는 것을 연습해왔다. 하지만 마지막 전투는 연습과는 완전히 다른 차원의 대업이다. 그대들은 수십, 수백 만의 영혼들을 에너지로 힐링하고, 어두운 의식을 정화해야 한다. 그대들을 통해 마고 어머니가 세상 사람들의 고통을 정화해주실 것이다. 그대들은 그들의 영적 고통과 방황을 한 올 한 올 자기 자신의 일처럼 느끼며, 매 순간 도망치고 싶은 유혹을 받을 것이다. 그대들이 진정으로 하나가 되지 못한다면 그대들 자신의 목숨뿐만 아니라 전 지구의 의식이 위험에 처하게 될 것이다." 카타테가 경고했다.

"그대들이 성공할 수 있는 유일한 방법은 한마음, 한뜻으로 뭉치는 것밖에 없다."

카타테는 말을 마치고 엔젤린의 손을 잡았다. 그리고 그녀를 벽에 걸린 마고 어머니의 초상화 앞으로 데려갔다.

"이제 선택을 해야 할 때이다." 카타테가 엔젤린에게 말했다.

"네, 저도 보았습니다, 스승님!" 엔젤린이 고개를 숙이며 말했다. 카타테는 엔젤린의 손을 꼭 잡으며, 다른 한 손으로 그녀의 턱을 들어올렸다. 엔젤린은 카타테의 눈 속에서 우주의 부드러운 에너지를 볼 수 있었다. 모든 생명체를 기둥처럼 감싸고, 그 형체를 유지할 수 있게 해주는 거대한 사랑의 기운이었다.

"이 길을 끝까지 가겠는가?" 카타테가 질문했다.

"네." 엔젤린이 대답했다.

"두려운가?"

엔젤린은 무엇이라 답을 해야 할지 모른 채 미소 지었다. "네"라고 말할 수도 있고, "아니오"라고 말할 수도 있다. 하지만 그 어떤 답을 하더라도 엔젤린의 마음 속에 선 결심이 변하지는 않을 터였다.

"선택했습니다." 엔젤린이 답을 했다.

카타테는 사명자들을 돌아보았다.

"이제 그대들 앞에 있는 이 영혼은 진정으로 위대한 영혼이다. 엔젤린은 이 지구의 운명을 목숨 걸고 책임질 것을 선택했다. 다

같이 엔젤린에게 사랑과 존경과 감사를 담아 삼배의 예를 올리자.”

사명자들이 다 같이 일어나 삼배를 올리는 모습을 바라보는 엔젤린의 영혼도 감동으로 떨려왔다. 엔젤린은 자신과 가장 가까운 네 명의 벗들이 가장 높은 예를 갖춰 존경을 표하고, 그들의 영혼이 다이아몬드처럼 빛나는 것을 바라보았다. 그들 속에서 엔젤린은 자신의 영혼을 보았다.

“저와 함께 사명을 선택한 여러분들 모두 위대한 영혼입니다.” 엔젤린이 말했다. 엔젤린 또한 그들에게 삼배로 답하며, 이마가 바닥에 닿을 때마다 이 순간의 소중함을 되새겼다.

“마지막까지 함께합시다.”

“함께하겠습니다.” 선아가 일어나는 엔젤린을 끌어안으며 말했다.

“나도 하겠소.” 노아가 두 사람을 감싸며 말했다.

“나도.” 루터스가 말하며 합류했다.

토비 또한 다가와서 모두를 껴안았다. 토비는 울고 있었다. 뱃속 깊은 곳에서 뜨거운 눈물이 치밀어 올라 목소리가 나오지 않았지만, 토비 또한 함께하겠다는 맹세를 온 영혼을 담아 했고, 그의 맹세는 모든 차원으로 천둥처럼 퍼져나갔다.

카타테도 그들을 끌어안았다. 육六생生칠七팔八구九운運. 여섯이 모여서 일곱과 여덟과 아홉의 새로운 변화가 일어나리라. 엔젤린은 천부경의 한 구절이 기억났다. 그들은 마지막 여정을 시작한 것이다. 각 사명자들의 신물들에서 영롱한 빛이 나오고, 그들의 일곱 개 차크라가 하나로 연결되어 빛났다.

"그대들은 성공할 것이다."

카타테가 말했다.

"그대들이 인류의 희망이다."

* * *

열기구가 사명자들을 싣고 공중으로 떠올랐다. 노아는 한 번도 열기구를 타본 적이 없었다. 카타테는 그들이 도로나 공항에서 기다리고 있을 적들과 정부의 눈을 피해 세도나로 갈 수 있도록 열기구를 제공했다. 그들은 정확한 시간에 벨락에 도착해야만 했다. 인류가 준비가 되었든 되지 않았든, 지축은 정해진 시간에 제자리로 돌아갈 예정이었기 때문에 조금도 지체할 수 없었다. 노아는 서서히 계곡에서 산으로 변해가는 장엄한 풍경을 감상했다. 해가 질 무렵 그들은 세도나에 도착했다. 고대 인디언의 성지였던 이 땅은 마지막 순간까지 신성한 보호의 에너지로 그들을 맞이했다.

"여기서부터 벨락까지는 걸어가야 합니다." 열기구가 착륙한 후 선아가 설명했다.

지난 삼 일 동안 사명자들은 매일 천 배씩 절수련을 했다. 절수련을 마치자 그들의 마음은 맑아지고 가슴에 희망이 느껴졌다. 그리고 한 걸음 한 걸음 걸을 때마다 아주 확실하게 그들의 사명을 새길 수 있을 만큼 다리가 아프기도 했다.

"전화를 한 통 해야겠네." 노아가 편의점을 지나가다가 말했다. 그들은 추적당하지 않기 위해서 휴대폰을 모두 버리고 온 터였다. 노아는 공중전화에 동전을 넣고 수화기를 들었다.

"여보세요?" 노아의 딸, 애니가 전화를 받았다.

"애니?" 답을 하는 노아의 심장이 쿵쾅거렸다.

"아빠!" 애니가 소리쳤다. "어디세요? 사람들이 자꾸 찾으러 와요. 괜찮으세요?" 애니의 목소리에는 걱정이 가득했다.

"잘 지낸단다, 얘야." 노아가 애니를 안심시켰다. "너한테 부탁할 게 하나 있는데."

"뭐든지요." 애니가 말했다.

"내가 보내준 CD 있지? 내일 아침, 정확히 일곱 시부터 아홉 시까지 반드시 그걸 듣고 있어야 한다." 노아는 작년 크리스마스에 애니에게 천부경 CD를 선물로 보냈다. 효과가 있을지는 장담할 수 없지만, 딸과 사위의 영혼이 지축이 바로 서는 동안 튕겨져 나가지 않도록 뭐라도 해야만 할 것 같았다. 카타테가 보여준 환영에서, 노아는 지구와 함께 의식의 전환을 하지 못한 영들의 미래를 보았다. 그 영들은 모든 영혼의 기억과 업장이 소멸될 것이었다. 우주의 시작부터 아메바까지 그리고 아주 운이 좋아서 지성을 가진 존재가 다시 되기까지 억겁의 세월을 다시 살아야만 할 터였다.

"아빠?" 애니가 말했다.

"중요한 일이야. 지금도 가지고 있니?" 노아가 다급하게 말했다.

"네." 애니가 당황해서 굳은 목소리로 대답했다. 노아도 지금 자신이 주문한 일이 얼마나 황당한 일일지 이해했다. 현상 수배범들과 함께 쫓기는 아버지가 갑자기 전화를 해서 CD에 있는 음악을 들으라고 간곡히 부탁하니 말이다. 이해하기 힘든 것이 당연했다.

"이해할 수 있게 설명하긴 힘들지만 중요하단다. 약속할 수 있지?"

"약속할게요. 집에 오실 거예요?" 애니가 말했다.

"곧 가마, 애야. 집에 금방 갈 거야. 사랑한다." 노아는 진심이었다. 애니는 그에게 언제나 사랑스러운 아이였고, 늘 그럴 것이었다.

노아는 전화를 끊고 엔젤린, 선아, 토비, 루터스와 함께 벨락으로 다시 향했다.

"마지막으로 아쉬운 것은 없어요?" 토비가 모두에게 물어보았다.

"카타테님과 같이 갈 수 있다면 좋았을 텐데 싶네요." 선아가 말했다.

선아는 카타테가 다음 세대를 이끌어갈 어린이들 곁에 남아 있는 것이 중요하다는 것을 잘 알지만, 마음 한구석에는 가장 두려운 임무를 앞둔 이 순간에 스승님이 함께 있었으면 하는 마음이 있었다.

"세상에 MFS를 조금 더 알렸으면 좋았다." 루터스가 말했다.

"마지막으로 아이스크림을 하나 못 먹어서 아쉬운데요." 엔젤린이 고백했다.

모두 웃었다. 노아도 함께 웃었지만, 그의 마음은 오직 하나에 집중되어 있었다. 사명자들을 모두 안전히 벨락 정상까지 데려가는 것. 이제 거의 시간이 다 되었다.

CHAPTER 54

이상하게 적막한 밤이었다. 귀뚜라미 소리도, 제철을 맞은 매미 소리도, 멀리서 한 번씩 들리던 코요테의 울부짖음도 없고, 바람 마저 마치 숨을 참고 있는 듯 멈춰 있었다. 오직 벨락을 오르는 사 명자들의 발소리만 고요한 밤 속에 메아리치고 있었다.

"이상하다." 루터스가 말했다. 선아도 동의하며 고개를 끄덕였 다. 마치 누군가 공기에서 생명을 뽑아내버린 듯했다. 선아는 숨 을 끝까지 들이마시는 것이 힘들다고 느꼈다. 긴장해서 그러리라 생각했지만, 어쩌면 그것이 다가 아닐지도 몰랐다.

"뭔가 잘못된 것 같은 느낌이 들어." 토비가 잔뜩 긴장한 채 주 변을 둘러보았다.

"자, 다들 되도록 빨리 정상으로 올라가세." 노아가 진중하게 말했다.

이번 등반은 전에 했던 등반보다 훨씬 힘들었다. 마치 오늘 밤 만 중력이 수십 배로 늘었거나, 보이지 않는 힘이 그들을 내리누 르고 있는 것만 같았다. 토비의 발밑에서 나뭇가지가 부러지며 큰 소리를 냈다. 모든 사람이 반사적으로 움찔했다.

"그냥 나뭇가지예요." 토비가 웃었다.

선아는 한숨을 내쉬며, 놀란 가슴을 진정시키려 애썼다. 하지만 자꾸 누군가가 어디서 지켜보고 있는 것 같은 불안한 느낌이 가시지 않았다.

"저승사자가 튀어나올 것 같은데, 나만 그런가요?" 토비가 분위기를 조금이라도 띄우려고 농담을 던졌다.

"저도요." 선아가 대답했다. 선아는 아직도 귓속에 심장이 두방망이질치는 소리가 울리고 있었다. 엔젤린은 무엇을 보게 될지 몰라도 저승사자를 하룻강아지처럼 보이게 할 만한 일이 일어날까 두려웠다. 장이 꼬일 것 같았다.

"몇 시예요?" 엔젤린이 질문했다.

노아는 시계를 확인했다. "새벽 네 시."

엔젤린은 어두운 하늘을 쳐다보았다. 무한히 멀던 하늘이 어느새 머리 위로 뚝 떨어진 것 같았다. 산 위인데도 폐소공포증에 걸릴 것만 같은 느낌이었다.

사명자들은 산 정상에 도착해서 엔젤린을 중앙에 두고 원을 그리며 앉았다.

"이제 어떻게 하죠?" 엔젤린이 질문했다.

"기다립시다." 선아가 대답했다.

* * *

모든 생명이 태어날 때부터 죽을 때까지 항상 존재해 왔던 소리가 있다. 너무나도 당연하게 존재해 왔기에, 우리 뇌에서 생존에 필요 없다 여겨서 존재한다는 사실을 인식조차 못한 소리이다. 하지만 누구에게도 들리지 않던 그 소리가 멈추자, 지구상에 있는 모든 사람들이 그 정적을 눈치챘다. 세상이 죽은 듯이 조용해졌다.

지구가 현재의 지축을 기준으로 하던 회전을 서서히 멈췄고, 모든 땅과 바다가 흔들리며 정지 상태에 이르렀다. 아직 어둠이 걷히지 않은 새벽의 세도나 정경을 둘러보던 엔젤린의 온몸에 소름이 끼쳤다.

"지금이다." 선아가 다급하게 외쳤다. 벨락 위의 절대적인 고요가 천부경을 봉송하는 소리로 채워지기 시작했다.

카타테는 사명자들에게 그들이 해야 할 일을 명확히 알려주었다. 사명자들은 지구의 축이 이십사 도에서 영 도로 한 번에 옮겨지는 가장 역사적이고 극적인 두 시간 동안 천부경을 쉬지 않고 봉송하며 벨락 정상의 에너지권을 가장 순수한 상태로 유지해야 했다.

엔젤린은 제 3의 눈이 열리며 눈앞에 다른 차원의 세계가 펼쳐지는 것을 보았다. 밀도가 있는 물리적인 형태가 아닌 에너지의 홀로그램과 같은 차원이었다. 엔젤린이 새롭게 눈을 뜬 상태에서 천부경을 봉송하는 동료들을 보자, 이전과는 다른 방식으로 천부경을 외는 것의 의미를 알 수 있었다. 천부경 여든한 자의 글자들의 파동이 우주로 울려 퍼지며 사명자들의 백회로 에너지를 부르고 있었다. 천부경을 봉송하는 것 자체가 마치 우주의 창조 에너지에 직통 전화를 하는 것과 같았다. 정확한 순서로 경전이 입력

되자, 기운줄이 연결되어 우주와 한순간에 소통할 수 있었다.

원형으로 둘러앉아 있는 사명자들의 형체가 신성의 빛으로 가득 차자, 각자의 몸 주위로 토러스가 형성되어 마치 불꽃놀이처럼 역동적으로 빛을 뿜으며 회전했다. 그리고 다섯 명의 토러스가 점점 커져서 합쳐지자, 고대 문명에서부터 반복되어 오던 기하학적인 문양인 생명의 꽃 모양이 형성되었다.

"좋아, 잘 하고 있어!"

엔젤린은 사명자들의 몸의 형태가 점점 사라지는 것을 보았다. 오직 눈부신 신성의 빛으로 만들어진 스피리추얼 바디만이 남아 있었다. 각각의 형체는 완전히 투명해졌지만 그들의 영혼을 증거하는 신물의 모양으로 빛이 뿜어져 나왔다. 루터스는 빛의 검으로, 선아는 황금 종으로, 토비는 진실을 비추는 거울로 변해 있었다. 토비의 거울은 이때까지는 어두운 영혼들을 비추어왔으나, 지금은 사명자들의 순수한 신성의 빛을 반사하여 그들의 힘을 몇 배로 증폭시키고 있었다. 노아의 차크라 펜던트에서는 각 차크라의 색들이 선명한 무지개처럼 빛났다.

엔젤린은 자신의 영혼의 자리에 아쿠아마린 수정이 보이리라는 것을 알았다. 하지만 엔젤린은 자신의 몸이 공중으로 떠오르리라고는 예상치 못했다. 천부경이 한 글자씩 봉송될 때마다 엔젤린의 몸이 토러스 중앙으로 더 높이 떠올랐다. 투명한 천부경 에너지장의 가장 높은 곳에 다다르자, 엔젤린의 영혼의 눈앞에 광활한 대지가 끝없이 펼쳐졌다. 숨 막히도록 아름다웠다. 이것이 우리의 성이구나, 짐작했다. 이 지구는 마고 어머니의 아이들이자 하늘의 아이들이 살고 있는 성이었다. 이 지구의 구석구석은 신의 마음으로 만들어졌기 때문에 사랑으로 가득 차 있었다.

엔젤린의 의식은 마치 연인의 손길처럼 부드럽게 확장해서 계곡과 산, 바다와 숲을 훑으며 온 지구를 덮었다. 본성의 선율인 천부경의 소리가 화음을 이루며 엔젤린을 완전히 감쌌다.

그리고 엔젤린은 이 완벽한 흐름을 거스르는 장애물을 느꼈다. 그들이 함께 형성하고 있는 본성의 장막이 찢어졌다. 그리고 모든 존재들을 위험에 몰아넣은 거짓된 세계로 연결된 문이 열렸다. 엔젤린은 찢어진 본성의 장막 너머에 무엇이 있는지는 몰랐지만, 결코 좋은 것은 아니란 것을 느낄 수 있었다. 지금이 바로 그 순간이었다. 그녀가 태어난 이유를 결정짓는 순간. 카타테가 엔젤린에게 삼배의 예를 올리고, 엔젤린이 위대한 영혼이라고 선언하게 한 그 순간! 하지만 아직까지도 선택은 엔젤린의 몫이었다. 엔젤린은 마음 속에서 마고 어머니의 목소리가 울려 퍼지는 것을 들었다.

"네게 돌아올 수 있도록 초대해 주어라. 용기를 내라. 너는 혼자가 아니다. 그 모든 것들을 네게 불러들이면 내가 너를 도와주겠다. 하지만 그 모든 것들을 지금 이 순간 선택하고 선포해야 한다."

엔젤린은 마고 어머니가 알려준 바를 온 마음으로 받아들여서 행했다. 그 선택을 한 순간, 즉시 응답이 있었다. 엔젤린은 모든 어두운 기운의 마음을 불러 자신에게 들어오도록 허락했다.

"그 어떤 피조물에도 두려워하지 말거라. 창조된 모든 것들은 네가 다시 무無로 돌릴 수 있단다. 너는 신의 숨결로 만들어진 인간으로서 그럴 권한이 있다. 그것을 방해하는 잡념들은 모두 거짓이다. 네가 모든 것을 고칠 수 있다고 굳게 믿어야 한다."

엔젤린은 그들을 향해 밀려오는 어두운 기운을 바라보았다. 그것은 마치 피에 굶주린 수십억 마리의 흡혈 박쥐처럼 날아오고 있었다. 엔젤린은 이것이, 인간이 본성에서 분리된 이후에 겪은 모든 고통과 오욕과 망상의 결과물이라는 것을 알 수 있었다.

엔젤린은 다가오는 어둠을 직시해야 한다는 것 외에, 무엇을 어떻게 해야 하는지 전혀 몰랐다. 엔젤린은 심호흡을 하고 마음의 준비를 하며 기다렸다.

CHAPTER 55

검은 구름이 사방에서 파도처럼 그들에게 들이닥쳤다. 엔젤린은 전 지구상에서 해원解寃을 해야 하는 모든 무의식적 에너지를 불러들였다. 그리고 이제 그것들이 도착했다. 세계가 시작한 그날부터 지금까지 생겨난 수천, 수만의 떠도는 혼백들, 자손들에게 묶인 조상령들, 지박령들(떠도는 혼귀), 차원 사이에 갇힌 영들, 모든 생각, 감정, 저주, 잘못된 피조물들이 모두 질풍노도처럼 그들에게 들이닥쳤다. 몇 초 되지 않아 엔젤린은 검은 덩어리에 거세게 부딪혀 토러스의 중앙으로 수직으로 밀려서 떨어졌다. 엔젤린이 돌바닥에 부딪히자 모두를 감싸고 있던 수정과 같은 토러스가 충격을 못 이기고 산산조각이 났고, 모든 사명자들이 공격에 노출되었다.

"안 돼!"노아가 고함쳤다. 들이닥친 영들은 사명자들의 영혼의 빛을 늑대처럼 게걸스럽게 먹어치웠다. 고약한 냄새가 코를 찔렀다. "앗 따거!"루터스가 울부짖었다. 루터스는 자신의 몸에 붙어 있는 영들을 떼어내기 위해 온몸을 철썩철썩 두드렸다.

어둠이 마치 말벌떼처럼 그들을 감쌌다. 수백만의 존재들이 서로를 밀어붙이며 자신들이 완성되기 위해서 필요한 만큼의 빛을 흡수하려고 아우성쳤다. 지박령 하나가 토비의 얼굴에 달라붙었다. 에너지를 뺏기는 고통에 토비의 몸이 경련했다. 지박령은 토비의 몸에서 빛을 양껏 빨아들여 완전히 환해진 다음에서야 빛 속으로 사라졌다. 토비는 숨을 쉬기 위해 고군분투했다. 토비의 영혼 뿌리 깊은 곳에서부터 고통이 밀려왔다.

"어떻게 싸우나?" 루터스가 소리 질렀다.

"더 많은 에너지가 필요해요. 천부경을 봉송해요!" 선아가 소리 질렀다.

"너무 많아요." 토비가 항의했다. 사악한 말미잘같이 생긴 다른 영혼이 토비의 간에 들러붙었다. 토비는 주춤하며 옆구리를 부여 잡았다. 엔젤린은 지금 느끼는 것과 같은 영적 고통을 느껴본 적이 없었다. 하지만, 극한의 고통 속에서 엔젤린은 가장 근원적이고 핵심적인 것을 깨달았다. 엔젤린이 고통을 인정하고 받아들이자, 이전처럼 고통스럽지 않은 것이었다. 고통에 대한 엔젤린의 저항이 고통이라는 느낌을 만들고 있는 것이었다.

엔젤린은 어두운 영들에게 겹겹이 둘러싸인 채 일어나서 동료들에게 소리 질렀다.

"이것들은 진짜가 아니야!"

그러나 아무도 이해하지 못했다.

"진짜가 아니라구!" 엔젤린이 다시 한번 소리 질렀다.

사명자들은 다들 허물어져서 고통 속에 몸을 뒤틀고 있었다. 엔젤린은 왜 자신밖에 이 사실을 알아차리지 못했는지 알 수가 없었다. 모든 것이 너무나도 단순했다. 엔젤린은 자신과 함께 세상을 구하기 위해 온 동지들의 얼굴을 바라보았다. 그러자 그녀의 마음에서 사랑이 넘쳐흘렀다. 엔젤린은 아무런 말도 하지 않고, 그저 마음에서 사랑이 흘러나오는 것을 느꼈다. 뭔가 바뀌고 있었다. 엔젤린의 마음에서 만들어진 사랑이 어둠을 약하게 만들고 있었다. 영들이 빛을 빨아먹으러 오기도 전에 빛의 파동이 그들에게 밀려나갔다. 엔젤린은 단지 천부경을 봉송하는 것만으로는 부족하다는 것을 깨달았다. 가장 강력한 경전이더라도 두려움의 마음으로 봉송해서는 세상을 구할 수 없었다. 답은 사랑이었다. 그것도 엔젤린의 사랑이었다.

"엔젤린!" 토비가 엔젤린의 생각을 읽고 그녀를 말리려 했다.

"이 전투는 주먹이나 정신력으로 하는 싸움이 아니야. 오직 사랑만이 우리를 구할 수 있어." 엔젤린의 능력은 사랑이었다. 이때까지는 그 능력이 치유라고만 믿어왔지만, 본질은 그것이 아니었다.

"안 돼!" 루터스도 말리기 위해 밀려오는 영들의 덩어리를 뚫고 엔젤린의 팔을 잡으려 했다.

"여러분들은 임무를 완수했습니다. 저를 이곳에 데려와주시고 보호해주셨어요." 엔젤린이 부드럽게 말했다. 선아와 노아는 엔젤린이 말을 꺼내고서야 그 뜻을 이해했다.

"엔젤린!" 노아 또한 막아섰다.

"아무것도 모르던 시절부터 저는 이 순간을 평생 기다려왔습니다." 엔젤린은 노아의 얼굴을 손으로 감쌌다. "사람들에게 더 좋은 꿈을 꾸는 법을 알려주세요." 엔젤린은 이 말을 끝으로 돌아서서 절벽 쪽으로 뛰어갔다.

"안 돼!" 토비가 엔젤린을 쫓아갔다. 엔젤린은 토비를 무시하고 가장자리에 서서 외쳤다.

"나를 통해서 너희가 해원에 이를 것이다!" 엔젤린이 커다란 목소리로 영들에게 소리쳤다. 그렇지만 영들은 그녀의 목소리가 아닌 순수한 사랑의 파동을 느끼고 엔젤린에게로 관심을 돌렸다. 그것은 모든 병을 낫게 하는 파동이고, 모든 어둠을 밝히는 빛이며, 모든 질문에 대한 답이었다. 그것은 완성을 위한 유일한 해답이며, 이 세상에 부족한 모든 것의 대안이었다. 그것은 유일하게 진실로 중요한 것이었다. 그것은 사랑이었다.

몇 초 만에 엔젤린은 검은 에너지의 덩어리들로 뒤덮였다. 그 덩어리는 이때까지 존재했던 모든 분노와 실망, 집착, 절망의 결정체였다. 토비는 엔젤린을 검은 무리에서 떼어내려고 했지만 불타는 듯한 고통에 손을 뗄 수밖에 없었다. 토비는 아직 엔젤린처럼 이 모든 것이 환상이라는 것을 깨닫지 못했다. 검은 기운이 엔젤린을 집어삼키는 소리가 천둥처럼 공간에 메아리쳤다. 곧 엔젤린은 한 조각도 남지 않을 것이다. 그리고 엔젤린은 그녀 자신을 남김없이 허락했다. 왜냐하면 엔젤린은 마침내 사랑을 알게 되었기 때문이다.

CHAPTER 56

애니의 남편 빌은 슬리퍼를 구겨 신고 비틀비틀 거실로 향했다. 애니는 먼저 도착해서 CD 플레이어와 씨름하고 있었다.

"아버님은 내가 늦잠 잘 수 있는 날이 토요일뿐인 걸 모르셔?" 빌이 툴툴거렸다.

"그냥 소파에 누워 있기만 하면 돼." 애니가 재생 버튼을 누르자, 스피커에서 천부경이 흘러나왔다.

"좀 이상하지 않아?" 빌이 항의했다.

"아빠한테 약속했단 말야." 애니가 말했다.

"그냥 했다고 하면 안 돼?"

"그때 우리 아빠 목소리 못 들어서 그래." 애니가 말했다.

애니의 아버지, 노아는 진지한 사람이었다. 노아가 무슨 말을 하거나 무슨 행동을 할 때는 항상 의미가 있었다. 애니는 다른 건 몰라도, 아버지가 자신에게 무언가를 부탁하는 데에는 분명히 이유가 있으리라는 것을 확신했다. 애니는 소파에 앉아 있는 빌 옆자리로 다가와 그에게 편안하게 몸을 기댔다.

"그럼 이제 뭐 하면 돼?"

"그냥 듣기만 하면 되는 것 같아."

빌은 애니의 뺨에 입을 맞춘 후 그녀를 더 가까이 끌어당겼다.

얼마 지나지 않아 빌은 졸기 시작했다.

애니는 팔짱을 끼고 여러 사람이 화음을 이루며 천부경을 봉송하는 소리를, 그리고 빌이 나지막이 코고는 소리가 같이 어우러지는 것을 들었다. 얼마 지나지 않아 애니도 잠에 들었다. 그리고 얼마 후, 애니는 정수리 위에서 뭔가 폭 하고 터지는 듯한 느낌에 잠이 깼다. 눈을 감고 있었는데도 눈앞이 하얘지고, 누워 있는데도 기절할 것 같은 기분이 들었다. 혈관을 타고 피가 흐르는 느낌이 따끔따끔했고, 마치 독감에 걸린 것처럼 온몸이 쑤셨다.

빌도 몸을 뒤척였다. 어디가 불편한 듯 끙끙대는 소리가 새어나왔다. 빌이 잠결에 신음소리를 내며 몸을 반대편으로 돌리자, 애니는 소파 가장자리로 밀려났다. 애니는 빌 쪽으로 돌아누워 그를 끌어안았다.

모골이 송연한 비명소리가 창을 타고 들어와 거실에 쩌렁쩌렁 울렸다. 애니는 놀라서 아픈 것도 잊고 벌떡 일어났다. 빌도 거의 동시에 소파에서 뛰쳐나왔다.

"무슨 일이지?" 빌이 경계하는 눈초리로 질문했다. 또 다시 비명소리.

"비클스 아저씬가봐." 애니의 심장이 귓가에서 두방망이질 쳤다.

빌과 애니는 단 몇 초 만에 이웃집 대문 앞에 도착했다. 빌이 주먹으로 문을 쾅쾅 두드리는 소리가 동네에 울려 퍼졌다.

"비클스 아저씨?" 빌이 다급하게 소리 질렀다.

비클스씨는 사실 평판이 나쁜 할아버지였다. 이기적이고 욕심

많으며, 퉁명스럽고 무례했다. 옆집 잔디가 기준치 이상으로 1밀리미터라도 길게 자라면 주민협회에 신고하는 그런 부류였다. 게다가 참견하는 것도 좋아했다. 빌은 비클스씨가 밖에 불빛이 비칠 때마다 블라인드 사이로 수상쩍게 훔쳐보는 것을 종종 목격했다. 비클스씨는 빌과 애니가 쓰레기를 내놓을 때마다 슬쩍 내용물을 들여다 보았고, 주변에 흑인 이웃들의 쓰레기를 뒤지며 다 쓴 치약통, 혹은 토마토 통조림 내에 신고할 만한 내용물이 없는지 찾곤 했다. 심지어 휴일에 빌과 애니가 집에 사람을 초대해서 약간 오래 머물게 하자, 소란죄로 경찰에 신고하기도 했다.

빌은 비클스씨가 아내에게 사소한 일로 언성을 높이는 소리가 들려올 때마다 마음속으로 참을 인을 열 번씩 그리곤 했다. 비클스씨는 하는 일 없이 소파에서 TV만 보면서, 부인이 장 본 것을 나르다 문을 늦게 닫거나, 술을 늦게 내주면 종종 온 동네가 떠들썩하게 소리를 지르곤 했다.

빌은 평소의 불만은 접어두고 이웃집의 문을 박차고 들어갔다. 그리고 눈앞에 벌어진 광경에 깜짝 놀라 제자리에 못 박혔다. 만일 두 눈으로 직접 보지 않았다면 도저히 믿지 못할 광경이었다.

비클스씨는 땅바닥에서 몸을 비비꼬며 죽을 듯이 비명을 지르고 있었다. 고통에 겨워 죽고 싶어 하는 듯했다. 비클스씨는 얼굴이 보랏빛이 된 채 눈을 크게 뜨고 간헐적으로 비명을 지르며 온몸을 쥐어뜯고 있었다.

불가사의하게도, 마치 엑스레이로 보듯 비클스씨의 신경계가 어두운 색으로 피부 아래에 비쳐 보였다. 수많은 신경 다발을 타고 검고 진득한 기운이 그의 얼굴쪽을 지나 정수리 쪽에 실타래처럼 엉켜 있었다. 비클스씨의 얼굴을 가리고 있는 어두운 기운 사이로 뇌 아래쪽, 뇌간 위치에서 밝은 빛이 새어나왔다.

빌은 그 모든 초자연적인 광경과 비클스씨의 공포에 질린 표정을 평생 잊지 못할 것만 같았다. 몇 천 년을 살더라도 잊을 수 없는 광경이었다. 냄새 또한 고약했다. 욕망과 절망의 시큼한 냄새였다. 마치 환기를 한 번도 시키지 않은 어두운 방에서 죽어가는 영혼의 냄새 같았다.

애니가 비클스씨를 부축하려 달려왔지만, 냄새 때문에 역한 헛구역질이 나왔다.

"뜨거워!" 비클스씨가 자신의 머리를 주먹으로 마구 때리며 소리 질렀다.

비클스씨의 머릿속에서 빛이 움직이고 있었다. 비클스씨의 뇌간에 있던 빛이 엉켜 있는 어두운 기운을 뚫고 정수리로 나오자 비클스씨가 다시 한 번 고통스럽게 소리 질렀다. 태양처럼 밝은 후광이 비클스씨의 정수리에서 나와 떠오른 후, 천국에서 비추는 스포트라이트처럼 비클스씨를 비추었다.

"앗 뜨거!" 비클스씨가 몸에 붙은 불을 끄려는 것처럼 온몸을 두드렸다. 비클스씨의 온몸에서 사악한 검은 올챙이 같은 기운들이 무리를 지어 머리 쪽으로 헤엄쳐갔고, 후광의 뜨거운 빛 아래에서 재가 되어 사라졌다.

빌은 숨을 참으며 비클스씨 옆에 무릎을 꿇었으나 어떻게 도와 줘야 할지 전혀 감이 오지 않았다. 그도 이런 광경은 난생 처음이었다.

"911좀 불러줘!" 빌이 소리쳤다.

애니가 부엌 쪽으로 달려가 전화기를 들었다. 애니는 코를 막은 채 걱정스러운 눈길로 빌을 바라보았다. 빌은 비클스씨에게서 잠시 떨어져 숨을 쉰 후, 자신의 점퍼 목 부분을 한 손으로 올려서 코를 막았다. 빌은 지독한 냄새에도 불구하고 비클스씨를 어떻게든 돕고 싶었다. 마지막으로 비명을 지른 후 비클스씨의 몸이 축 늘어졌다. 비클스씨는 기절했다.

평생 동안의 어둠이 모두 타버리자 비클스씨의 피부에서 윤이 나기 시작했다. 비클스씨의 얼굴은 놀랄 만큼 탱탱하고 젊어진 것처럼 보였다. 그리고 마치 아기처럼 배로 편안하게 호흡하고 있었다. 사실, 비클스씨는 빌이 이때까지 그를 알고 지낸 이래로 가장 평화로워 보였다. 마치 태어나서 가장 달콤한 꿈을 꾸고 있는 천사 같은 모습이었다. 마침내 비클스씨는 평화를 찾은 것이다.

CHAPTER 57

사명자들을 질식시키던 어두운 기운들이 물러가자, 루터스는 예전에 그가 수감되어 있던 멕시코 연방 감옥의 퀴퀴한 유황 냄새를 맡을 수 있었다. 그 익숙한 냄새를 맡는 순간, 루터스는 벨락 정상 위에 있는 몸을 떠나서 우주 의식과 접속하여 감옥의 풍경을 들여다보고 있었다.

루터스는 감옥의 모든 방들을 동시에 들여다보았다. 아는 얼굴들도 있었지만, 대부분 모르는 얼굴들이었다. 루터스는 전지적 시점에서 죄수들과 간수들이 다 같이 발작을 하는 모습을 들여다보았다. 오렌지색 죄수복을 입고 있는 죄수들의 몸에서 검은 에너지가 모든 구멍으로 빠져나가자 다들 고통스러워 하며 몸을 뒤틀었다. 마치 묵시록에서 죄인들이 불의 호수에서 몸을 뒤틀며 타는 듯한 광경이었다. 놀랍게도 감옥에 있다고 해서 모든 사람들이 이렇게 고통스러운 재탄생의 과정을 겪는 것은 아니었다. 소수의 죄수들은 조용히 자신의 침대 위에서 낡은 홑이불을 덮고 평화롭게 잠들어 있었다.

루터스의 마음은 전 지구를 여행하며, 다양한 사람들이 비슷한 장면을 연출하는 것을 보았다. 지구 반대편 어디에선가, 낯선 언어로 스스로를 선지자라고 칭하며 예복을 입고 있는 사내가 강당 무대에서 엄청난 양의 검은 기운을 토해내고 있었다.

루터스는 전 세계에 있는 사람들이 자신의 몸과 마음에 담아두었던 어두운 망상과 탐욕을 뱉어내는 것을 동시에 관찰하며, 사실 정상적으로 보이던 사람들 대부분이 영적으로는 병든 상태에 있었다는 것을 알게 되었다. 대부분의 사람들에게서 어두운 기운이 연기처럼 흘러나왔다. 서민, 부자, 유명인, 종교 지도자, 정부 고위 관료 등 지위고하를 막론하고 모든 이들이 겪고 있었다. 하지만 뉴질랜드의 작은 마을에서 숨바꼭질을 하고 있는 아이들은 단지 몇 번의 얕은 기침만으로 회색의 연기가 다 빠져나와서 공기 중으로 사라졌다. 그리고 아이들은 전 세계를 뒤흔들고 있는 이 사건을 전혀 모른 채 계속 숨바꼭질에 전념했다.

어두운 에너지를 토해내는 이 현상이 끝나는 데는 삼 분도 채 걸리지 않았다. 그리고 세상은 다시 조용해졌다. 사람들은 방금 무슨 일이 일어났는지 이해하지 못한 채 어안이 벙벙해서 주변을 둘러보았다. 그리고 마치 악몽에서 깨어난 기분으로 눈을 비비면서 자리에서 일어났다.

루터스의 의식이 전 지구의 모든 어둠이 모여들어 있는 세도나로 돌아왔다. 그는 어두운 영들이 시끄럽고 강력하게 자신이 이번 생애에 동생으로 알고 있던 존재를 소용돌이치듯 감싸며 뚫고 지나가는 것을 보았다. 그의 동생은 무릎을 꿇고 쓰러지며 비명을 질렀다. 이 지구 위에 형성되었던 모든 공포가 일련의 이미지 형태로 그의 의식을 뚫고 지나갔다. 그는 그 어둠을 모두 경험해야만 했다. 어두운 영들은 그에게서는 자신들이 찾던 빛을 발견할 수가 없었다. 루터스의 동생은 저주를 퍼부으며 마치 스스로 정신을 잃어버리려고 하는 것처럼 머리를 땅에 박아댔다.

"지소!" 엔젤린이 울부짖었다. 그녀의 목소리에 실린 경고는 엔젤린이 루터스가 본 것과 같은 똑같은 광경을 보았다는 것을 알려주었다. 엔젤린이 재빨리 머리를 돌리자 루터스와 눈이 마주쳤다. 하지만 그녀를 둘러싼 어둠의 구름 때문에 엔젤린을 거의 볼 수가 없었다.

"내게로 와라! 너희 한 명 한 명 모두 다 내게로 와!" 그녀는 어둠의 중심부를 향해 명령했다. 권위로 웅웅 울리는 엔젤린의 목소리에 루터스의 몸이 떨렸다. 순식간에 이 작은 산악도시에 남아 있던 어둠들이 우르르 몰려오더니 그녀를 집어삼켰다. 지소는 이제 자유의 몸이 되었다. 그는 손으로 머리를 감싸 안고 한 번도 보지도, 느껴보지도 못했던 신에게 감사하며 울었다.

루터스는 안도의 숨을 쉬었다. 그는 동생의 진짜 모습을 보았다. 그의 영혼은 결코 성숙하지 않았다. 그는 마치 여러 생애에 걸친 나쁜 선택들의 결과로 무거운 짐을 진 어린 아이와 같았다. 놀랄 만큼 대조적이게도, 엔젤린은 지소가 스스로 만들었지만 짊어질 수 없었던 짐을 대신 지겠다고 자신의 어깨를 내어준 것이다. 눈물이 루터스의 뺨을 타고 흘러내렸다. 단순히 그녀가 보여준 성숙함을 목격하는 것만으로 그의 영혼도 똑같은 상태에 이르렀다. 엔젤린은 그것이 자신의 것이든, 아니든 어둠에 책임을 지고자 했다. 루터스도 똑같은 마음이었다. 그는 엔젤린을 찾기 위해 몸을 돌렸다. 그러나 그녀는 순식간에 시야에서 사라져버렸다. 엔젤린은 공포와 어둠의 한가운데에 서 있었다. 루터스는 자신이 엔젤린에게 했던 서약을 기억했다. "당신을 지켜주겠소." 그는 서약을 지키려 애쓰며 미친듯이 주위를 둘러보았다. 그는 엔젤린이 그랬듯이 어둠을 향해 소리 질렀다. "내게로 오라!" 그러나 어둠은 꿈쩍도 하지 않았다. 마치 불꽃을 향해 달려드는 나방들처럼 윙윙 소리를 내며 엔젤린 주위를 움직일 뿐이었다. "내게로 오라!" 루터스는 더 단호하게 소리를 질렀다. 그는 팔을 저어대며 위 아래로 껑충껑충 뛰었다. "내게로 오라…… 내게로 오란 말이다……" 그는 자신의 호소가 아무런 효력을 발휘하지 못하자 간절하게 울부짖었다.

"그녀를 도와야 해!" 토비가 귀청이 터질 듯한 소리로 고함을 쳤다.

"엔젤린을 혼자 둘 수 없어. 저러다가 완전히 산산조각 나고 말 거야."

"내가 가겠네." 노아가 한 번에 뚫고 들어갈 수 있도록 몸을 추스르며 말했다.

"나도 갑니다." 선아도 바로 말했다.

노아는 멈춰서 돌아보며 고개를 저었다. "안 됩니다." 하지만 그의 입에서는 이 말밖에 나오지 않았다.

"해야만 합니다." 선아가 말했다. "나 자신을 위해서, 인류를 위해서, 그리고 세상을 위해서."

노아의 반대를 무시하고, 선아가 거침없이 뛰어들자 루터스가 선아를 최대한 보호하기 위해 한 팔로 감싸고 같이 어둠 속을 헤치며 들어갔다. 토비와 노아도 뒤를 이었다. 그들은 무엇을 만나게 될지 모른 채 엔젤린을 구해야 한다는 생각만 가득했다. 자기 자신을 위해, 인류를 위해, 그리고 이 세계를 위해······.

CHAPTER 58

사명자들은 어둠 속을 지나 다른 세상으로 들어왔다. 그들은 마치 난자를 둘러싼 정자들처럼 엉켜 있는 검은 영가들의 막을 뚫고 지나갔다. 검은 어둠 속은 그들이 예상한 것과 같은 불지옥이 아니었다. 미쳐 날뛰는 영혼들 안쪽에는 마치 커다랗고 아름다운 비눗방울 같은 것이 있었다. 그리고 엔젤린이 중앙에 서 있었다. 하지만 그녀는 더 이상 인간이 아니었다. 엔젤린은 여신으로 변해 있었다. 그녀의 투명한 형태는 흐르는 꿀 위에 비치는 햇살처럼 빛나는 황금빛으로 이루어져 있었다. 엔젤린의 주위에는 형형색색의 새들이 가상과 현실의 경계를 넘나들며 날아다녔다. 검은색의 어두운 기운이 젤리 같은 장막을 뚫고 들어와서 엔젤린의 가슴 속으로 들어갔다. 그러면 엔젤린이 마치 간지럽다는 듯이 환하게 웃었고, 몇 초 후 그 기운은 아름다운 '영혼의 새'로 다시 태어나 그녀의 주위에서 즐겁게, 자유로이 날아다니다 다른 세상으로 사라졌다.

엔젤린이 사명자들을 발견하고 두 배로 환하게 웃었다. 그러자 엔젤린의 가슴에서 뿜어져 나오던 황금빛 에너지가 그들을 따뜻하게 담요처럼 감쌌다. 세상의 모든 공포와 고통을 직시할 각오를 하고 들어왔던 루터스는 안도의 눈물을 흘렸다. 루터스는 무릎을 꿇고 머리를 숙여 절했다. 다른 이들도 그의 뒤를 따랐다. 그들 앞에 있는 신성한 엔젤린의 영혼은 이 땅 위의 지옥을 그녀를 통해 천국으로 만들고 있었다. 이 모든 어둡고 버려진 영들이 그녀에게 모이는 것은, 엔젤린이 그들을 사악하고 구제불능의 존재로 보지 않고, 하나 하나 소중하게 받아들여주고 사랑해주기 때문이었다. 어둡던 영혼들은 큰 사랑을 받아, 다시 사랑을 기억하고 자신의 본성을 찾아갈 수 있었다.

토비의 몸이 떨렸다. 엔젤린에게서 뿜어져 나오는 사랑의 빛 가운데 서자, 토비는 여러 단계를 거쳐서 자신이 정화되는 것을 느꼈다. 토비는 자신이 절대적인 영점을 회복했다고 믿었지만, 사실은 완전하지 않았던 것이다. 그가 밝은 빛 앞에서 내보이기에는 너무나도 부끄러웠기에 숨겨왔던 아주 얇은 몇 겹의 에고가 있었다. 하지만 지금 그의 위로 쏟아지는 눈부신 빛 앞에서 토비는 자신의 행동을 숨기기 위해 스스로를 가두었던 감옥의 문이 열렸다. 그리고 단지 빛 앞에 자신을 있는 그대로 보는 것으로 참회와 본성의 회복이 동시에 이루어졌다.

"빛은 네게 벌을 주려고 한 적이 없단다." 엔젤린이 토비의 생각을 읽고 대답했다. "네가 죄책감 때문에 스스로를 벌주며 빛을 막은 거란다. 빛은 네가 고행을 하거나 죗값을 치르길 바라지 않는단다. 그냥 빛을 받아들이면 되는 거야. 그리고 받아들이는 순간 용서받는단다."

토비는 이 지구상에서 이러한 무조건적이고 강력한 사랑을 보일 수 있는 유일한 다른 한 사람을 떠올렸다.

"스승님!" 토비는 마침내 그 단어가 무엇을 의미하는지 알게 되었다. 토비는 선아가 카타테를 스승님으로 부르는 것은 계속 들었지만 그 의미가 무엇인지 잘 몰랐다. 그것은 그냥 존칭이 아니었다. 그것은 깊고 깊으며, 끝없이 가까운 인연을 나타내는 말이었다. 이때까지 존재했던 수많은 위대한 스승들이 있었지만, 토비는 엔젤린을 스승으로 모시고 싶다고 소망했다. 영원한 세계를 통틀어 바로 이 순간, 이 날 토비는 사랑에 빠졌다. 남자가 여자를 사랑하는 야릇한 사랑이 아니라, 하늘이 땅을 사랑하듯이 자애로운 사랑이었다. 토비의 영혼은 엔젤린이 담고 있는 순수한 빛을 향해 자기 자신을 온전히 맡겼다.

"이제 물질문명을 가리고 있던 장막이 물러가고, 새로운 시대가 시작되었다. 하지만 아직 끝난 것이 아니다." 엔젤린이 말했다.

"무엇이 아직 끝나지 않았나요?" 노아가 질문했다.

"지구의 복본이다."

"하지만 방금 한 것이 복본이 아닙니까?"

"나는 이때까지의 업장을 소멸시켰다. 이제 사명자들은 빛의 시대로 이 세상을 끝까지 인도해야 한다. 이 여정을 완수한다면, 너희의 영혼도 완성될 것이다."

"그럼 저희와 함께 돌아가지 않으시는 것입니까?" 토비가 절망하며 말했다.

엔젤린은 왜 토비가 절망하는지 영적으로 이해하며 고개를 들어 사명자들을 바라보았다. "내가 너희들과 함께할 것이다. 하지만 이 세상은 더 이상 나의 세상이 아니다."

CHAPTER 59

고요한 사방에 서로 다른 세계를 넘나드는 천상의 새소리만이 울려 퍼졌다. 엔젤린을 구성하고 있던 모든 세포와 입자들이 마치 미세한 비눗방울처럼 보였다. 수십만 개의 비눗방울에 각각 수십만 개의 황금빛 부처가 반사되어 보였다. 엔젤린이 대성당바위에서 봤던 황금부처였다. 그 황금빛 오라는 지구와 마고 어머니의 정수를 감싸고 있었고, 엔젤린도 그곳으로 돌아가야 했다. 그녀의 모든 입자 하나하나가 지구를 감싸고 있는 황금빛 오라로 돌아가려는 생각으로 진동하고 있었다.

지구가 다시 영점을 회복하며 거대한 진동과 함께 땅이 흔들렸다. 지축이 돌아오면 돌아올수록, 엔젤린의 에너지장이 점점 더 커지고 밝아져서 불꽃으로 변했다.

잠시 동안, 노아, 선아, 루터스와 토비는 우주의 불꽃 중심에 있었다. 노아는 성경에 있던 불타지 않는 불꽃을 잠시 떠올렸다. 사명자들은 충분히 정화되었기 때문에 불꽃은 고통이 아니라 영광이자 환희심으로 다가왔다. 그들은 태양의 중심에 서 있었고, 잠시 동안 태양 그 자체가 되었다.

지축의 이동으로 인한 진동이 멎었다. 지구가 다시 돌기 시작하며 들리지 않는 차원의 소리가 다시 공간을 채우기 시작했다.

마치 어머니가 아이에게 들려주는 자장가처럼 편안한 소리였다. 그리고 그들을 삼키던 천상의 불꽃은 엔젤린을 태우고 날아가는 위대한 황금 불새가 되어 승천했다.

네 명의 사명자들은 벨락을 세 번 선회하며, 축제 때 흩날리는 색종이처럼 황금빛 빛무리로 하늘을 가득 채우는 황금 불새를 바라보았다. 그리고 다시 한 번 예를 표하기 위해 무릎을 꿇었다.

그들은 엔젤린의 영혼이 완성되는 장면을 우주의 스크린을 통해 보듯 지켜보았다. 엔젤린의 영혼이 다시 태어났다. 개인에서 전체인 하나로, 인간에서 신으로, 무언가에서 아무것도 아니자 모든 것으로 변하는 것이었다. 하늘이 마치 지퍼가 열리듯 열리고, 마고 어머니의 영혼, 황금부처 그리고 하늘에서 이미 영혼을 완성한 모든 이들이 세상을 향한 궁극적인 사랑을 보인 엔젤린의 영혼을 환영했다.

엔젤린의 의식이 진화하며 황금빛 시럽처럼 지구를 감쌌다. 사명자들은 시간도 공간도 잊은 채 잠시 엔젤린이 한때 존재했던 하늘을 바라보았다. 그들은 엔젤린이 지구와 모든 인류를 끌어안는 것을 느꼈다. 지구의 빛에 엔젤린의 빛이 더해져 모든 것이 한층 환해졌다. 엔젤린은 마침내 영혼의 고향에 도착했다. 다른 이들도 각자 때가 되면 그곳으로 돌아가리라. 엔젤린은 순수하고 무한한 신의 존재로서 생각과 감정 너머의 무한한 공간에 존재했다.

토비는 감사의 눈물을 흘렸다. 선아도 떨리는 손에 얼굴을 묻고 그녀의 가슴을 채우는 무한한 사랑의 느낌에 집중했다. 노아는 한층 선명하게 빛나는 새로운 시대의 세상을 경탄하며 돌아보았다. 그리고 루터스는 땅에 이마를 갖다대며 지구의 여신, 마고 어머니께 지금까지 겪은 모든 것들에 대한 감사를 올렸다.

마고 어머니의 영혼의 목소리가 하늘을 타고 울려 퍼졌다.

천화는 하늘과 하나 되는 길이요, 불멸의 영혼이다.
나는 이곳에 항상 존재한다. 죽음은 존재하지 않는다.
이제 세상을 덮던 장막이 걷힐 모든 준비가 되었다.
검은 구름은 더 이상 하늘을 가리지 않는다.
새로운 태양이 지구 위에 비칠 것이다.
이것이 홍익인간이 깨달은 천화의 도요, 보스BOS이다.
마고성의 복본復本을 준비하라.

마고성 이야기

다음의 이야기는 신라의 박제상이 쓴《부도지符都誌》라는 고서에 전해 내려오는 한국의 창세설화를 간추린 것이다. 이는 한국의 고대사에 뿌리를 두고 있지만, 비단 한국뿐 아니라 인류 전체의 시원을 담은 이야기이다.

《부도지》에 따르면, 태초의 우주에는 오직 음(音:소리)만이 존재했다. 우주의 창조의 원음이자 리듬인 율려律呂에서 지구의 어머니인 마고가 탄생했다. 율려가 여러 차례 부활을 반복하여 별들이 생겨났고, 이어 물과 육지가 나타났다. 기氣, 화火, 수水, 토土가 형태를 갖추고 이들이 서로 섞여 밤과 낮, 사계절 등 풍성한 지구의 환경이 만들어졌다. 그리고 지상에서 가장 높고 성스러운 땅에 '마고성'이라는 낙원이 세워졌다.

마고 어머니는 하늘의 에너지와 통하여 천상의 딸 궁희와 소희를 낳고, 그들로 하여금 천지간의 만물을 창조하는 일을 돕게 했다. 궁희와 소희도 마고 어머니처럼 스스로 아이들을 낳았다. 그리하여 천음 중에서 음陰의 파장을 받은 네 천녀와, 양陽의 파장을 받은 네 천인이 나왔다. 네 천녀의 이름은 잊혀졌지만, 네 천인의 이름은 다음과 같이 전해 내려온다. 토土를 맡은 이는 황궁, 기氣를 맡은 이는 백소, 수水를 맡은 이는 청궁, 화火를 맡은 이는 흑소이다.

이들의 자손은 각기 번성하여 부족을 이루었고, 마고성에서 천지와 조화를 이루며 살았다. 마고성의 사람들은 오늘날의 인간과 달라 성에서 흘러나오는 땅의 젖(지유)을 마셨다. 그들의 품성은 순정하며 혈기가 맑아 하늘과 통할 수 있었고, 기운의 활용에 막힘이 없었다. 또한 그 어떤 매개자도 없이 스스로 하늘의 뜻을 듣고 이해할 수 있었다.

마고성의 사람들은 천지의 원기와 깊이 연결되어 기운에서 물질을 쉽게 만들어낼 수 있었다. 하루 일과를 마치면 자신의 몸을 순수한 황금빛 에너지로 바꾸어 보존했고, 소리 없이도 능히 말을 전하며, 형상을 감추고도 오갈 수 있었으며, 수명에도 한이 없었다.

그러나 마고성의 이러한 순수한 상태는 영원하지 않았다. 마고성의 인구가 계속 늘어나면서 지유의 공급이 충분하지 않게 되었다. 하루는 백소의 무리 중 지소라는 사내가 지유샘에 갔으나 사람이 너무 많았다. 지소는 다른 이들에게 지유를 다섯 번이나 양보하다 마침내 쓰러졌다. 그는 배가 고파 혼미해진 상태에서 자기도 모르게 넝쿨에 달린 포도 열매를 먹어 생명의 기운을 받았다. 포도는 단맛, 신맛, 짠맛, 쓴맛, 매운맛의 다섯 가지 맛을 가지고 있었다. 지소는 포도의 맛과 힘에 크게 놀랐다.

지소가 포도는 참으로 좋다 하니, 이를 신기하게 여겨 포도를 먹은 사람들이 많았다. 다른 과일과 곡물을 섭취하는 사람이 점점 늘어났다. 이러한 음식들은 지유처럼 맑지 않아 사람들이 하늘의 소리를 듣지 못하게 되자, 곧 지유 외의 다른 음식의 섭취를 금지하게 되었다.

이렇게 처음으로 외부의 법이 만들어지며 사람과 하늘의 연결이 약해졌다. 외부의 법을 따르게 됨으로써, 그들은 법이 없이 직관적으로 하늘의 소리를 듣는 자재율을 어기게 된 것이다. 점점 더 많은 이들이 미각을 포함한 오감의 감각적 쾌감에 빠져들면서 하늘과의 연결이 더욱 약해졌다.

타락한 이들은 마고성의 순수한 파장과 맞지 않게 되었고, 천음을 듣지 못하여 마고성의 조화를 깨트리게 되었다. 그들은 이를 부끄러이 여겨 스스로 마고성 밖으로 나갔다. 성 밖으로 나간 이들의 일부가 지유를 그리워하여 샘을 찾기 위해 마고성 주변의 흙을 팠고, 마고성의 수원이 소실되어 샘이 더 빠르게 말랐다. 성에 남아 있던 사람들도 굶는 것이 두려워 과일과 채소를 먹기 시작했고, 그들도 점점 타락해갔다.

장자인 황궁은 이 '오미五味의 변'에 대한 책임을 통감하며 마고 어머니 앞에서 사죄했다. 그리고 소중한 마고성을 지키기 위해서 남은 이들을 모두 이끌고 출성을 하기로 결정했다. 그는 사람들이 자신의 본성을 되찾을 수 있도록 도와 다시 하늘과 연결할 수 있게 되면 마고성으로 돌아오리라고 맹세했다. 황궁은 복본의 때가 오면 이를 기억할 수 있도록, 마고성의 법을 담아 신성한 하늘의 표식을 만들었다. 황궁은 각 부족의 장들에게 이 천부天符의 신표를 전달하고 칡을 캐서 식량을 만드는 법을 가르쳤다.

마지막으로 그는 모든 부족이 제각각 흩어져서 지구의 다른 방향으로 가도록 명했다. 청궁은 오늘날의 중국, 일본, 중남미 쪽으로, 백소는 중동과 유럽으로, 흑소는 인도네시아, 인도, 아프리카 쪽으로 갔다. 황궁은 가장 춥고 위험한 길을 따라 시베리아, 동아시아 그리고 북아메리카로 갔다. 이는 스스로 어려움을 선택해 고통을 참아내는 가운데 '복본의 맹세'를 이루고자 함이었다.

이때부터 인류는 의식의 밝음과 어두움을 오가며 본성과 천법을 따르는 삶을 찾기 위한 고난에 들어간다. 마고성에서의 삶의 방식은 한국의 선도仙道와 같은 전통을 통해 그 맥을 이어왔다. 이러한 전통에서는 사람이 천지와 하나 됨으로써 신성한 본연의 상태로 돌아갈 수 있도록 돕는 기적, 영적 수행법이 전해 내려온다.

이 마고성의 이야기는 비록 오랫동안 잊혀졌지만 다시 기억될 순간을 기다리며 우리 모두의 가슴 속에 자리 잡고 있다.

감사의 말

저는 거인들의 어깨 위에 서 있습니다. 이 책을 쓰는 동안 저를 격려해준 모든 분들, 특히 저의 영적인 스승이신 일지 이승헌님께 깊은 감사를 드립니다. 그 분이 없었다면 이 책은 결코 이 세상에 나오지 못했을 것입니다. 소설의 모티브가 된 마고성에 대한 이야기는 저의 스승님을 통해서 알게 되었습니다.

서양 문화권에서 자란 저는 에덴의 이야기와는 또 다른 관점을 지닌 마고성의 이야기에 깊이 매료되었습니다. 신과 인간이 분리되지 않고, 모든 이들이 깨달음에 이르러 완전한 평화와 조화를 이루며 살았던 이상적인 공동체인, '마고성'에 대한 이미지는 지금도 저에게 많은 영감을 주고 있습니다.

저는 이 책의 여러 주인공을 통해 마고성 시대의 사람들처럼, 본래 인간이 가졌던 아름다운 인성을 회복하는 과정을 그리고 싶었습니다. 이 소설에 담긴 많은 소재들은 일지 이승헌님으로부터 왔음을 고백하지 않을 수 없습니다. 지난 삼십여 년간 전 세계에 '뇌교육'을 알리며, 깨달음의 대중화를 펼쳐온 그 분의 가르침이 저에게도 깊은 감동을 주었습니다.

덕분에 저는 이 책을 집필하는 동안 더 나은 작가가 될 수 있었습니다. 더불어 저의 삶을 비롯해 지구와 인류의 미래에 대해서도 더 크고, 더 좋은 꿈을 꿀 수 있게 되었습니다. 이렇듯 인식의 지평을 넓혀주신 스승님과 저의 본래 모습을 찾아갈 수 있도록 도와준 뇌교육에 대해 다시 한번 감사의 마음을 올립니다.

옮긴이 신성현

연세대 심리학과를 졸업했다. 우리 역사, 특히 고조선과 고대신화에 대한 문화콘텐츠에 애정이 많아 꾸준히 공부중이다. 현재 우리역사바로알기 시민연대, 지구시민운동연합, 인성 중심의 대안학교 등 지구와 이 사회에 긍정적인 영향을 주는 다양한 활동에 참여하고 있다.

마고성의 비밀 The Secret of Mago Castle

1판 1쇄 발행 2014년(단기 4347년) 10월 02일
1판 2쇄 발행 2014년(단기 4347년) 10월 30일

지은이 · 레베카 팅클
옮긴이 · 신성현
펴낸이 · 심정숙
펴낸곳 · ㈜한문화멀티미디어
등 록 · 1990.11.28. 제 21-209호
주 소 · 서울시 강남구 봉은사로 317 논현빌딩 6층(135-833)
전 화 · 영업부 2016-3500 편집부 2016-3526 팩스 2016-3541
홈페이지 http://www.hanmunhwa.com

ISBN 978-89-5699-189-4 03840